LUKAS HOLLIGER

DAS KÜRZERE LEBEN DES KLAUS HALM

Lukas Holliger

DAS KÜRZERE LEBEN DES KLAUS HALM

Roman

ZYTGLOGGE

Unterstützt durch den Fachausschuss Literatur Basel-Stadt/
Basel-Landschaft

Fachausschuss Literatur

Kanton Basel-Stadt
Kultur

KULTURELLES.BL
BILDUNGS-, KULTUR- UND SPORTDIREKTION

Der Zytglogge Verlag wird vom Bundesamt für Kultur mit einem Strukturbeitrag für die Jahre 2016–2020 unterstützt.

MIX
Papier aus verantwortungsvollen Quellen
FSC® C068066
FSC
www.fsc.org

printed in switzerland

Lektorat: Martin Zingg
Coverfoto: © Valentyn75 | Dreamstime.com
Gesetzt aus: Frutiger LT Std, Garamond Premier Pro, Palatino LT Std
Gesamtherstellung: Schwabe AG, Druckerei, Muttenz/Basel

Printed in Switzerland
ISBN: 978-3-7296-0949-5

www.zytglogge.ch

Für Nika und Janek

1

Die Menschen in den algengrünen Trams sind meine einzigen Weggefährten. Zuhause lasse ich das Telefon klingeln oder blockiere es mit endlosem Surfen. Das schlürfende Einwahlgeräusch ins Internet ist das Erste, was ich mir jeden Morgen anhöre. Später befinde ich mich zuverlässig auf dem Küchenbalkon und sehe zu, wie sich mein Zigarettenrauch in die Geranien der Nachbarin hineinwindet. Die Nacht verbringe ich mit einem alten VHS-Recorder. Grössere Kreise als bis zur Kasse des Supermarkts in der Mülhauserstrasse oder bis zum Geldautomaten in der Elsässerstrasse ziehe ich nur, wenn ich aufs Arbeitsamt muss. Der Weg zwingt mich über die Mittlere Rheinbrücke durch die Rheingasse in ein eselgraues, trostloses Gebäude. Die Arbeitslosenquote strebt gegen vier Prozent, die Warteräume stehen leer. Ich lebe in der Schweiz. Man nimmt den Frühling 2003 zur Kenntnis.

«Ein Mann ohne Frau ist ein toter Mann», behauptet Doktor Otternschlag im Filmklassiker ‹Grand Hotel›. Falls der Doktor Recht hat, bin ich seit elf Jahren tot. Eine nervöse Leiche. Ausserdem eine, die seit einundzwanzig Monaten, seit das Kino ‹Playtime› geschlossen und seinen einzigen Filmvorführer entlassen hat, ohne jede Arbeit ist. Ich bin ein Untoter, der in einundzwanzig Monaten gelernt hat, sich zu verstecken. Es heisst, Einsamkeit sei das soziale Äquivalent zu physischem Schmerz, zu Hunger und Durst. Stimmt. Aber der Durstige schämt sich seines Durstes nicht. Der Einsame schämt sich seiner sozialen Nacktheit. Er versteckt sich in der Dämmerung hinter einem Baum und wirft einen zweiten, kürzeren Schatten.

Vor einer Woche stand ich, es war kurz nach Mitternacht, auf der Dreirosenbrücke, schaute in den Rhein und realisierte plötzlich die Einsamkeit unserer Epoche angesichts der ungeheuren Zahl von Toten. Allein die Römer, Gründer dieser Stadt. Metertief im Boden eingelagert wie ein eigenes Erdzeitalter. Die Brücke war mir zu hoch. Ich kehrte mit trockener Hose und trockenem Hemd in meine Höhle zurück, liess meinen Videorecorder neue Kassetten schlucken. Nächtelang nur Stummfilme mit Tortenschlachten. Am liebsten aber streife ich mit Jean Gabin oder Michel Piccoli durchs verschwundene Paris. Oder ich schaue mit Marcello Mastroianni von hoch oben über New York, und wir hören der alten Geraldine Fitzgerald zu, wie sie ein irisches Volkslied singt.

... the place where my heart
was you'd aisy rowl a turnip in ...

Mein Haus verlasse ich seit der Nacht auf der Brücke nur noch tagsüber, betrachte auf den Strassen die Verheirateten, Verlobten, Verliebten und ekle mich gerne vor ihnen. Sie rechnen zu sehr mit der Zukunft. Umgekehrt weigere ich mich, irgendeine Ähnlichkeit mit den Alleinstehenden zu erkennen. Die Alleinstehenden pflegen entweder Freundschaften wie Partnerschaften oder befinden sich auf der Suche nach neuem Glück, sind also kurz davor, die Gruppe der Singles zu verraten. Der hoffnungslose Rest, den jede Partnerschaftsvermittlung spielend mit mir in Verbindung brächte, bleibt mir am fernsten. Denn bisher lag mein eigener Fall immer simpler. Ich fühlte mich nur stark, wenn ich alleine war. Seit das ‹Playtime› aber Geschichte ist, meinen Tagen die Struktur und mir selbst der flüchtige Kontakt mit Kinobesuchern und einem erschöpften Vorgesetzten fehlt, investiere ich mein Arbeitslosengeld immer häufiger in öffentliche Verkehrsmittel.

Die Tramlinie 10 ist angeblich eine der längsten Europas. Für ein paar Meter durchsticht sie Frankreichs Grenze. Die 16 und 15 mag ich, weil sie sich ineinander verwandeln und steil durch ein Waldstück führen. In ein reiches Stadtquartier, in dem es immer still ist, egal ob der Zweite Weltkrieg, 1968, die neue Völkerwanderung oder nur der 1. Mai Sorgen bereiten. Die 3 und die 11 berühren an ihren nördlichen Enden um ein Haar Frankreich, auch die 6 und die 8 machen ein paar Gleismeter vor der deutschen Grenze wieder kehrt. Von Endstation zu Endstation reisend, fühle ich mich beschäftigt und übe mich wieder darin, eine freie Macht zu sein. Ich sage mir wieder, dass es der grösste Akt der Freiheit sei, keine Freunde zu brauchen. Insbesondere will ich mir niemals die Blösse geben, jemanden zu lieben. Wenn ich gut in Form bin, überlebe ich sämtliche Familienväter, Studentengruppen, Schulklassen, Cliquen und Liebespaare, die mir begegnen. Auf einen Punkt gebracht: So wie andere die Arbeit, scheue ich die Lebenslust. Fairerweise empfinde ich sie als unangreifbar, denn Menschen mit Lebenslust, Menschen, die sich an einer Party selbst vergessen, überwinden die Angst vor dem Tod. Alles, was mich jedoch antreibt, ist diese Angst vor dem Tod. Zumindest die Angst, von der Dreirosenbrücke zu springen. Die Todesfurcht ist mein letzter Trumpf. Auf Brücken stehen und spüren, wie es mich schaudert. Dagegen kommt ein Alltag in gesicherten Freundeskreisen nicht an. Freundeskreise mit Sonntagsbrunch sind nicht mein Film. Freundeskreise sind Maskenbälle. Ein billiger Vergleich, ich weiss. Aber er führt zu einer kostbaren Einsicht. Der Einsicht, dass wir unsere Masken vollständig erst ablegen, wenn wir einsam sind. Nicht aus Scham, sondern weil sich die Masken, rein technisch, nur dann von der Haut ablösen. Leere Behauptungen sind das nicht. Als Teenager habe ich meinen aufgebahrten Grossvater gesehen. Die unendliche Friedlichkeit seines Gesichts. Er hatte sich in einen Menschen verwandelt, der endlich in Ruhe gelassen wurde. Freiheit.

Es gibt nichts Unfreieres als Zeitgenossen wie mich, die tatenlos auf Brücken stehen, nur um am nächsten Tag wieder Tram zu fahren und Fahrgäste anzugaffen. Ich vermute, nach einundzwanzig Monaten Arbeitslosigkeit gaffe ich aus Notwehr. Um nicht über mich selbst nachdenken zu müssen.

Heute Morgen habe ich in einer Papeterie ein Notizbuch gekauft. Der Verkäufer sah aus wie einer, der selbst ein solches Notizbuch niemals kaufen würde, und nie würde er es im Tram umständlich auf sein Knie drücken, um rüttelfrei hineinkritzeln zu können. Aber alles ist besser als Arbeitslosigkeit, denke ich, und ich protokolliere den Anblick eines 80-Jährigen, dessen Unterkiefer bei jedem Schritt schief nach links ausschert.

2

Der Hitzesommer 2003, Dienstag, 5. August. In Jakarta sterben bei einem Anschlag auf das Marriott Hotel dreizehn Menschen. Nach mehreren ungeplanten Schlaufen um und durch die Stadt befinde ich mich dehydriert, verschwitzt und genervt auf dem Nachhauseweg. Ich blicke aus dem Fenster der Linie 8 und denke, vielleicht existiert da draussen in irgendeiner Seitenstrasse, in einem dunklen Zwischenhof, der beim Vorüberfahren aufgähnt, ein Indiz dafür, dass es unter meinem Leben noch ein zweites, paralleles gibt. Eine vergessene Kindheit, vergessene Wohnorte, das Gesicht des Zwillingsbruders, der mir verschwiegen wurde. Das Aufflackern eines Déjà-vu, eines Phantomschmerzes, ein erstes Puzzleteil. Ich sehe Strassen, in denen ich nie gewohnt habe. Türkische und indische Restaurants, in denen ich niemals essen werde, Internetcafés, in die ich mich nicht verirre und illegale Plakate, deren sich überlappende Einladungen zu Discos und Partys ich nie angenommen habe. «Jung sein kann man nicht allein, darum war ich nie jung», sagt Daniel Auteuil in ‹Les voleurs›. Ich sitze mit meinen 32 Lebensjahren im Tram und notiere in meinem Notizbuch Eintreffen und Ausscheiden der Fahrgäste. Keiner dieser Fahrgäste ahnt, dass ich ein Casting veranstalte. Mit nichts als ihrer Körpersprache, Garderobe und Mimik sprechen sie vor. Wenn ich mich anstrenge, finde ich in jeder Fratze ein Drehmoment, das meine Zuneigung weckt. Den entscheidenden Pupillenglanz, einen zarten Mundwinkel, das Fleckchen Haut am Handgelenk, das mich rührt. Heute ist es kompliziert. Ich bin zu erschöpft. Ich habe nachts nicht geschlafen, zu viele Maurice Pialats geguckt und gelesen. Unter anderem davon, dass

Einsamkeit in etwa so schädlich sei wie Rauchen oder Fettsucht. Und Einsamkeit ist angeblich ansteckend. Die Menschen sollten mich fürchten.

Direkt vor mir der Rücken eines 17-jährigen Mädchens, das ich auf den Namen Liza taufe. Wegen der dicht am Kopf klebenden Liza-Minnelli-Frisur. Ihren sichtlich doofen Freund taufe ich Hugh Grant. Er präsentiert einen handzerwühlten Haarschopf und Schmolllippen, die meinen Neid wecken. Sein Kaugummi schickt das Menthol in alle Richtungen. Links, getrennt vom Gang, hockt ein weiterer Schüler. Ich nenne ihn Yves. Er trägt an dünnem, weissem Kabel den Apple der Stunde und geht allen auf die Nerven mit seinem Singsang. Vor ihm ein 40-jähriger Koloss. Russfarbene Wildlederjacke, kohlenschwarze Haare, aschgraue Koteletten. Ich nenne ihn Luzifer.

Hinter mir unterhalten sich zwei Frauen. Eine mit blau gefärbter Haarsträhne, ich nenne sie Susanne, die Zweite mit blauem Brillengestell, ich nenne sie Susanne II. Solche Frauen wohnen in Frenkendorf. Susanne I thematisiert ihre Angst vor Zahnärzten und schlaflosen Nächten mit Zwiebelscheiben im Mund. Sie tut mir leid. Ich möchte sie in meine Arme nehmen, aber es riecht aus ihrer Richtung wie der Urin nach einem Spargelessen.

Hinter den Frenkendorfern mache ich Juanita ausfindig. Sie drapiert sich mit unendlich liebevollen Handgriffen einen weissen Pullover über die eigenen Schultern. Ihr Mann trägt Schnauzbart. Zwei dünn rasierte Ausläufer bilden um das Kinn einen Rahmen ohne jeden Bildinhalt. Ich nenne den Mann Mário Abarca und fürchte, er wird gleich seinen eigenen Bizeps küssen.

Liza Minnelli und Hugh Grant steigen aus. Auf ihrer Bank nehmen zwei Frauen mit Kopftüchern Platz. Schneeweiss und pechschwarz. Das Weisse gehört Zahra, das Schwarze Namika. Oder umgekehrt. Die beiden Frauen sind in Begleitung eines Mannes, zu dessen Gesicht niemandem ein Name einfallen könnte.

Vorne geraten zwei Fahrgäste in heftigen Streit. Martha wirft sich Haare aus dem Gesicht. Ihre riesigen Pferdeaugen wirken verweint. George verkrallt sich ungehörig in ihren Oberarm. Ich frage mich, wie lange es dauert, bis jemand eingreift. Zu spät, sie steigen aus, werden draussen sofort lauter, das Tram fährt schon, als George in Marthas Gesicht schlägt.

Auf die kühle Schattenseite, dorthin, wo Luzifer gesessen hat, wechselt jetzt ein Doppelgänger Pierre Arditis. Er klammert sich an die Haltestange, als erwarte er enge Kurven, sieht noch französischer aus als das Original, zeigt ungewaschene Haare unter einer Schiebermütze, wie ich selbst eine besitze, versteckt eine Zigarette hinterm Ohr und trägt eine Lederjacke. Er glättet mit dem Zeigefinger unaufhörlich seine rechte Augenbraue und sieht genauso aus, wie ich mich fühle. Möglich, dass er heute mein Strohhalm ist, dass er heute das Casting gewinnt. Möglich, dass ich ihm den Rest des Tages folge.

Heike steigt ein. Heike hat erschreckend vorstehende Zähne, muss entweder auf die Toilette oder leidet an Liebeskummer. Etwas Drittes schliesse ich aus. Ich klappe mein Notizbuch zu und gebe mich meiner Müdigkeit hin. Ich stelle mir vor, wie ich mich zuhause mit einer Flasche Wein erlöse. Ein Bolivianer taucht auf. Meinetwegen heisst er Hormando Quispe. Er trägt eine goldene Rolex-Armbanduhr und isst aus einem Pappbecher Vanilleeis; mit schnell geführten, präzisen Löffelbewegungen, ohne dabei auszusehen, als wäre er in Eile. Ich will meine Augen schliessen, aber es hört nicht auf mit Menschen. Ein Bastian stellt sich jetzt mit Kinderwagen ins rollstuhlgängige Niederflurabteil. Über braunen Ärmeln trägt er ein kurzärmliges hellblaues Leibchen. Sein Kind im Wagen hat Engelshaar, rote Erdbeerlippen, blaue Augen, milchweisse Haut und hoffentlich volle Windeln. Ich nenne den Scheisser Steven und winke ihm zu. Man kann nie wissen, eines Tages operiert er meine Prostata. Ich schliesse die Augen.

Das Tram klingelt wild. Die Bremsen schlagen wie Stahlhämmer gegen den Tramboden. Ein Radfahrer torkelt und fällt auf ein geparktes Auto. Hinter der Urlaubswerbung ist eine Andrea nur unvollständig zu sehen. Ich schliesse die Augen. Ich atme tief ein, tief aus und überlege, wo ich aussteigen soll. Etwas haut gegen meinen Hinterkopf. Eine 30-Jährige mit übervollen Einkaufstüten hat sich in Stellung gebracht. Ich nenne sie Norma, die Shopping Queen. Sie trägt viel unförmiges Haar auf dem kleinen Kopf. Als sie mir in die Augen schaut, bekomme ich Angst.

Ein Mann, 42, hohe Stirnglatze, fast bis zum höchsten Punkt seines Schädels, fixiert mich vorwurfsvoll. Er trägt Bart. Brille. Ich schaue weg. Nach einer Weile überprüfe ich ihn. Er hat einen freien Platz gefunden, stützt den Ellbogen auf seinen Aktenkoffer und denkt wohl über die Nebenwirkungen von Paracetamol nach. Ich taufe ihn Carlo, den Oberarzt.

Ich kann nicht mehr.

Bastian steigt aus, Jasmila und Radu steigen ein, ebenfalls Mirjam, Diana und die fünfjährige Wanda, die später in San Francisco einen Mann ohne Beine heiraten wird. Es steigen in den nächsten Minuten ein und aus: Jonas, Esther,

Jorge, Gabriel, Veronika, Patrick I und Patrick II, Janek, Matthias, Roald und Lisa Fairbridge, eine aussergewöhnlich bezaubernde Christina, Murat, die am Auge verletzte Dana, Petr und Anička, Hans-Ruedi und Karin, sowie ein Kerl, der aussieht wie Danny de Vito, nur grösser. Mein Notizbuch vermerkt ferner Olga Yegorovnam, Heiner und Denise, Laurel und Hardy, sowie den Kulturbeauftragten des Kantons Basel-Stadt. Zudem umklammert ein weiblicher Alien mit Blinddarmneid das gewölbte Tramdach, glotzt von aussen durchs Fenster und zählt die Passagiere ab. Beim Centralbahnplatz rette ich mein Notizbuch vor weiteren Blödeleien, steige aus und habe für einen Moment das heitere Gefühl, ich selbst sei nur ein Witz.

3

In der Schalterhalle des Bahnhofs kaufe ich mir Feldschlösschenbier, und während Lautsprecherdurchsagen Menschenmengen organisieren, sticht mir etwas Magisches ins Auge. In einem Schaufenster hängt ein zartes, dunkelblaues Sommerkleid mit weissen Punkten. In meinem Gehirn beginnt es zu schneien. Beim Bezahlen tut mir mein Hunderter zwar leid, aber auch alleinstehende Männer dürfen doch schliesslich Geschenke kaufen. Während ich das wenige Wechselgeld einstecke und die Tüte mit dem Sommerkleid zärtlich unter den Arm klemme, fürchte ich, verrückt zu werden. Mit Freiheit hat mein Alleinsein nichts mehr zu tun. Meine Freiheit scheitert an meiner Einsamkeit, und ich denke: «Chapeau, morphiumsüchtiger Doktor Otternschlag. Ein Mann ohne Frau ist wirklich ein toter Mann.» Ungeduldig warte ich auf das Tram, das mich zurück in meine Höhle, zu meinen VHS-Kassetten fährt. Und da passiert es. Am Schienbein trifft mich das Vorderrad eines leeren Kinderwagens. Ich erkenne den Lenker sofort. Der Verkäufer aus der Papeterie. Ausgerechnet. Ich vergewissere mich, dass ich das Notizbuch nicht verloren habe, und folge ihm.

4

Das Preisschild baumelt noch vom Rahmen. 790 Franken. Die Zahl fällt mir auf, weil ich extra lange in gebückter Haltung verharre und auf eine Entschuldigung warte. Der Papeterieverkäufer hat die Kollision nicht wahrgenommen, ist einfach nur stehengeblieben und wartet auf ein anderes Tram. Es fährt ein. Ich gewähre ihm den Vortritt in den Niederflurwagen. Er irritiert mich mit dicken Wangen, die aussehen, als wäre eine Mumpserkrankung im Gange. Sein Gesicht ist tadellos rasiert, das dunkle Haar trägt er in femininer Länge, halbherzig gescheitelt, so dass es ihm dauernd in die Stirn fällt. Die Augen glänzen wie die eines Teddys. Er strahlt keine weit entwickelte Lebenstauglichkeit aus, trotzdem scheint er gut situiert (790 Franken). Er ein werdender Vater (Kinderwagen), ich kinderlos. Er verheiratet (Ring), ich Single. Er sauber rasiert wie der junge Alain Delon in ‹Histoires extraordinaires›, ich unrasiert wie Philippe Noiret in ‹Coup de torchon›. Er blind für die Kollateralschäden seiner Umsteigemanöver, ich empfindlich wie ein angezählter Boxer.

Mit der Ausdauer eines Neiders verfolge ich ihn 25 Minuten lang. Bis zu seiner Haustür, wo er die Post sortiert. Während er sich hinter dem gerippten Milchglas der Haustür in eine schraffierte Abstraktion verwandelt, notiere ich mir beim Briefkasten Datum, Uhrzeit, Adresse und Namen.

7.8.2003, 18:06 Uhr
Gasstrasse 15
Viola Sutter & Klaus Halm

«If you meet your double, you should kill him», sagt Hitchcock. Aber dieser Halm ist nicht mein Doppelgänger, dieser Halm ist mein Gegenteil. «You should kill him, or he will kill you. Two of you is one too many. By the end of the script one of you must die.» Ich frage mich, ob das, rein physikalisch, bei Doppelgängern aus Antimaterie nicht erst recht gelten sollte. Zuhause lege ich mich ins Bett und stelle mir diesen Halm vor. Es bleibt noch fünf Stunden hell.

5

Die historischen Minuten, in denen sein Sohn geboren und sein Schwiegervater hundert Jahre alt wird, verbringt Halm über dem Klo. Gerade mal ein halber Arbeitstag ist vergangen, seit ihm Viola am Telefon mitgeteilt hat, sie werde nun aus dem Alters- und Pflegeheim, wo sie dabei geholfen hat, die Geburtstagsfeier für ihren Vater vorzubereiten, ins Spital gefahren. Sie wolle abklären, ob es sich bei den plötzlichen Krämpfen um Stress, Wehen oder dieselben Noroviren handle, die Halm seit vorletzter Nacht niederstrecken. Sechs Stunden nach diesem Anruf klingelt das Telefon erneut. Halm müht sich aus dem Bad ins Wohnzimmer und wundert sich beim Abnehmen des Hörers über die Hitze im Parkett.

Philip wiegt – ich sage – drei Kilogramm und hat die Strecke zwischen Gebärmutter und Tageslicht in drei Stunden geschafft. Halm legt auf und übergibt sich vermutlich mit einer Mischung aus Begeisterung und Wehmut. Kurz darauf dürfte er auf dem Sofa in neue Fieberträume versunken sein.

Als ihn die Übelkeit weckt, findet er die Wohnung abgekühlt vor. Durch das offene Fenster blendet eine Strassenlaterne. Leichter Wind aus Nordost. Aus einem Nachbarhaus dringt Gelächter. Die Pointe hat Halm verpasst. Er fragt sich, wo sein Platz ist zwischen einem Schwiegervater, den Regierungsräte feiern, und einem Sohn, der es vorzieht, ohne den Beistand seines Vaters auf die Welt zu kommen.

Um den Geschmack des Erbrochenen loszuwerden, putzt er sich zum dritten Mal die Zähne. Danach versucht er, Viola zu erreichen.

«Ihre Frau schläft.»

Halm will nicht mehr warten. Auf dem Rücksitz des Taxis versucht er, sich wie ein Vater zu fühlen, aber der Stolz, den er sich seit seiner Kindheit für diesen Tag erhofft hat, stellt sich nicht ein. Möglicherweise, weil er angestrengt versucht, sich erst im Spital zu übergeben. Mit vorgehaltener Hand rennt er an der Pforte vorbei. Danach weist man ihn darauf hin, dass er mit Noroviren nicht zu den Neugeborenen vorgelassen werden kann.

«Gibt's keinen Mundschutz? Soll ich mich desinfizieren?»

Halm sinkt käsebleich auf einen Plastikstuhl und friert.

6

Kinderbett, Wickeltisch, Badewanne, sogar ein praktischer Kellerparkplatz für den Kinderwagen, alles war für Violas Heimkehr vorbereitet, auch das Preisschild entfernt. Die Gasstrasse 15 stand vor einer Feuerprobe. Halm sorgte sich, dass es im Winter in dem alten Mehrfamilienhaus nicht warm genug sein könnte. Die gusseisernen Heizkörper unter den Fenstern waren achtzig Jahre alt.

In den ersten Tagen benahm sich Viola wie eine Mechanikerin während eines nie enden wollenden Boxenstopps. In jedem Augenblick galt es zwei Dinge gleichzeitig in der Hand zu halten. Sabberlatz und Brustwarzenhütchen, Löffel und Breiteller, Puder und Wundsalbe, Windel und Wade, Köpfchen und Badeschwamm. Durch das Verhalten Violas erschien das Baby wie ein defektes Gerät, dem unentwegt Flüssigkeiten eingeträufelt oder auslaufende Materialien abgewischt werden mussten. Etwas, das Störgeräusche verursachte, die man umgehend durch Schaukeln, dargebotene Fingerkuppen, Rasseln oder Stellungswechsel zu unterdrücken hatte. Viola wirkte, als wäre ihr das Kind peinlich. Sie fummelte an Philips Hosenbeinen und Ärmeln herum wie an einer kaputten Puppe und wirkte dabei verschämt, als wäre sie es gewesen, die sie beschädigt hatte, und als versuche sie nun, das Ganze mit ihrer Brust und Liebe so gut es irgend ging wieder zu reparieren.

Halm schrumpfte zum Assistenten und übte sich erst später, heimlich, beim Einschlafen darin, für ein paar Minuten glücklich zu sein. Aber auf allen Fotos, sofern zufällig im Bild, sah Halm verzweifelt aus. Und während sich Viola neben Sandkästen keinerlei Auswege aus dem kostenlosen Erfahrungsaustausch mit anderen Müttern wünschte, lächelte er nur gequält auf, sowie ein Augenpaar versehentlich ihn statt seinen Sohn traf.

In diesen ersten Monaten verstrich die Zeit um Halm und Viola ohne jede Routine. Wie aus ihrer Umlaufbahn gehebelte Planeten torkelten die beiden durch das Raumzeitkontinuum und hofften auf den Tag, an dem sie in alter Lebensgewohnheit wieder um ihren Mutterstern kreisen würden. Im Augenblick gehörte alles einer Galaxie mit Namen Philip, und diese Galaxie wurde laut, wenn kosmische Gase ihre Gedärme dehnten.

7

Philip staunte über Halms Schulter zum Fenster hinaus und liess sich von den Blitzen des Sommergewitters fotografieren. Im zwischenzeitlichen Dunkel starrte Halm in die entgegengesetzte Richtung auf Violas Bücherwand. Lauter zeitgenössische Literatur. Wenn er seine Frau fragte, worum es in all diesen Büchern ginge, foppte sie ihn immer mit demselben Satz.

«Ich lese keine Bücher, die man zusammenfassen kann!»

Kein gelesenes Buch durfte weggegeben werden. Viola sammelte sie wie Jagdtrophäen der auf all diesen Seiten erlegten Lebenszeit. Möglich, dass sämtliche von Halm gelesenen Internetseiten, in Regalen aufgehoben, Violas Meterzahl übertroffen hätten, trotzdem stand er jedes Mal eingeschüchtert vor ihren Bücherbergen. Das Summen und Wippen schläferte Philip ein, bevor die Donnerschläge in voller Lautstärke über dem St. Johann-Quartier angekommen waren, und als Viola im anderen Zimmer ihren Koffer zu Ende gepackt hatte, war Halm auf dem Sofa unter dem angenehm warmen Leichtgewicht seines Sohnes eingenickt.

Morgen früh würde Viola die Sommerpause im Theater nutzen und für einen Monat zu ihrer Mutter fahren. Mit Philip. Eine Heldentat, die sie schon an Silvester angekündigt hatte. Halm sollte in der Zwischenzeit Strategien entwickeln, wie er aus den roten Zahlen käme. Vor zehn Jahren hatte er die Papeterie von seinem Vater übernommen. Seit einigen Jahren bereitete die Wirtschaftslage schlaflose Nächte. Sparsame Firmen und zurückhaltende Privatkunden brachten die gesamte Branche ins Schlingern. Die abnehmenden Kundenbestellungen liessen sich schon alleine am rückläufigen Verbrauch des Faxpapiers ablesen. Am lautesten empörte sich der Verband der Papeteristen aber über die Postfilialen, die mit Schreibwaren und Büroartikeln Kunden abwarben. Klaus Halm hatten diese Entwicklungen auf dem falschen Fuss erwischt. «Man hätte sich viel heftiger gegen die Post wehren müssen», hatte er bei der Verbandsversammlung letzten Herbst einem Kollegen nur ins Ohr geflüstert, während ihm das Haar wie ein Vorhang übers Gesicht fiel.

Viola wollte sich jetzt, da ihrem Mann das Wasser bis zum Hals stand, jedenfalls nicht dem Vorwurf aussetzen, sie würde ihm keine Luft für den Befreiungsschlag lassen.

Wenn Halm in den folgenden vier Wochen aus dem Haus trat und beim Voltaplatz auf das Tram wartete, begegneten ihm immer dieselben Gesichter. Neuerdings auch ein stets gut gelauntes. Nach wenigen Tagen konnte er die vier obligatorischen Karottenstangen in ihrer Tupperware blind abzählen. Jeden Morgen versuchte er sich von Neuem an ihren leichten Überbiss, die rötlich gefärbten Haare, den festen Körperbau und dieses unzerstörbare Lächeln mit der hässlichen Lücke zwischen den Schneidezähnen zu gewöhnen. Vergeblich. Mit dieser Zahnlücke begrüsste sie alle Tage den immerselben Arbeitskollegen, nachdem sie aus der immerselben Tür des immerselben Busses gestiegen war. Pünktlich um 6 Uhr 42. Drei Minuten später nahm sie dann die immerselbe 11. So wie Halm. Und je genervter der Papeterist sie dabei ins Visier nahm, desto ausgeprägter wurde seine Allergie. Ihre gute Laune und das selbstzufriedene Französisch schienen Halm unerträglich.

An einem Freitag war ihm aus Notwehr ein Gedankenspiel eingefallen. Als stünde das Renommee des weltberühmten Hellsehers Halm auf dem Spiel, wollte er der Karotte diesmal entgegenfiebern. Für einmal wollte er sich über ihre kuckucksuhrenhafte Zuverlässigkeit freuen. In der Ferne beobachtete er seit Sekunden das winzige Tram, das schnurgerade auf ihn zufuhr und kaum wuchs. Schon bald würde es gross genug sein. Klingelnd fuhr der mächtig gewordene Zug ein. Die Türen zischten, trotz offenkundiger Unvollzähligkeit der wartenden Passagiere. Normalerweise knabberte die Karottenfrau zu diesem Zeitpunkt längst hasenhaft am Gemüse. Ausgerechnet heute war ihr Bus aber auch um 6 Uhr 45 noch nicht zu sehen. Halm stand auf dem Trittbrett, als er entdeckte, wie die Karotte zu Fuss um die Ecke stürzte. Mit dem ganzen Gewicht falscher Höflichkeit sorgte er dafür, dass sie den Anschluss schaffte. Sie lachte ihn atemlos an, zum ersten Mal körpernah.

8

Das Erdbeben weckte Halm mit einem einzigen, satten Knall. Wer nichts von Tektonik wusste, hätte sich den Knall vielleicht erklärt durch eine Abbruchkugel, die im Innenhof von einem Kran aus grosser Höhe und mitten in der Nacht auf den Betonboden fallen gelassen worden war. Die gesamte Häuserzeile der Gasstrasse wäre gerne vor Schreck aufgesprungen, wurde aber von den Kellergeschossen schmerzhaft daran gehindert. Während der Knall noch im Knochenmark steckte, waren im Radio erste Fakten zu erfahren. Das Epizentrum lag 22 Kilometer tief unter der Erde, und die Erschütterungen hatten auf der Richterskala eine Stärke von 4,7 angezeigt. Halm trank ein stehengelassenes Feldschlösschen zu Ende und durchschlief den Rest der Nacht traumlos.

Am nächsten Morgen vergass er, Viola nach dem Beben zu fragen, aber da sie von sich aus nicht darauf zu sprechen kam, nahm Halm später an, dass es bei ihrer Mutter im oberen Baselbiet gar nicht zu spüren gewesen war. Statt um das Erdbeben, drehte sich das Telefonat um Violas Vater.

«Das Altersheim hat angerufen. Er weigert sich, das Hörgerät zu tragen», klagte Viola. «Er behauptet, es verstopfe den Gehörgang, und dann könne er gar nichts mehr hören.»

«Genial», lachte Halm.

«Meine Mutter meint, es sei ohnehin besser, wenn er nicht alles höre. Sie behandelt ihn jetzt mit der ganzen Arroganz ihres jüngeren Jahrgangs.»

«Reg dich nicht auf!»

«Sie hat schon wieder so einen geschmacklosen Türkei-Urlaub mit Teppichfahrten gebucht. Wenn Papa stirbt, liegt sie wahrscheinlich irgendwo am Strand und erregt sich über den neuesten Königsklatsch in ihren Magazinen. Ich fasse es nicht!»

Halm lachte schon wieder und blieb auch mit diesem Lachen alleine. Wenn es um ihren Vater ging, verstand Viola keinen Spass. Allzu nervtötend die Aufgabe, diesem protestantischen Arbeitsmenschen wenigstens die letzten Jahre seines Lebens noch zu einem bequemeren Alltag zu verhelfen.

«Warum braucht die pure Vernunft trotzdem immer meine Schützenhilfe?», fragte sie Halm, ohne eine Antwort zu erwarten. «Mama ist schlicht eifersüchtig. Logisch, jede weitere Stunde, die mein Vater nicht stirbt, imponiert ihrer Verwandtschaft mehr als ein ganzes Jahrzehnt ihres Durchschnittslebens.»

Halm wollte gerade ihre Geduld loben, als er durch den Hörer die Stimme seiner Schwiegermutter Agnes erkannte. Mit einer hastigen Entschuldigung legte Viola auf. Die ungeplante Stille verschluckte Halm. Er rettete sich auf den Balkon, ins Vogelgezwitscher des sonnigen Julitags. Im Nachbargarten, unter einer hohen Kastanie, wurde einem Familienvater von seinem vierjährigen Sohn aus einem Wassergewehr in die Beine geschossen. Der Mann beklagte sich gelangweilt, der Sohn hob seine Waffe ebenso gelangweilt über den Kopf und streckte den Bauch heraus. Schon wurden Schütze und Opfer zum Händewaschen ins Haus gerufen.

Halm hätte hier feststellen können: zwei Männer mit einer Waffe und eine Frau in der Küche – aber für Konstellationen dieser Art hatte er kein Auge. Er verliess den

Balkon dumpf gelaunt und verpasste, wie leidenschaftlich die aufkommenden Windböen dem Kastanienbaum die säuberlich ausgerichteten Blätter (helle Seiten nach unten) zerwühlten, und dass die Baumkrone hinter seinem Rücken bald der Frisur einer Geliebten glich, die im Liebessturm auseinanderfloss. Er war ausserdem zu faul für soziale Kontakte und rief niemanden an, der ihm beim Essen geistreiche Gesellschaft hätte leisten können. Stattdessen holte er aus dem Briefkasten seine Computerzeitschrift und spazierte entgegen der Windrichtung bis zum ‹Mayur›. Es gab Curry-Rind mit Reis.

9

Die Karottenfrau begrüsste den Kollegen. Sofort wurde gelacht. Halm konnte zu wenig Französisch, um zu verstehen, worüber. Folglich hatte er Zeit, sich einmal mehr an ihrem breiten Mund und der künstlich guten Morgenlaune zu stören. Künstlich war auch die Nässe des Asphalts. Das unregelmässige Motorengeräusch des Strassenreinigungswagens nervte sogar aus der Ferne. Halm studierte die Schuhe und Waden der Karottenfrau, sah, wie sie die unvermeidliche Tupperware aufklappte und eine Gemüsestange wie eine Zigarette im Mund stecken liess. Affektiert liess sie sie von Mundwinkel zu Mundwinkel wandern und stiess fiktiven Rauch aus. Ihr paffender Arbeitskollege fühlte sich in seinen Gesten ertappt und lachte begeistert. Die Karottenfrau hob das Bein wie ein Storch, kratzte sich mit der rechten Schuhschnalle einen Mückenstich in der linken Kniekehle, verlor das Gleichgewicht, liess sich vom Kollegen auffangen und zeigte ihm einen geheimnisvollen Zettel. Aus der Ferne sah dieser Zettel aus wie das speckige Innenpapierchen eines Kaugummis. Halm ärgerte sich, dass es über dieses winzige Papierchen so viel zu tuscheln gab. Seine Blicke versuchten jetzt zu töten. Statt zu sterben, wurde die Französin aus heiterem Himmel befleckt. Eine Taube bespritzte ihr linkes Ohr so flächendeckend, dass Halm an Violas Stummfilmsammlung mit all den Tortenschlachten denken musste. Beschämt wandte er seinen Blick ab. Hinter seinem Rücken hörte er Kichern. Mit Taschentüchern und Spucke putzten die beiden wohl eine gummiweiche Ohrmuschel aus. Etwas zu lange für Halms Geschmack. Dann kam die 11. Alle drei stiegen sie nacheinander durch dieselbe Tür.

10

Am Abend lag Philips tintenblauer Stoffelefant plötzlich im Treppenhaus. Offensichtlich hatte es Viola nicht länger bei ihrer Mutter ausgehalten, war ohne vorher anzurufen aufgebrochen und heimgekehrt. Halm hörte durch die Tür die Sopranstimme seines Sohns, schloss die Tür auf und löste bei Viola und Philip ein synchrones «O-haaaaaa!» aus.

Halm machte: «Ja, Ha-looooooo!», wusste nicht, wen er zuerst umarmen sollte, blieb einen Moment lang stehen und zeigte seine Zähne, in der Hoffnung, dass das so freundlich aussah, wie er es meinte. Violas Mund schmeckte nach Schokolade. Ihr ganzes bisheriges Abendessen, wie sie sofort betonte. Als Halm seinen Sohn hochhob, knackte es in der väterlichen Schulter.

Die Heimkehr erklärte Viola mit Überraschungsgästen aus Hochwald, die ihre Mutter in regelrechte Geiselhaft genommen hätten. Drum sei sie unter dem Vorwand eines verschwitzten Termins Hals über Kopf getürmt. Während Viola weitere Beschreibungen der Überraschungsgäste lieferte, deren Kommentare zu Philips Wehleidigkeit zitierte oder andere Grenzüberschreitungen zusammenfasste, räumte sie hektisch ihre Tasche mit Zwischenproviant und Thermosflasche aus. Jede Minute, die verstrich, ohne dass Viola nach der Papeterie fragte, kränkte Halm. Er schaute zu, wie sie Philip ein Abendessen anrührte, und war bald zu verstimmt, um ungefragt von seinen neuen Geschäftsstrategien anzufangen (er plante, das gesamte Geschenkartikelsortiment auszubauen und mit jugendlicheren Produkten zu ergänzen. Ausserdem schwebte ihm ein Pilotprojekt vor, das es Kunden ermöglichte, Geschenke direkt aus seinem Geschäft zu verschicken. Zudem wollte er einen Kredit aufnehmen und das Erdgeschoss umbauen. Mehr Licht schaffen und die direkte Einsicht in die Warenauslage verbessern. Spektakuläre Neuigkeiten also). In Violas offener Sporttasche entdeckte Halm das Geschenk, das sie ihrer Mutter gekauft hatte. Eingepackt. Nach dem Grund wollte er nicht fragen, weil er fürchtete, eine weitere Erzählung auszulösen. Zuerst sollte sie sich jetzt nach seinen Papeterieplänen erkundigen.

Als beide gegen Mitternacht im Bett lagen, war er unfähig zu einer einzigen Zärtlichkeit, obwohl er an ihrem demonstrativen Herumwälzen erkannte, dass sie Lust hatte, dass sie wohl aber ihrerseits zu stolz war, es zuzugeben, solange er sie nicht als Erstes berührte. Halm sah zur Zimmerdecke, obwohl diese in der Dunkelheit geradeso gut hätte fehlen können, und überlegte, wie es nun zu schaffen sei, noch einmal etwas trinken zu gehen, ohne einen Wortwechsel auszulösen. So schlief er durstig ein, in seine Kränkung verstrickt, und verpasste ihren leisen Gutenachtwunsch.

Als Halm schnarchte, lagen vermutlich nicht wenige Sätze auf Violas Zunge.

«Zwischen Philip, mit dem du mich alleine lässt, und meinem Vater, den meine Mutter alleine lässt, gähnt ein Abgrund. Ich rutsche ab in diesen Abgrund.»

Halm träumte derweil von einer Treppe, in der mehrere Stufen fehlten, und stöhnte.

«Du merkst nicht, dass ich gerettet werden muss. Du rettest deinen Vater. Im Gewand dieser verfluchten Papeterie! Ich hasse dieses marode miefige alte Geschäft, das dich an die 50er-Jahre des letzten Jahrhunderts kettet. Es ist verloren!»

Halms rechter Arm rutschte aus dem Bett.

«Verkauf den Mist und schau mal unser Leben an! Schau mich und deinen Sohn an! Lieber Arbeitslosengeld beziehen als begraben sein in altem Familienstaub.»

Halm bewegte sich nicht mehr.

«Vor lauter roten Zahlen siehst du mich nicht. An deiner Seite bin ich genauso unsichtbar wie bei meiner Mutter. Weigern wir uns nicht, unser eigenes Leben zu sehen, Schatz! Sonst plötzlich stürzt es sich auf uns.»

11

Der französische Bus faltete seine Türen auf. Unter den aussteigenden Fahrgästen keine Karotte. Halm beschloss, die 11 ziehen zu lassen. Auch der nächste Bus schaffte die obligatorische Gefährtin nicht herbei. Halm begann sich über rothaarige Frauen zu ärgern, die nicht seine Karottenfrau waren. Einen weiteren Bus konnte er abwarten, danach würde die Verspätung bei seinen Angestellten Fragen aufwerfen. In Halms Magen brannte ein Pfefferkorn. Gegen seinen Willen blieb er auf dem ersten Spielfeld seines Tagesablaufs stehen, glotzte die Fassaden an, glotzte sie weit über die übliche Zeit hinaus an, so lange, bis er hoffte, sie würden alsbald eingerollt, von Wirklichkeitsbeamten, die der Überzeugung wären, Halm sei bereits weitergezogen.

Im Schaufenster eines Schuhgeschäfts beschlug ein nur dreissig Zentimeter grosser Handwerker mit steifem Arm einen Liliputanerschuh. Ein Harmonikaspieler nahm an der Haltestelle Platz, bestimmt hundert Kilogramm schwer, mit offenstehendem Mund. Wenn er schluckte, überlappte die Unterlippe die Oberlippe. Er schnitt ein Gesicht, als blende ihn eine Sonne. Schmutzige Jeans, solides Schuhwerk, schwarzer Strickpullover. Halm tippte auf einen leicht zurückgebliebenen Sozialhilfe-Empfänger, knapp fünfzig Jahre alt. Der Mann spielte in Endlosschlaufe einen einzigen Refrain. Mit dem ganzen Körper wippte er hin und her, mied jeden Blickkontakt. Niemand schien sich an der erstaunlichen Uhrzeit zu stören, die dieser Strassenmusikant für seine Kunst gewählt hatte, und nur Halm sah, wie der Mann sich plötzlich gegen das Ohr schlug, um abrupt das Musikstück zu wechseln. Ein äusserst brutaler Faustschlag gegen den eigenen Kopf.

Je länger die Karottenfrau nicht auftauchte, desto ernsthafter bildete sich Halm ein, sie habe ihm stattdessen diesen Harmonikaspieler geschickt. Dass die Wartenden sich von dem Harmonikaspieler nicht stören liessen, begann ihn zu beunruhigen. Jetzt rannten sie der viel weiter hinten als vermutet zum Stillstand gekommenen 11 entgegen. Die Angst, die Tür könnte sich vor ihnen schliessen, schien grösser als die Angst vor Zusammenstössen mit Passanten. Im Augenblick, da das rechtzeitige Erreichen der Tür Gewissheit wurde, beruhigten sich ihre Körper nicht. Halm beobachtete einen nahtlosen Übergang von der Sorge um die offene Tür in die Sorge um einen freien Sitzplatz.

12

Sonntag. Viola und Halm unternahmen mit Philip einen Spaziergang in der geschützten Naturlandschaft des französischen Umlands, entlang eines Planetenwegs. Sämtliche Himmelskörper des Sonnensystems waren in den Proportionen ihrer kosmischen Entfernungen in die Landschaft gepflanzt. Ausgerechnet die tischtennisballgrosse Erde fehlte. Ein Grössenwahnsinniger musste sie mit nach Hause genommen haben. Während Halm sich darüber lustig machte, beschloss Viola, schon morgen einen grünblau bemalten Pingpongball herzubringen und mit Sekundenkleber auf den Pfosten zu leimen. Dieses Engagement ging Halm zu weit, und während sie einige Minuten über die Bedeutung der Erde stritten, erkannte er dieses pragmatisch entschlossene Denken Violas wieder, das ihre einstige Verliebtheit so rasch in Heiratspläne verwandelt hatte.

An ihrem fünfundzwanzigsten Geburtstag war es gewesen, als Violas Vater laut feststellte, wie glücklich ihm seine Tochter an der Seite ihres neuen Freundes erscheine. Sie war überrascht gewesen, dass ihr Vater es erkannte. Ihre bisherigen vier Freunde hatte er allesamt mit demonstrativer Nichtbeachtung gestraft. Als sie später ihre Geburtstagsgeschenke aus dem Kofferraum des alten Saab holen durfte, den seit vier Jahren nur noch ihre Mutter fuhr, musste durch irgendwelche innere Gärungsprozesse aus der Überraschung Übermut geworden sein. Viola schlug den Kofferraum zu und wusste plötzlich, wohin mit ihrem Leben. Mit den Geschenken kehrte sie an den Tisch zurück, strahlte ihre Mutter und dann lange ihren Vater an und sagte aus heiterem Himmel:

«Wir werden heiraten.»

Erst als ihre Eltern klatschten, suchte sie Halms Blick. Sie lächelte, als könnte ihre Ankündigung ein Scherz sein. Halm blinzelte ihr grosszügig zu.

Seit diesem Tag war die Familie heiss gelaufen. Es war unmöglich geworden, der Begeisterung und Ungeduld der künftigen Schwiegereltern auszuweichen. Kurzzeitig beflügelten die Heiratspläne Viola sogar mehr als ihr bevorstehender Studienabschluss, auch mehr als ihre Praktikumsstelle im Theater. Viola blühte ganz in der Planung lebenslänglicher Zweisamkeit auf. Ihr Vater beanspruchte sämtliche Kosten der Hochzeit für sich und schlug ausserdem den Kauf einer kleinen Eigentumswohnung in der Gasstrasse vor. Halm sah ein, dass alles auch aufgrund des hohen Alters des Schwiegervaters in dieser Geschwindigkeit abgespult werden musste, und sicher würde aus demselben Grund Violas Kinderwunsch nicht länger aufgeschoben werden können. Nicht nur, dass Viola ihrem über 90-jährigen Vater gerne noch den Titel ‹Grossvater› verliehen hätte, aus eigener Erfahrung war es auch ein erklärtes Ziel, den eigenen Kindern einen jungen Vater zu schenken. Kurz: Der Motor der Konventionen war von einem Tag auf den anderen in den fünften Gang geschaltet worden, ehrgeizig angekurbelt von der Hilfsbereitschaft all jener Familienfreunde, die sich diesen Konventionen schon vor Jahren gebeugt oder unterworfen hatten, unabhängig davon, wie glücklich oder anspruchslos sie selber dabei geworden waren. Violas Eltern schienen von der altmodischen Vorstellung entzückt, dass ihre Tochter trotz Hochschulabschluss nicht die Karriere, sondern den vertrauten Familienweg wählte. Auf diesen Weg schienen in Violas Verwandtschaft alle zu pochen, obwohl sie, so viel stand jetzt schon fest, am Tag, da man ihnen eine Schaufel Erde auf den Sargdeckel werfen würde, allesamt ganz und gar langweilige Biografien zurückgelegt haben würden. Biografien, die sich unter dem Übergewicht ihrer Fantasielosigkeit und den Launen des Zufalls krümmten und bogen.

Halm grübelte sich selbstvergessen und ohne Plan durch die Vergangenheit. Beispielsweise fiel ihm angesichts zahlreicher Hummeln am Wegrand ein Satz ein, den Violas Vater gesagt haben soll. Sie war als kleines Kind im elterlichen Garten von einer Biene gestochen worden, hatte den Laubrechen, dessen schwerer Stiel ihren Kopf weit überragte, fallen gelassen und geschrien. Gemäss Überlieferung soll der Vater seiner Tochter daraufhin eine Ohrfeige verabreicht, den Rechen wieder in die Hand gehauen und gerufen haben:

«Hör auf zu weinen! Die Biene arbeitet ja mehr als du!»

Während die Hummeln wie auf Kommando in den Schatten eines Baums entflohen, überlegte Halm, ob sein eigener Vater zu einem solchen Satz fähig gewesen wäre. Nie. Trotzdem hatte es zwischen ihnen Distanz gegeben. Einen unausgesprochenen Verhaltenskodex, der es beispielsweise absolut verbot, dem Vater so über den Kopf zu streicheln, wie Viola es seit Wochen bei jeder Gelegenheit an ihrem Vater tat. Halm überlegte, ob er sich ein Streicheln des Vaterkopfes freiwillig nie herausgenommen hatte, oder ob es vielmehr von seinem Vater, selbst im Sterben noch, als eine unnötige Grenzüberschreitung abgelehnt worden wäre. Die Sonne brach durch die Wolken, und Halm, der, beim Nachdenken immer langsamer geworden, jetzt sogar stehengeblieben war, fragte sich, wann

Philip aufhören würde, auf seinen Schoss zu klettern, ihn zu umarmen und in den langen Haaren zu wühlen.

Neben den Ästen einer Hängebirke drehte er sich um. Schon vor Minuten waren Viola und Philip am zurückliegenden Wegrand gestrandet. Nachdem Philips Windeln gewechselt, seine Nase geputzt und die beiden wieder zu Halm aufgeschlossen hatten, spazierten sie zu dritt aus dem Sonnensystem.

13

Vor einem Monat hatte Violas Vater den hundertzweiten Geburtstag gefeiert. Erst seit diesem Tag konnte er wegen einer geplatzten Ader im besseren Auge nicht mehr lesen. Seine Lupe lag zwar immer noch auf dem Tisch, und er nahm sie immer noch zur Hand, in der Hoffnung, die verschlechterte Sehleistung könnte sich durch übermütige Alterungsprozesse zufällig verbessern, aber mit dem Lesen war es vorbei.

Als der Schwiegersohn das Zimmer betrat, sass der alte Mann in seinem Rollstuhl, benutzte den Fernseher in voller Lautstärke als Radio und wischte sich mit einer wackelnden Hand, die ihm schon seit Jahren selber fremd war, den Mund ab. In seinem linken Auge wirkte die Pupille eingeschrumpft, gegen das Nasenbein klaffte eine schwarze Lücke. Sie führte in einen Kopf, in dem sich durch Austrocknungsprozesse schon bedrohliche Hohlräume gebildet haben mussten. Alle paar Stunden träufelte eine Pflegerin Augentropfen ein, trotzdem blieben die Augen dauerentzündet. Redete man Violas Vater an, grinste er stumm übers ganze Gesicht, und dieses Grinsen blieb in seinen Mundwinkeln stehen, egal, was man ihm berichtete. Halm atmete durch den Mund, öffnete ohne zu fragen das Fenster, durfte dann den Fernseher ausschalten und aus einem Gratisanzeiger vorlesen. Violas Vater schloss die Augen, konzentrierte sich grinsend und schaffte es, sich über die verschuldeten Jugendlichen zu amüsieren, von denen in einem kurzen Artikel die Rede war. Dann betonte er, dass er nur durch Sparsamkeit und harte körperliche Arbeit in der freien Natur bis heute gesund geblieben sei. Dass er als Stadtgärtner einst in wenigen Tagen eine ganze Platanenallee gestutzt habe, und dass sie damals, in den strengen Wintern, mitgeholfen hätten, den Friedhofsboden aufzusprengen, damit die Gräber ausgehoben werden konnten. Halm hörte diese Geschichten nicht zum ersten Mal. Insbesondere die gesprengten Gräber waren seit Jahren der unverzichtbare Knalleffekt. Violas Vater kehrte immer und immer wieder zu dieser Geschichte zurück. Als wolle er seinem Umkreis zu verstehen geben, dass selbst der Tod etwas sei, das man sich, notfalls mit Sprengstoff, hart erarbeiten müsse. Manchmal vermutete Halm, dass dieser Tattergreis sein hohes Alter als Scheitern auffasste. Alles im Leben hatte er mit Bravour geschafft, nur eben das Sterben, das noch nicht.

Halm bewunderte Viola. Sie hatte sich in den letzten Monaten in die Rolle der fürsorglichen Tochter regelrecht verliebt und nutzte jede freie Minute, ihren Vater zu besuchen, brachte Apfelsaft gegen Verstopfung oder ein schöneres Taschentuch. Es war unübersehbar, dass sie täglich mit seinem Ableben rechnete. Halm kam einmal mehr ins Rechnen. Fünfundsechzig. Als Viola zur Welt kam, stand der Mann bereits in Rente. Kein Wunder, hatte sie sich für das eigene Kind einen jungen Vater gewünscht. Ironischerweise mussten Viola und Halm dann, nach der Blitzhochzeit, fast zehn Jahre auf die Erfüllung dieses Wunsches warten.

Halm erinnerte sich wieder an den allerletzten Geburtstag in den eigenen vier Wänden des Schwiegervaters. Sie waren zu früh dran gewesen. Das Geburtstagskind noch nicht angekleidet. Sie setzten sich eng zusammengerückt an den Küchentisch, schauten zu, wie die Mutter kochte und schroff jede Hilfe ablehnte. Nachdem im Badezimmer die Klospülung mehrmals betätigt worden war, betrat endlich auch Violas Vater die Küche, die betäubende Wirkung des Mittagsschlafs noch im Gesicht. Er war damals auf den Tag genau 98 Jahre alt, und sein Unterkiefer scherte bei jedem Schritt schief nach links aus. Viola umarmte ihn und gratulierte, und dabei stellte sich heraus, dass er gar nicht wusste, dass heute sein Geburtstag war. Ungeachtet des fröhlichen Gesichts seiner Tochter, die ihn in der Küche für seine Robustheit lobte und nach seiner Morgengymnastik fragte, verschlechterte sich seine Laune augenblicklich.

«Nicht schon wieder Geburtstag!», meckerte er in Richtung seiner Frau, als trüge sie die Schuld daran.

Mit dieser Klage hörte er nicht auf, bis die neun dicken und acht dünnen Kerzen vom Kuchen entfernt waren. Wie immer wollten in diesem Haus aber auch ohne Geburtstag keine guten Gespräche in Gang kommen. Violas Eltern kannten, das war Halm seit dem ersten Tag aufgefallen, nur Floskeln, Belehrungen, Verhöre und Warnungen, keine Gespräche. Viola wickelte die in ein Geschenkpapier der hauseigenen Papeterie gerollte, ungarische Delikatessensalami hinter dem Rücken des schweigenden Vaters aus. Ebenso schweigend und heimlich hängte sie sie in die Speisekammer. Ihre Mutter dankte es ihr mit einem kapitelschliessenden Blick. Damit war auch das kleinste Geburtstagsindiz beseitigt, und Halm schien es, als hinge nun alle Freude in der dunklen Speisekammer und als wären alle froh, dass man sie gerade noch rechtzeitig weggeschafft hatte.

Seither waren vier Jahre vergangen. Das Taschentuch des Schwiegervaters schwebte zu Boden. Halm hob es auf. Sein Besitzer sass schweigend im Rollstuhl und grinste Halm an, als wolle er sagen:

«So ist das, mein Lieber, und es wird amüsanter, je länger ich nicht sterbe.»

Für den Rest des Besuchs liessen die Kräfte des Schwiegervaters immer mehr nach, und die Konversation beschränkte sich darauf, dass er sich bedankte, wenn Halm ihm das noch mehrere Male herunterfallende Taschentuch zurückgab.

Eine Pflegerin mit einem langen Hals kam schliesslich herein, um dem Mann ins Bett zu helfen. Als Erstes schloss sie gereizt das Fenster, Halm stand unbeholfen im Weg, wurde nicht mehr beachtet, stolperte ein letztes Mal dazwischen, streichelte seinem Schwiegervater den Kopf und verliess das Altersheim durch die Gartenanlage. Zurück auf der Strasse, fragte er sich, wie sein Gesichtsausdruck einem Fremden erschienen wäre. Traurig oder erleichtert? Gerne hätte er sich dem Urteil eines Passanten anvertraut.

Währenddessen geriet im Alters- und Pflegeheim ein Mann, erschöpft vom Besuch seines Schwiegersohns, in einen Traum. Er schuftete sich ab. In irgendeinem Keller mit offenem Kiesgrund. Seit den gefrorenen Böden des Winters 1929 hatte er nicht mehr so rackern müssen. Schmerzen in allen Muskeln, ein Brennen im Hals, weil der Durst zu gross, die Kehle zum Schlucken zu alt und die Augen zu blind waren, um einen Wasserhahn zu finden. Seine Beine und Arme wurden hart wie Holz. Zuletzt versuchte er mit einer Hacke seine eigenen Knochen zu brechen, damit die Härte aus seinem Körper wiche. Er bekam keine Luft, verlor aber trotzdem das Bewusstsein nicht, als sei es für eine Ohnmacht längst zu spät. Er wollte aufgeben, einschlafen, aber sein Körper behinderte alle Kapitulationsverhandlungen des Geistes. Der alte Mann rief nach seiner Mutter.

Drei Frauen standen im Zimmer. Er wusste nicht, welche die Mutter sein könnte, spürte nur Hände, in trockene Lappen gewickelt. Die Verwandlung von Holz in Stein schritt voran. Sie dauerte bis in die Nacht. Er hörte Stimmen. Jemand drückte ihm zwei Handballen auf die Augen. Das löste etwas aus. Eine Bewegung. Er tauchte in die Matratze ab. Ein schwerer Felsbrocken versank im Moor, sank Schicht für Schicht tiefer. Dann liess er den Brocken los. Stieg nach oben, langsam, aus dem Moor empor, in die Luft. Und das, was ein alter Mann gewesen war, flog wie ein Gasballon an die Zimmerdecke, durchs Flachdach des Pflegeheims hindurch, in die Wolken. Ein knallroter Gasballon im blauen Himmel. Niemand in der Stadt bemerkte ihn.

14

Viola drehte Halm den Rücken zu, sah in den Spiegel und probierte Ohrringe an. Sie trug nur einen Slip und hatte nasse Haare. Mit Unterbrechungen, in denen sie dem im Nachbarzimmer herumjammernden Philip Versprechungen machte, neue Ohrringe zwischen die Lippen steckte oder Halms zerknittertes Hemd kritisierte, berichtete sie von ihrem Vater, der gestern Abend vornüber aus dem Rollstuhl gestürzt war und sich, wie Viola heute Morgen feststellen musste, vom Schock noch nicht wieder erholt hatte.

Halm sass wenige Schritte hinter Violas schlankem Rücken auf dem Bett und versuchte ihren Erzählungen zu folgen, fragte sich aber unentwegt, was den unzufriedenen Philip so störte, und warum Viola ihren Mann nicht endlich nachsehen liess, sondern dringend die Ursachen für den gekippten Rollstuhl ergründen wollte. Nicht nur, dass Viola gleichzeitig als Tochter, Ehefrau, Mutter und unternehmungslustige Nachtschwärmerin sprach, sie zappte mit ihren Gedanken auch mühelos zwischen Vergangenheit und Zukunft. Einerseits rekapitulierte sie druckreif den unerfreulichen Besuch im Altersheim, andererseits freute sie sich schon mit dem ganzen Körper auf die Premierenfeier, für die sie sich mit der Routine einer Maskenbildnerin in Schale warf. Selbst für die verspätete Babysitterin fand sie angemessene Worte. Hinter dem Rücken seiner Frau war Halm hingegen nur die Vorstandssitzung der Papeteriegenossenschaft eingefallen, und er hätte sich am liebsten eine Stunde hingelegt oder zumindest dem in einer mittlerweile ganz unbegreiflichen Ferne der Wohnung herumschreienden Philip den Hintern versohlt. Überhaupt waren ihm Theatervorstellungen ein Graus.

Viola kannte dort die Hälfte der Zuschauer, und es war jedes Mal unmöglich, vor ein Uhr morgens die Babysitterin abzulösen. Aber während Halm im Prinzip bereit gewesen wäre, das Haus zu verlassen, hatte Viola am linken grossen Zeh einen Riss im Strumpf entdeckt, beide Strümpfe noch einmal ausgezogen und angefangen, die Zehennägel nachzuschneiden. Gebückt stand sie im Badezimmer vor der Badewanne, einen Fuss auf dem Wannenrand, und konzentrierte sich auf die Nagelschere. Was Halm nicht ahnte: Sie flog dabei, als wären der Ebenen zu wenig, schnurstracks ins Jahr 1973, verwandelte sich in ein fünfjähriges Mädchen und hörte die Geschichte mit dem Wolf.

Ihr Vater hatte sie gebadet, abgetrocknet und eingewickelt in ein Frottiertuch auf seinen Schoss gesetzt, um ihr die Zehennägel zu schneiden. Er war an diesem Tag zornig, weil sie wieder mit Lügengeschichten aufgefallen war. Bisher waren ihre Geschichten durchschaubare, kindliche Lügen gewesen. Am Vorabend hatte sie das Schwindeln aber auf die Spitze getrieben. Ihrer älteren Cousine hatte sie aufgetischt, sie sei in Wirklichkeit gar nicht das Kind ihrer Eltern, sondern wohne in einer ganz anderen Strasse, bei ganz anderen Leuten, in einem viel grösseren Haus mit Park und Pferden. Dort habe sie auch einen älteren Bruder und bekomme jeden Abend Bier. Einmal in der Woche dürfe sie mit dem Helikopter ihres Vaters um die Münstertürme fliegen. Viola rüstete ihr Paralleluniversum mit vielen Details und Beweisstücken aus, allen voran ein Hausschlüssel, den sie am Morgen auf der Strasse gefunden hatte, und der überhaupt die Inspirationsquelle für diese Fantasiegeschichte gewesen war. Zuletzt hatte die Cousine, in Tränen aufgelöst, allen Widerstand aufgegeben und sich vor Viola ernsthaft zu fürchten begonnen. Da hatte Viola ihre Lügen längst selbst bereut, aber die glücklichen Familienszenen in der Parallelwelt waren ihr einfach zu gut gelungen, um nun alles freiwillig zu widerrufen. Ihre Lügengeschichte hatte nicht nur zur Folge, dass sie ohne Abendessen ins Bett geschickt wurde, sie forderte den Eltern auch alles an Überzeugungskraft ab, um bei der Cousine das alleingültige Familiensystem wiederherzustellen. Insbesondere die Existenz des Schlüssels war ein Problem.

Am nächsten Tag nach dem Baden erzählte Violas Vater die Geschichte mit dem Wolf. Sie war simpel und allgemein bekannt. Ein Junge sollte eine Schafherde hüten und pfeifen, falls ein Wolf auftauchte. Der Junge pfiff zwei Mal zum Spass, und zwei Mal kamen die Dorfbewohner vergeblich. Beim dritten Mal war der Wolf da. Der Junge pfiff, aber kein Dorfbewohner wollte sich mehr lumpen lassen. Der Junge wurde bis auf die Knochen aufgefressen. Die Moral der Geschichte, sagte der Vater, während ein Stück Zehennagel in seine Hand fiel: Wer drei Mal lügt, dem glaubt man nicht, und wenn er auch die Wahrheit spricht. Aber Lügen erfordern Fantasie. Das war ein Fantasieverbot, überlegte Viola und zog sich neue Strümpfe über. Unter Androhung körperlicher Vernichtung. Die Nagelschere war ein vorläufiger Ersatz für die Wolfszähne. Ihr eigener Vater war in diesem Augenblick der Wolf gewesen, der ihr verständlich machte, dass er ihr statt der Nägel geradesogut die Zehen abschneiden könnte. Und würde sie ihn dessen anklagen, niemand würde glauben, dass er es war. Nicht nach all ihren Lügengeschichten.

Vielleicht, dachte Viola, arbeitete sie deswegen im Theater. Weil Schauspieler ungestraft lügen dürfen. Sie lachte über diesen Einfall und wies den geistesabwesenden Halm darauf hin, dass es geklingelt hatte. Die Babysitterin.

15

Halm hatte mit einer schönen Handbewegung dafür gesorgt, dass der schwere Windfang, der bereits für den Winter installiert worden war, nicht an Violas Ohr klatschte. Eine befreundete Garderobiere rief Violas Namen und lotste sie und Halm begeistert auf zwei freie Plätze. Am Tisch sassen Nicole, die Gründerin der Kinderballettschule, mit ihrem wie durch ein Wunder vom Krebs geheilten Mann Rainer. Ein kaugummikauender Koloss. Russfarbene Wildlederjacke, kohlenschwarze Haare, aschgraue Koteletten. Des Weiteren vier unterschiedlich fotogene junge Sängerinnen des Opernchors, Patrick, der Buchhalter der städtischen Kulturfabrik, sowie dessen 19-jähriger Sohn Jan, der stolze Regiehospitant.

Viola, das wusste Halm nur zu gut, hätte es gerne vier Tische weiter geschafft. Dorthin, wo bald die Schauspieler zusammenkämen. Am Tisch begnügte man sich mit witzigen Bemerkungen, über die jeder nur lachte, weil er ohnehin schon am Lachen war. Früher mochte Viola in ihren wechselnden Theaterfamilien glücklich gewesen sein. Seit Philip ihr Leben bestimmte, hatte sie die entscheidenden Kontakte aus den Augen verloren. Halm wollte gerade damit beginnen, sich zu langweilen, als jemand durch den Windfang das Lokal betrat. Die Karottenfrau. Schnell wandte er das Gesicht ab und stellte der Garderobiere eine Frage nach den Publikumszahlen. Zwischen seinen Schulterblättern setzte sich ein aufdringlicher Blick fest. Die Karotte musste direkt hinter ihm stehengeblieben sein. Jeden Augenblick erwartete er ihre Anrede. Sie war genau der Typ Mensch, der Leute grüsste, bloss weil man sich von der Haltestelle kannte. Glücklicherweise war die Garderobiere erfreut über die Frage und sagte ihr statistisches Wissen auf. Halm versuchte derweil die Fensterscheiben, die verchromten Lampenschirme, sogar sein mit Rotwein gefülltes Glas als Rückspiegel zu benutzen. In irgendeiner Reflexion müsste doch zu entdecken sein, ob und wohin sich die Karotte bewegt hatte. Möglicherweise stand sie aber immer noch hinter ihm und wartete höflich auf eine Gelegenheit, sich bemerkbar zu machen.

Der Abend zog sich in die Länge, ohne dass Halm sich ein einziges Mal umgedreht hätte. Nicht einmal, als der Kellner laut hinter seinem Nacken sang und mit einer funkensprühenden Coupe Melba diesen Koloss Rainer ehrte, der dem Tod so heldenhaft von der Schippe gesprungen war.

Später war es Halm, als sähe er im Ärmel einer der Opernchorsängerinnen einen Rattenschwanz. Gegen ein Uhr früh löste sich die Tischrunde auf. Die Schauspieler im schlechter beleuchteten Teil des Lokals waren schon vor Stunden weitergezogen. Halm wagte vorsichtige Seitenblicke. Aus den gewonnenen Bildschnipseln setzte er den Kontinent des Lokals zusammen. Erst als er sicher war, dass die Karotte auf keinem der Ausschnitte zu finden war, drehte er sich ganz um. Bis auf einen Bier trinkenden Kerl mit einer Schiebermütze war das Lokal leer. Halm fragte sich, ob er sich von Anfang an getäuscht hatte.

Auf der Strasse gestand Viola, dass sie zu viel getrunken hatte. Wie eine reumütige Taschendiebin steckte sie Halm den Autoschlüssel in die Manteltasche. Er packte strafend ihre Hand und küsste ihren Ringfinger.

16

Es war 6 Uhr 42. Aus dem Bus stieg, nachdem sie wochenlang verschollen gewesen war, die Karotte. Sie war keine Karotte mehr. Ihre pechschwarz gefärbten, aber wie Halm sofort feststellte, ungewaschenen Haare reichten bis zu den Schultern. Nicht, dass sie schwarzhaarig für Halm attraktiver geworden wäre, im Gegenteil. Die Art, wie sie sich schminkte, gefiel ihm weiterhin nicht. Und immer noch bewegte sie sich wie jemand, der glaubte, dass Selbstvertrauen ein Menschenrecht sei. Doch hatte er das Gefühl, dass der Tag ordentlicher begann, wenn sie an dieser Haltestelle nicht fehlte. Es dauerte nicht lange, bis ihr seine Seitenblicke auffielen. Natürlich erneut auffielen. Und sie musste sie von Anfang an als Bewunderung missverstanden haben. Erst heute aber, ohne die Anwesenheit ihres Kollegen, lächelte sie ihm zu, näherte sich plötzlich und stellte sich vor.

Sie heisse Yvonne, sie sei eine von 35'000 elsässischen Grenzgängern. Sie lachte auf, als wundere sie sich selbst über ihre Zahlenkenntnisse. Dann beeilte sie sich zu sagen, dass man sich ruhig begrüssen könne, wenn man Werktag für Werktag an derselben Strassenecke die Lebenszeit teile. Seit 13 Monaten. So lange habe sie ihre neue Stelle als Französischlehrerin in Münchenstein.

Halm schüttelte die feste Hand, die sie ihm entgegenstreckte, und fand, dass es nicht schadete, dass er ausgerechnet heute eines seiner besseren Hemden trug. Was für eine aufdringliche Heiterkeit wieder. So viel Heiterkeit war nur durch überaktive Kompensationsversuche zu erklären, dachte Halm. Er versuchte auf ihre vielen Fragen knappe Antworten zu geben. Durch die Anstrengung bildete sich über seiner Nasenwurzel ein dämonischer Schatten. Als ihn Yvonne prompt darauf hinwies, musste er lachen. Sie doppelte nach, und er lachte lauter. Halm fand sich plötzlich in einer Stimmung leichter Angetrunkenheit. Die Überwachungskamera im letzten Wagen des 11er-Trams filmte zwei Fahrgäste, die wie langjährige Freunde wirkten. Halm umklammerte mit beiden Händen eine Haltestange und versuchte, Distanz zu wahren, aber Yvonne bot ihm mit jeder Bemerkung neue Pisten für Pointen.

Irgendwann stand Halm wieder auf der Strasse, und durchs Fenster zeigte ihm die Französischlehrerin eine Grimasse, die wohl bedeuten sollte, dass sie nach diesem Kennenlernen gar nicht mehr gerne zum Unterrichten fuhr. Halm schämte sich für dieses blöde Gesicht und blickte sich um. Zwar waren da überall nur Menschen, die sich mit ihren Telefonen beschäftigten, trotzdem war er froh, dass das Tram und Yvonne immer kleiner wurden.

17

Philip kämpfte mit Viola um den Zeitpunkt des Schlafengehens, und das Gebrüll einer Kinderfolterung, das in der Wohnung lag, war auch mit Blicken aus dem Fenster, auf die vom Abendverkehr gequälte Einbahnstrasse, nicht zu verdrängen. Im Augenblick schien es Halm unmöglich, sich etwas Höllischeres vorzustellen als die Qualen seines Sohnes. Philip wollte das Gegenteil seiner Mutter, aber Viola machte ihm keine Hoffnungen. Kinderwille gegen Erwachsenenwillen. Philip schrie um sein Leben. Mit einem einzigen Versprechen, ein Kinderbuch betreffend, war das Geschrei dann ausgeknipst. Er hörte Philip mit sanfter Engelsstimme Fragen zur bunten Welt stellen, und Viola antwortete ihm wie die Stellvertreterin Gottes, wiegte ihn schliesslich singend in den Schlaf. Auch Halm trat das Licht aus. In der ganzen Wohnung war es jetzt dunkel, sogar Halms Spiegelbild war vom Fensterglas verschwunden wie das Dia eines nie gehaltenen Vortrags. Die Strasse füllte sich vor dem Lichtsignal mit zwei ungewöhnlich geduldigen Feuerwehrwagen. Lange blieb es totenstill. Viola kam nicht. Sie musste, nachdem Philip eingeschlafen war, direkt ins Badezimmer gegangen sein. Sie hatte Halm nicht einmal gesucht.

Hat sie nicht gesehen, wie ich ins Wohnzimmer gehe, um aus dem Fenster zu schauen, fragte er sich.

Als er das Zimmer verliess, stand Viola im Gang und wollte wissen, warum er in letzter Zeit immer irgendwo grübelnd im Dunkeln herumstehe.

«Na und?»

«Das macht mir Angst.»

Erst als ihre Zunge in seinen Mund schlüpfte, verstand Halm, dass sie ihn offenbar wollte, und als er ihren Kuss erwiderte, zog sie ihm das Hemd aus der Hose und fuhr mit der Hand auf seine Brust. So viel Zärtlichkeit hatte Halm nicht erwartet. Er gab sich seiner Frau hin, wie einer, den das Glück einer Verwechslung heimsuchte.

18

«Und? Was bringst du deinen Schülern heute bei?»

«Dass niemand das Recht hat zu gehorchen.»

«Aha.»

«Wusstest du nicht, nein?»

Halm suchte nach einer scherzhaften Antwort. Er wollte die Ironie aufgreifen, die er hinter ihren hochgezogenen Augenbrauen vermutete. Weil er aber keine Piste fand, ergriff Yvonne das Wort.

«Hast du dich in der Schule nicht auch jahrelang gefragt, warum dauernd die Lehrer die Fragen stellen und nicht die Schüler, nein?»

«Die Schüler?»

«Gibt doch nichts Dämlicheres als Fragende, die die Antworten selber wissen, nein?»

Spätestens jetzt hätte Halm begreifen müssen, dass Yvonnes Ironie nicht in ihren Sätzen lag, sondern in ihrem letzten, immer selben Fragewort. Sie neckte ihn, aber er fand nicht heraus, womit. Sein Konter war hilflos:

«Also, ich persönlich stelle nur Fragen, wenn ich keinen blassen Schimmer habe. Zum Beispiel, wenn ich keinen Schimmer habe, wo du eigentlich wohnst und was du eigentlich machst, wenn du nicht gerade unterrichtest.»

Yvonne ging nicht darauf ein. «Mir war das schon in der Schule zu doof, dass man meinen eigenen Fragen mit diesen künstlichen Verhören zuvorkam. Ich war eine miserable Schülerin. Alles, was ich heute kann und weiss, hab ich mir selber beigebracht. In der Freizeit.»

«Und jetzt erziehst du deine Schüler zu Autodidakten? Sägst du da nicht am eigenen Ast?»

«Ich wohne in Huningue, und wenn ich nicht unterrichte, geh' ich angeln. Jetzt bist du dran», lachte sie.

Zu spät.

Halm musste aussteigen. Blitzschnell hatte Yvonne aus einem kleinen Stapel mit Gummiband eine selbstgemalte Visitenkarte gezogen. Das Unikat steckte sie ihm zu wie ein Tombolalos. Halm betrat seine Papeterie mit einer Papiersorte in der Faust, die in seinem Sortiment fehlte. Die Karte war mit einer Handynummer beschrieben und einer vollständigen Adresse bedruckt:

Yvonne Weiller
2 Rue de l'Abattoir
68330 Huningue, France

19

Nicht nur die Heizung konnte man in der Gasstrasse voll aufdrehen, ohne dass es richtig warm wurde, und nicht nur die Isolierung der doppelt verglasten Fenster war ungenügend, auch das Klo war ein Problem. Seit Monaten rann der Spülkasten. Nachts konnte man es bis ins Schlafzimmer hören.

An einem Samstagvormittag riss Halm den Deckel aus der Umklammerung des Wassertanks. Mittels der grossen, verkalkten Plastikmutter am stabilen Ende des Schwimmkörpers versuchte er, eine neue Situation zu schaffen. Vergeblich. Halm würgte mit einem Schraubenzieher das Wasser ab und attackierte mit dem Engländer. Innert Minuten hatte er die altersmüde Kunststoffkonstruktion abmontiert und eingesehen, dass dieses tropfende Herzstück vor dem Infarkt stand. Siebzig Minuten später und eine Stunde bevor Viola mit Philip vom Park zurückkehrte, hatte er für 40 Franken ein zeitgenössisches, schlankeres Exemplar gekauft. Er schraubte es ungeduldig in den alten Kasten und öffnete den Wasserhahn. Das Wasser benahm sich diszipliniert, füllte den Tank, stoppte mit einem entschiedenen Ruck. Kein Tropfen zu viel, kein Mucks mehr. Auch nach dem ersten Spültest verharrte das Klo ruhig wie ein Beichtstuhl. Halm setzte sich rittlings auf den geschlossenen Deckel, Gesicht zur Wand, betätigte erneut die Spülung und wohnte einem zweiten Test bei. Mit identischem Resultat. Er musste zugeben, er fühlte sich dem Sinn des Lebens näher, als nach dreissig Arbeitstagen in der Papeterie. Langsam räumte er das Werkzeug weg, sah aus dem Fenster, wo just in diesem Augenblick, am Ende der Strasse, das gelbe 11er-Tram mit seinem roten Längsstreifen vorbeidonnerte. Zwei Sekunden später suchte er in seiner Brieftasche Yvonnes Visitenkarte.

«der sinn der welt ist die welt. der sinn des lebens ist das leben, nein?», lautete seine kommentarlose SMS an sie, nachdem er ihre Nummer seinem Adressbuch hinzugefügt hatte. Just als Halm diese stumpfsinnige Lebensweisheit abgeschickt hatte, drehte Viola ihren Schlüssel im Schloss.

20

Philip erreichte mit den Füssen nicht einmal die vordere Kante des Sofas. Seine Beine waren ganz unter dem Kinderbuch verschwunden. Nur reglose Zehen schauten hervor. Überhaupt lag der ganze Sohn müde in den Armen des Vaters und stellte, als reichte sein Gedächtnis nicht weiter als fünf Minuten in die Vergangenheit, immer wieder dieselben Fragen. Über die erste Seite waren sie bisher nicht hinausgekommen. Das Bild einer Stadt in der Nacht. Hinter jedem Fenster sah man jemanden schlafen, sogar einen bärtigen König. Dass der einen Bart hatte, faszinierte Philip, denn Männer mit Bärten hatte er in der Richtigkeit, wie Philip die sogenannte Wirklichkeit nannte, noch nie getroffen. Als müsse er die Erklärungen seines Vaters auswendig lernen, wiederholte Philip jeden Satz mit derselben konzentrierten, durch die Müdigkeit aber ermatteten Stimme. Es war, als hätte man seinen Charakter ausgetauscht. Vor wenigen Minuten hatten seine Händchen Holzeisenbahnschienen herumgeschleudert. Möglicherweise hatte ihn die Sanftmut erst überfallen, nachdem er seinen Lieblingspyjama (Spiderman) über den Kopf gezogen und einen zärtlichen Kuss auf die Stirn bekommen hatte. Halm bevorzugte dieses zärtliche Papageienwesen, das jetzt in seinem linken Arm lag, schon alleine deshalb, weil er sich in diesem Irren, der seine Spielsachen durchs Zimmer warf, peinlich selber erkannte. Als Kind hatte Halm immer zu spät gemerkt, dass er sich selber bestrafte, wenn er im Protest gegen die Eltern seine Lieblingssachen zerstörte. Während sich Vater und Sohn über die schlafenden Stadtbewohner mit einem hier staunenden und da altklugen Blickkontakt verständigten, fragte sich Halm, ob Philip etwas von der Unsicherheit seines Vaters ahnte.

Er blätterte auf die nächste Seite, wo die Stadtmenschen vorbildlich munter waren und die Geschichte ihren Lauf nahm. Halm erzählte sie mit sämtlichen Nebenfiguren und überforderte seinen Sohn mit Details, die mit dem Text des Kinderbuchs nicht das Geringste zu tun hatten. Nur, um nicht vorschnell aus der Zweisamkeit des Erzählens entlassen zu werden. Im Augenblick machte es Halm glücklich, dass sie das ganze Buch noch vor sich hatten, und er hoffte, dass Philip nicht gleich einschlafen würde. Aus einer Maus am unteren Bildrand machte er die neue beste Freundin der Prinzessin und verstrickte das Nagetier in ein Abenteuer, aus dem er nach einiger Zeit selber keinen anderen Ausweg mehr wusste, als einfach weiterzublättern und seinen Sohn anzulachen. Viola war ausgegangen, und Halm bedauerte, dass sie ihn jetzt nicht sehen konnte. Die grösste Zuneigung wurde ihm von ihr zuteil, wenn sie ihn dabei ertappte, ein guter Vater zu sein.

Nachdem Philip seit Stunden schlief und Viola immer noch nicht zuhause war, trank Halm unverdünnten Wodka und stellte sich auf den Küchenbalkon. Am Himmel kein einziger Stern. Stattdessen verströmte der Müllsack einen noch fauligeren Geruch als gestern. Dreimal vibrierte es in seiner Hosentasche, dann stand auf der hellen Anzeige:

«alles paletti im gehirn des tautologen?»

Halm verstand kein Wort. Zwei Tage später hatten sie sich zum ersten Mal verabredet.

Yvonne wurde von Halm in die Bar einer engen Seitengasse gelockt. Er wollte nicht mit ihr gesehen werden. Sie nahm stumm einen ersten Schluck Bier, unterdrückte den einsetzenden Schluckauf und schaute auf all die Herausgeputzten, die mit Leichtigkeit dem Schlund eines Parkhauses entrannen und der hellen, lärmigen Fussgängerzone entgegeneilten. Während Halm eines dieser inspirierenden Tramgespräche erwartet hatte, wippte Yvonne nur mit dem Kopf zur Musik, die aus der Bar in die trostlose Seitengasse hinaus hallte, und schaute ihn an. Halm flüchtete aufs Klo, und nachdem er zurückgekehrt war, verabschiedete er sich unter einem Vorwand, tippte auf sein Handy, als handle es sich um ein Beweisstück, und klemmte unter seinen Bierdeckel einen Zehnerschein, auf dem Le Corbusier gerade traurig die Brille hob. Yvonne schüttelte den Kopf, trank aus ihrem Glas und blieb sitzen, als begänne ihr Abend erst jetzt.

Die Fussgängerzone empfing Halm mit einem gewaltigen Stau gutgelaunter, junger Menschen, teilweise zu ganzen Ketten mit den Armen verhängt, so dass Halm trotz Ausweichmanöver an Schaufenster gedrückt wurde, oder sich in den Stühlen vollbesetzter Boulevardcafés verhedderte. Nachdem er in kürzester Zeit ein Dutzend mokkabraungesonnter Dekolletees junger Teenagermädchen zu Gesicht bekommen hatte, schien ihm, als würde er mit jedem Schritt, den er in Richtung seines Zuhauses machte, um ein weiteres Jahr altern. Jedes Gelächter, in dessen Ursache er nicht eingeweiht war, stiess ihn aus. Noch eine Blondine mit hellen Schulterträgern, die aus nichts als ungebräunter Haut bestanden, und er würde traurig werden und sich wünschen, mit Yvonne zusammenzustossen. Er umarmte sie voller Reue und küsste ihren Mund. In Wirklichkeit schrie ein Feuerschlucker in gebrochenem Deutsch auf

Zuschauer ein, provozierte Applaus und sengte den Nachthimmel an. Halm dachte ans Umkehren. Er fragte sich, warum Yvonne nicht protestiert hatte, als er sie mitten im angebrochenen Abend versetzte. Nach mehreren Anfällen von Platzangst, umzingelt von schülerhafter Unternehmungslust, die ihm seinen Weg abschnitt und den Mut nahm, beruhigte er sich mit dem Gedanken, dass er Vater war. Er hatte einen Sohn. Er war verheiratet. Das Glück, das die Menschen hier suchten, hatte er längst im Trockenen. Das alles hier konnte ihm nichts mehr geben und auch nichts nehmen. Als er kehrt machte, stiess er mit Yvonne zusammen, küsste sie und nahm entschlossen Kurs auf diese letzte Seitengasse vor dem Multiplex.

Yvonne war verschwunden. Sie hatte ihr Bier nicht ausgetrunken. Ihr volles Glas stand immer noch auf dem Zehnerschein. Am Tisch sassen drei Frauen. Eine vierte, die sich Yvonnes Zahnlücke geborgt hatte, kam aus dem Lokal. In der Hand ein frisches Päckchen Zigaretten. Weil Halm sie zu lange anglotzte, streckte sie ihm die Zunge raus.

21

Für ein verlängertes Wochenende hatte sich Viola mit einer Freundin verabredet. Deren zweijährige Tochter sei Philips Geliebte geworden, scherzte sie. Für Halm klang diese Information nicht wie ein Scherz, sondern wie der Vorwurf, dass er gar nichts mitbekomme vom Leben seines Sohns. Darum hatte Halm den Blick sofort abgewendet und Violas aufrichtige Freude verpasst, die in ihrem Gesicht eigentlich leicht zu erkennen gewesen wäre.

Mit dem Wochenende verschaffte sie ihm ein weiteres Mal Luft. Es stimmte. Halm war seit Wochen bedrückt von der Suche nach Auswegen. Er würde sich wieder auf die Stärken eines Quartieranbieters zurückbesinnen müssen, neuen Kontakt zu den Kunden suchen. Warum eines Tages nicht Bestseller verkaufen? Schliesslich hatten sich die Buchhandlungen ja auch in sein Geschäft eingemischt. Mit Sicherheit würde er künftig am 6. Dezember Grättimannen verschenken, am Dreikönigstag Dreikönigskuchen (drei entsprechende Offerten von nahegelegenen Bäckereien erschienen ihm allerdings zu teuer), auch der Onlineshop musste in Zukunft besser funktionieren, Firmenkunden, die bis 16 Uhr bestellten, sollten ihre Waren am nächsten Morgen erhalten. Halm wollte Kundenkarten einführen und das Sortiment um Geschenkartikel erweitern. Kuschelige Kissen in Herzform, mit Rosensujets bemalte Schachteln oder Kaffeetässchen in Pinkfarben. Halm hasste diesen Klimbim, er verspürte geradezu physisches Unwohlsein angesichts der Seifigkeit all dieser parfümierten Radiergummis, all dieser Kerzen in Torten- und Pfirsichform, aber es ging hier ja längst nicht mehr um seinen Geschmack. Auch die Gutmütigkeit, mit der er seine beiden Mitarbeiterinnen behandeln musste, war nicht nach seinem Geschmack. Aber beide, das war ihm klar, hätten in einem Warenhaus mehr verdient. Das brauchten sie nicht einmal auszusprechen, um ihm zu drohen. Trotzdem litt er täglich unter seiner falschen Höflichkeit und Gutmütigkeit, die er sich im Umgang mit ihnen auferlegte. Gutmütig hatte ihn sein eigener Vater bestimmt nicht in den Arbeitsalltag seiner Papeterie eingeführt. Jedes einzelne Produkt musste er dutzende Male selber ausprobieren, auseinandernehmen und wieder zusammenfügen. Kein Kunde sollte ihn je mit einer Frage überraschen können. Drei Jahre lang wurde er von seinem eigenen Vater neutral wie ein Lehrling behandelt, immer fordernd, prüfend. Sogar, was bei einem Brand oder Überfall zu tun wäre, hatte er sich Schritt für Schritt einzuprägen gehabt. Erst gegen Schluss begann ihn sein Vater als einen vollwertigen Stellvertreter in den Verband der Schweizerischen Papeteristen einzuführen. In diesen neonhellen Ort, der den übermächtigen Schatten des Vaters erst richtig zur Geltung brachte. Noch heute wurde Halm dort häufiger auf seinen toten Vater angesprochen als auf seine eigene, kleine Familie.

«Wenn du nicht endlich wieder Freude an deiner Arbeit findest, verkaufe. Verkaufe diese Papeterie», sagte jetzt Viola, nachdem sie Philip in seinem Kindersitz festgeschnallt und hastig um die Motorhaube herumgekurvt war, um ihren Mann noch etwas hastiger auf den Mund zu küssen. Während sie sich gewissenhaft am Steuerrad des von ihrer Freundin ausgeliehenen Wagens einrichtete, inklusive Prüfen der Tankfüllung, liess sie nicht locker.

«Ich weiss, du kämpfst, Liebling. Ich bin stolz, aber vielleicht schreit die Zeit nach Veränderungen. Lieber frei und in finanziellen Nöten als unfrei und im Wohlstand!»

«Wie bitte? Wir haben ein Kind!»

«Trotzdem. Du musst verkaufen!»

«Schatz, ich verkaufe nicht meinen Vater.»

«Er hat dich gekauft!»

«Er kann niemanden kaufen, er ist seit elf Jahren tot.»

«Liebling, sei nicht naiv, es kaufen uns nicht nur die Lebenden.»

Es war sieben, als Halm die Papeterie verliess. Er verstaute so viel Verpackungsmaterial im Kofferraum des alten Saabs wie irgend möglich, setzte sich ans Steuer, unterliess es aber, den Zündschlüssel zu drehen. Warum kam eigentlich niemand auf die Idee, ihn für seinen Job zu bewundern? Sein Vater wurde in der Familie verehrt wie ein Händler von Edelprodukten, sogar dann hörte man ihm noch zu, wenn er von Eindrücken in den Papierfabriken in Grellingen, St. Gallen oder dem österreichischen Lenzing berichtete. Wenn er über Recyclingpapiere und die Geschichte der Papierherstellung referierte, oder vom luzernischen Wolhusen schwärmte, wo man das Design für Geschenkpapiere entwarf.

«Ich finde, das würde mal denselben Jubel verdienen wie das Designen von teuren Modestoffen!», rief sein Vater zuverlässig nach seinen Besuchen in Wolhusen.

Halm hatte diese Begeisterung heute noch im Ohr. Seine Mutter hatte ihm einmal ins Ohr geflüstert:

«Dein Vater übersieht, dass der Jubel über die Modestoffe vor allem Jubel über uns Frauen ist, die wir diese Stoffe tragen.»

Natürlich hatte die Mutter Recht gehabt. Halms Vater war zuweilen mitleiderregend blind für menschliche Faktoren. Darum hiess seine europäische Lieblingsstadt auch nie Paris, sondern London. Jedem Menschen, der London auch nur beiläufig erwähnte, empfahl er so sicher wie das Amen in der Kirche das Geschenkpapiersortiment im Kaufhaus Fortnum & Mason an der Piccadilly.

Mechanisch steuerte Halm den Wagen durch den Verkehr des Aeschenplatzes. Er war plötzlich entschlossen, nicht in den Recyclinghof zu fahren, sondern in den Wald zu flüchten. Bei roten Lichtsignalen fuhr er den Wartenden bis an die Stossstange und wünschte sich, dass sich ein Fahrer nach ihm umdrehte oder ein Stück vorrückte. Bei Grün fuhr er absichtlich viel zu langsam an und hoffte, dass man ihn anhupte. Ausserhalb der Stadt gab er Gas und hätte um ein Haar die Abzweigung verpasst. Die asphaltierte Strasse endete als staubiger Traktorenpfad, auf dem ihm ein Pferd entgegenkam. Er stoppte den Wagen und hatte Augenkontakt mit der Reiterin. Ein 17-jähriges Mädchen mit Liza-Minnelli-Frisur. Das Mädchen erinnerte ihn an Viola beziehungsweise an Violas grünstichige Polaroidfotos, die sie auf Pferden und in Reiterhosen zeigten.

Das Gras auf dem Mittelstreifen des Traktorenpfads hatte die Farbe von Stroh angenommen. Er beschleunigte den Wagen in den Schatten des Walds. Die Sonne blinkte unbeeindruckt hinter den Baumkronen weiter. Auf dem Parkplatz stand ein schwarzer Golf. Ein hagerer Mann stützte sich daneben auf die Knie und übergab sich. Halm parkte auf der gegenüberliegenden Seite, parallel zu einem gefällten und bereits entasteten Baum, auf dem zwei Kinder sassen und giftgrüne Süssigkeiten in die Länge zogen. Wie sich herausstellte, übergab sich der Mann keineswegs, sondern studierte einen Hirschkäfer, den er beim Aussteigen beinahe unter seinem Gummistiefel begraben hätte. Erst bei genauerem Hinsehen erkannte Halm, dass es sich um den Auferstandenen handelte. Den Koloss. Aber der erkannte ihn nicht. Wie auch. Er hatte an jenem Abend ja nur ein einziges Mal aufgeblickt, durch die Funkenkugel seines Coupe Melba.

Halm setzte sich auf einen Baumstumpf und stützte den Kopf in die Hände. Später begann er in seiner Hand das Telefon zu drehen, und vielleicht hätte er diplomatisch eine neue Verabredung mit Yvonne angezettelt, wäre in diesem Augenblick nicht wieder der Koloss in seinen Gummistiefeln aufgetaucht.

Diesmal erkannte er Halm doch. Die beiden mussten ins Gespräch kommen. Halm war nicht nach oberflächlicher Unterhaltung. Er befragte den Gestiefelten, dessen Name ihm nicht einfallen wollte, direkt nach seiner Verfassung. Wortkarg fiel die Antwort nicht aus.

«Wenn du dich seit Monaten auf deine grosse Abreise vorbereitest, dann aber den Flug verpasst, bringst du es nicht mehr fertig, deine Koffer auszupacken. Deine sauber zusammengefalteten Kleider haben sich definitiv von deinem Körper abgehäutet. Noch nie ist eine Schlange in ihre trockene, leere Haut zurückgekrochen. Meine Frau starre ich ratlos an. Ich weiss nicht, wo denn jetzt, da wir uns schon herzlich verabschiedet haben, noch einmal angeknüpft werden soll. Alle gemeinsamen Erinnerungen hatte ich wunderbar abgeschlossen, und ich hatte Dinge gebeichtet, die ohne Aussicht auf unwiderruflichen Abschied nicht gebeichtet gehören. Nein. Wer mit dem Leben abgeschlossen hat und erfährt, dass es doch weitergeht, der hat ein Problem. Der ist mit dem Herz längst über alle Berge. Kaugummi?»

«Nein, danke!»

«Ich bin Rainer.»

«Ah ja, richtig! Klaus», sagte Halm.

«Du überzeugst dich in harter Arbeit, dass es Grösseres, Spirituelleres gibt als das Leben. Kaum hast du das gelernt, sollst du leben und das Alltägliche wieder ernst nehmen wie früher. Ohne mich. Nichts ist ernst und gültig. Höchstens der Wald. Aber im Grunde auch da nur die Flechten.»

Halm schwieg und sah dabei wohl besonders traurig aus.

«Ist es nicht tröstlich, dass keine Fragen offenbleiben? Dass von Anfang an feststeht, wie alles ausgeht?»

«Wie denn?»

«Wie? Mit dem Allerzuverlässigsten! Also auch dem Allervertrautesten! Dem Tod!»

Halm glotzte einen grünlich verfärbten Baumstamm an.

In einer Zigarrenschachtel präsentierte ihm Rainer seine kleine Flechtensammlung.

«Parmelia saxatilis!»

Halm konnte sich nicht vorstellen, wie ein Mann, der immerhin ein kleines medizinisches Wunder war, ausgerechnet bei diesen abgerupften Flechten landen konnte. Er musste übergeschnappt sein, zumal zuhause eine Frau auf ihn wartete, die nicht nur Gründerin einer Kinderballettschule mit nationalem Ruf war, sondern auch langes Haar, schöne Mandelaugen, einen sportlichen Körper und, wie man erleben durfte, einen vielfältigen Freundeskreis hatte. Als Halm diesem Rainer zuguckte, wie er abschiedslos die

Fährte nach noch schöneren Exemplaren der Parmelia saxatilis aufnahm, kam es ihm vor, als würde ihm von diesem Wahnsinnigen der Wald weggenommen.

Der Weg zurück auf den Parkplatz hatte angenehmes Gefälle. Halm wechselte in einen Laufschritt. Ein Schäferhund bellte aus einem Hinterhalt. Zwei Mädchen in Reiterhosen riefen den Hund zwar zurück, ohne aber so freundlich zu sein, auch noch den Schreck aus seinen Knochen zu nehmen. Halm rannte quer durch den Wald, auf der Suche nach einem Weg zurück zum Parkplatz. Weit und breit war niemand mehr zu sehen und zu hören, auch der Parkplatz war bis auf seinen und Rainers Wagen verlassen. Halm setzte sich hinters Steuer, wechselte den Radiosender, rollte rückwärts unter die grosse Tanne, um mit einer bewundernswert einzigen Kurve zurück auf den Traktorenpfad zu finden. Er gehörte seit über vierzehn Jahren zu den begeisterten Autofahrern. Immer wieder stellte er fest, dass ihm das Drehen des Zündschlüssels, der anspringende Motor, dass ihm das Gaspedal unvergleichlich Spass machte. Beim Starten des Motors war es ihm jedes Mal, als könne er eine neue Szene in seinem Leben anwerfen. Eine Schlüsselbewegung, die die Zukunft direkt an die Leine nahm. Halm rollte, nur mit dem Geräusch der Steine unter den Reifen, aus dem Wald hinaus, wurde von den Sonnenstrahlen erfasst und beschleunigte in eine Gegend, die zwar menschengemacht, aber menschenverlassen war. Er hätte sich hier eine Strasse gewünscht, die er noch nicht kannte. Fernweh packte ihn. Auf der Fahrbahn sass ein Hahn. Regungslos. Halm bremste rechtzeitig, versuchte ihn im ersten Gang zu verscheuchen. Der Hahn sah ihn an, aber regte sich nicht, als ob er mitten auf der Strasse ein

Basiliskenei ausbrütete. Er steuerte den Wagen knapp an den flachen Strassengraben und fuhr, schon in Schräglage, langsam an dem lebensmüden Tier vorbei. Im Rückspiegel sah es dann nur noch aus wie eine leblose Schikane.

22

Beim Essen legte Philip eine stumme Beflissenheit an den Tag. Lediglich, wenn der nächste Teil der Wurst zerschnitten werden musste, entwich seinen Lippen das Wort «Mama», sogar dann noch, wenn gerade nur Halm am Tisch sass. Trotz gesunden Appetits musste für den Zeitraum, in dem er mit Kauen beschäftigt war, ein Dinosaurier auf dem Essen herumspazieren und das Plastikmaul in die Erbsen oder Bratkartoffeln hineintauchen. Ohne Spielzeug war Philip seit Wochen nicht mehr am Tisch zu halten, weshalb sogar die in Sachen Tischsitten pingelige Viola kapituliert hatte. Den Klassiker ‹Man spielt nicht mit dem Essen› hatten sie beide auf die Reservebank geschickt, nicht ohne Hoffnung, dass die Dinosaurier ein zweites Mal aussterben würden.

Mehrmals musste man das Sirupglas vor dem Schwanz des Argentinosaurus retten. Gerade wollte Halm ins Schimpfen kommen, als Violas Handy summte und blinkte.

Viola staunte nicht schlecht, als sie auf der Anzeige den Namen der Taxigesellschaft las, die sie aufgrund eines wöchentlichen Arzttermins mit ihrem Vater fix programmiert hatte. Am anderen Ende stellte sich ein Mitarbeiter vor, der sich nichts Geringeres herausnahm, als Viola zum Essen einzuladen. Er müsse, erklärte er, herausfinden, wie die Frau aussehe, die ihn mit ihrer Stimme jeden Dienstag so wach mache, dass es ihm den Schlaf raube.

«Da können Sie lange warten», schimpfte Viola, legte auf und bereute augenblicklich. Nun würde sie nie erfahren, wer der Mann am anderen Ende der Leitung gewesen war. In scharfem Ton forderte sie Philip auf, anständig zu essen, aber Philip riss den Mund auf, zeigte Erbsenbrei und stiess einen Sirenenton aus. Plötzlich bestand sein ganzes Dasein aus der verzweifelten Frage, ob denn ein Mensch, was er schon im Mund hat, nicht auch schlucken darf? Viola blieb die Antwort schuldig. Sie litt sichtlich unter den Nachwirkungen des Anrufs. Eine mädchenhafte Verlegenheit, Empörung und Freude hatten sie befallen, wie Halm sie seit langem nicht mehr bei ihr auslösen konnte.

Im Bett betrachtete er die Schultern, den Nacken und das Haar seiner bereits schlafenden Frau und sackte mit jedem ihrer Atemzüge tiefer in die Vergangenheit. Noch nie hatte er von einem Menschen so viel wissen wollen wie an diesem ersten Abend von Viola, und noch nie hatte er an sich selber ein so unerschöpfliches Mitteilungsbedürfnis beobachtet. Vor sechzehn Jahren, gegen zwei Uhr morgens, nach Theater und Alkohol, waren sie mehrmals an ihrer Haustüre vorbeispaziert, mit dem Gespräch jedes Mal zu sehr in Fahrt, um schon an Abschied zu denken. Verschwörerisch hatte die mit 15 Grad Celsius aussergewöhnlich warme Novembernacht eingeladen zu weiteren Schlaufen, dann Spaziergängen an den Rhein, hinauf auf alle möglichen Anhöhen, von denen man in enge Altstadtgassen hinunterblicken konnte. Es war gegen vier Uhr morgens, als beiden klar geworden war, dass man sich von dem Menschen, der da neben einem herging, nicht mehr trennen wollte.

«Weisst du, was Horváth in meinem Lieblingsstück eine Figur die andere fragen lässt?»

«Frag's mich, vielleicht kann ich's dir beantworten.»

«Was ist Sehnsucht?»

«Sehnenscheidenentzündung!»

«Dummkopf. Durst.»

«Ah!»

«In unserer WG gibt's noch Bier», sagte Viola und steckte die Zunge in ihren linken Mundwinkel. Als Halm ihre Studentenwohnung betrat, wusste er nicht, dass er mit diesem Mädchen die Bühne seines Lebens betrat. Beide hüllten sie sich in Wolldecken, setzten sich auf den Balkon und diskutierten weiter. Viola war in Fahrt gewesen, spürte in sich die Intellektuelle erwachen und wollte das Halm beweisen. Sie theoretisierte wild herum, um ihm zu gefallen, und Halm nickte, weil es ihm gefiel, dass sie ihm gefallen wollte.

«Ich finde grundsätzlich Verdrängungsmechanismen interessanter als die Wahrheit. Die sind kreativer. Und menschlicher sowieso. Als Theatermensch sollte man sich nur für sie interessieren. Enthüllungsjournalismus ist auf der Bühne sterbenslangweilig. Überhebliches, belehrendes Aufklärungstheater, egal in welcher künstlerisch gerade modischen Hose, verstehst du?»

«Ja, ja.»

«Verdrängung, Lüge und Spekulation sind immer schon die grössere kulturelle Leistung gewesen als der Blick in die Wahrheit. Die Wahrheit ist ja bescheiden!»

«Findest du?» Halms 18-jähriges Gesicht sah jetzt vor lauter Bewunderung so kindlich aus, dass Viola beinahe aus dem Konzept gefallen wäre.

«Guck doch! Wir kapieren lebenslänglich nichts und müssen ahnungslos sterben. Das ist alles. Mehr Wahrheit als diese beiden Dinger gibt's nicht. Aber jetzt guck dir die Farbpalette unserer Lügen an! Wenn ich mal Regisseurin bin, will ich Lüge und Wahrheit mischen, dass sich die Balken biegen, und die Laien der Fantasie werden nichts mehr unterscheiden können. Und bei mir ist auch keine Erlösung zu haben. Kein Bühnentod, wie in all den Klassikern. Das billigste Ende einer Geschichte ist ja der Tod. Sterben kann ein Idiot!»

«Wo willst du später mal leben?», fragte Halm und nahm einen Schluck Bier.

«Jetzt, da die Mauer gefallen ist? In Berlin natürlich. Um jeden Preis!»

«Das ist Wahnsinn, ja», sagte Halm.

«Weisst du, woran man erkennt, dass die DDR in gewisser Weise fortschrittlicher war als wir?»

«Keine Drogentoten?»

«Scheidungsrate war höher! Die Frauen waren emanzipierter, verstehst du? Die sassen Fehlentscheidungen nicht aus bis in den Tod. In der DDR hätte sich meine Mutter scheiden lassen!»

«Eben warst du doch noch fürs Verdrängen!»

«Als Künstlerin! Als mein Interessengebiet, aber doch nicht als Frau! Spinnst du?»

«Ich glaube, du spinnst!»

«Das mit der fortschrittlichen DDR, das sag ja gar nicht ich, das sagt Heiner Müller.»

«Der Skifahrer?»

Irgendwann waren sie aufgestanden, zu betrunken, um hinunter in den Innenhof zu schauen, und weil es stehend unmöglich geworden war, etwas anderes zu tun, küssten sie sich.

Halm erinnerte sich, wie sich Violas Brüste schon den ganzen Abend lang verheissungsvoll in ihrem roten, mittig gespaltenen Kleid verborgen hielten. Zwar war er während der Theatervorstellung das Gefühl nie losgeworden, dass diese Studentin der Theaterwissenschaft das auffallende Kleid für jemand anderen als den Papeterielehrling gekauft hatte, vermutlich für den Schauspielschüler, dessentwegen sie sich die Jung & Wild-Produktion überhaupt angesehen hatten, sechs Stunden später aber, auf dem Balkon, im Schein eines alten Lampions, schob Viola die Vorhänge beiseite und gönnte den Pupillen ihres Busens einen Blick auf Halm. Dem Lehrling war es dann gewesen, als küssten ihre Warzen seine Lippen, statt umgekehrt.

Mitten in dieser Erinnerung stöhnte Viola auf. Mit beiden Ohren in der Gegenwart schlafend, hatte sie den weinenden Philip als Erste gehört.

23

Ich hatte einen Termin auf dem Arbeitsamt. Man wollte besprechen, bei welchen Arbeitgebern ich mich in den letzten Wochen überall um eine Stelle beworben hatte. Sämtliche Protokolle von Telefonaten, mündlichen Anfragen, vor allem aber meinen Stapel schriftlicher Bewerbungen, hatte ich vorzulegen. Ich zog im zweiten Stock eine Nummer und nahm Platz auf einem dieser grauen Plastikstühle mit den verchromten und, aufgrund längst abhanden gekommener Fussschoner, im Linoleum feststeckenden Metallbeinen. In der Mitte des Raums stand ein abgenutzter Terminal mit einem Computer, der den Zugang zu Stelleninseraten ermöglichte, die mit dem Profil eines Filmvorführers allesamt nichts anzufangen wussten. In einer Ecke hatte eine junge Mutter Platz genommen. Ihr Kind schlief in einem violetten Tuch, das sie sich um Schultern und Bauch gebunden hatte. Sie füllte ein Formular aus und störte sich nicht an einer schwarz gefärbten Haarsträhne, die ihr linkes Auge bedeckte. Ich musste an Yvonnes pechschwarzes Haar denken, und ich fragte mich, ob Yvonnes Anziehungskraft auf mich eigentlich daher rührte, dass ihre Einsamkeit so sehr eins schien mit meiner eigenen. In Filmen, das irritierte mich seit Jahren, blieb ein einsamer Mensch immer schön, egal wie verloren. Filme verklären die Einsamkeit, weil mindestens eine Kamera draufhält. In Wirklichkeit sind die Einsamen unsichtbar, zum Wahnsinn verdammt. Ein Einsamer hat nur zwei Möglichkeiten. Entweder er beobachtet sich selbst und führt Selbstgespräche, oder er beobachtet andere. Narzisst oder Voyeur, etwas Drittes gibt es nicht. Dürftige Auswahl. Und deswegen war ich der Meinung, dass die Singles den Singles gehören sollten. Dass also ich dieser Yvonne hätte auffallen sollen und dass sie eines Tages mich hätte ansprechen sollen. Im Grunde wäre dadurch alles einfacher geworden. Die Liebesgeschichte zwischen mir und Yvonne hätte in einem einzigen Notizbuch Platz gehabt. So aber verfolgten mich die beiden bis in meine Träume. Täglich dachte ich an Yvonnes Mund, der fantastisch breit wurde, wenn sie auflachte, an ihre reinen Augen, ihre Ledersandalen, die mir gefielen, obwohl oder weil die rosarote Farbe abblätterte und obwohl oder weil in ihnen die Zehen so erbarmungswürdig zusammengedrückt wurden. Ich dachte an Yvonnes Stimme, ihren lustigen Schluckauf beim ersten Schluck Bier und an ihren angriffigen Humor. Ich dachte über all das viel mehr nach als über Halms nebeltraurige Probleme mit seinem Online-Shop. Und ich musste gleichzeitig meine zunehmende Erschöpfung eingestehen, was die Details anging. Die letzten Monate war ich oft sogar zu müde gewesen, mich auszuziehen. Neben einem sorgsam eingepackten dunkelblauen Sommerkleid mit weissen Punkten für hundert Franken schlief ich in meinen Hosen ein, ohne zu wissen, welche Farbe diese hatten, und ich war bald voller Angst, dass meine ganze Wirklichkeit keinerlei ‹Richtigkeit›, sondern unterdessen ganz im Gegenteil nur noch eine grosse ‹Falschigkeit› sein könnte. Beispielsweise war mir immer noch schleierhaft, warum dieser leidenschaftliche Autofahrer Halm jeden Morgen das Tram nahm. Dass Viola den Saab für ihre morgendlichen Altersheimbesuche benötigte und die beiden deswegen ein Abkommen hatten, war im Augenblick nicht mehr als eine These. Ein Detail, über das ich mich vermutlich nur deswegen ärgerte, weil mir Halm, würde er gefälligst schon am Morgen die Klapperkiste seines Schwiegervaters fahren,

Yvonne gar nie weggeschnappt hätte. Andererseits wüsste ich dann gar nichts von einer Yvonne. Das Ganze war folglich schlimmer als die Geschichte mit dem Huhn und dem Ei und kostete mich zeitweise meinen ganzen Verstand.

Der Beamte, der meine Arbeitslosigkeit bearbeitete, studierte gründlich die grauen Formulare mit meiner AHV-Nummer, jeden einzelnen Nachweis meiner persönlichen Arbeitsbemühungen, bis ins Detail der einzelnen Chiffrenummern. Es schien mir, als versetze ihn die Möglichkeit, dass sich seine Klienten mit unwahren oder unvollständigen Angaben strafbar machen könnten, in eine innere Erregung. Er betonte auch bei diesem Besuch, dass es meine Pflicht sei, alles Zumutbare zu unternehmen, um meine Arbeitslosigkeit zu vermeiden oder zu verkürzen, wenn nötig auch ausserhalb meines bisherigen Berufes als Filmvorführer, siehe Artikel 17 des AVIG. Das hier sei ja schliesslich auch nicht sein Traumjob, er wäre lieber Journalist geworden. Ich machte ihm deutlich, dass es selbst in den hartnäckigsten Zeiten von Wohlstand und Frieden ein unlösbares Problem mit uns allen gäbe, doch dass ich dieses Problem hier auf seinen Formularen nicht gewinnbringend ausformulieren könne. Ich müsste mich zu Tode schreiben. Jedenfalls seien seine Formulare ganz und gar weltfremd. Statt eine Antwort abzuwarten, verabschiedete ich mich grusslos. Es war mir heute nicht gelungen, meinen Stolz zu wahren und keinen geknickten Eindruck zu machen.

Das algengrüne Tram, das mich nach Hause fuhr, wurde in der Strassenflucht immer kleiner und kleiner, zum Schluss so grotesk winzig, dass wir Passagiere problemlos in einem einzigen kariösen Stockzahn Platz gefunden hätten.

24

Halm wusste, familiengeschichtlich war es eine Niederlage, finanziell gesehen ein unerwarteter Erfolg. Der Verkauf der Papeterie an eine deutsche Kette. Während der Verkaufsverhandlungen war Halm zudem in ein aussichtsreiches Gespräch mit dem Leiter der deutschen Kette gekommen, hatte von einer ausgeschriebenen Stelle erfahren und sich kurzerhand beworben. Nach mehreren Anhörungen, die sich über Monate hinzogen, wurde Halm zum Leiter aller fünf in der Nordwestschweiz zugekauften Filialen ernannt. Wie ihm inoffiziell zu Ohren gekommen war, hatte sich der eigentlich für diesen Job favorisierte deutsche Anwärter an einem indischen Hähnchen verschluckt, einen Speiseröhrenriss zugezogen und litt seither an ungünstigen Komplikationen.

Halm und Viola zogen aus dem neuen Jahreseinkommen sofort Konsequenzen und planten den Umzug. Weg aus dem St. Johann-Quartier, weg aus der Gasstrasse, hin an den östlichen Stadtrand. Dort kauften sie sich auf einer Anhöhe in der Nähe der Rheinschleuse, die zuverlässig Heimatkundelehrer mit Schulklassen anlockte, ein Einfamilienhäuschen in der Erlenstrasse. Nur einen Steinwurf vom Hardwald entfernt, einer grünen Lunge im Osten der Stadt. Garage mit Kiesvorplatz. 146 Quadratmeter Wohnfläche, 4,5 Zimmer, separates Bad und WC. Böden mit Keramikplatten. Fussbodenheizung mit raumspezifischer Thermostatsteuerung, Küche mit Glaskeramikkochfeld. Ein langgestreckter Garten, der bis hinauf zum Schienenlasso der Endstation der Tramlinie 3 reichte. Wären die Birken des pensionierten Nachbarn und zwei Bäume im eigenen Garten nicht kürzlich gefällt worden, hätten sich Halm und Viola auf ihrem Gartensitzplatz sogar noch ein wenig unbeobachteter fühlen können. Halm plante hölzerne Sichtschutzelemente. Mit Viola stritt er bereits Wochen vor dem Umzug um Möbelstandorte, Vorhangfarben, Gartenbepflanzung. Er gab nach bei den Lampen und Kunstpostern (Anselm Kiefer über dem Sofa, Rothko über der Kommode), und auch bei den Teppichen. Die Minibar mit Glastür setzte er durch. Vieles blieb zu Violas Missvergnügen unbesprochen, denn Halm verlor bei Einrichtungsfragen bald die Geduld. Wenn er sich über Vorhangstangenmodelle unterhalten sollte, musste er früher oder später gähnen. Und er verfolgte mit etwas Unwohlsein, wie seine Frau mit diesem Umzug in ein Haus mit Garten ihren Vater schon wieder – vielleicht das letzte Mal – zu beeindrucken versuchte. Den Umzug und das Einrichten plante sie mit der Zielsicherheit eines Bibers. Mit grösster Sorgfalt verschob sie Papierschnipsel über den Bleistiftlinien eines ausgedruckten Grundrisses. Am Ziel angekommen, galt es, keinen Fehler zu machen, und Viola machte keinen Fehler. Nur einmal hätte sie, um ein Haar, die alte Gasstrasse in Brand gesteckt. Sie hatte eine Pfanne mit Öl aufgesetzt und dann beim Vorbereiten irgendwelcher Bananenkisten den eigenen Hunger, ja sogar die Tatsache, dass sie am Kochen war, vergessen. Es gab nichts, was einen ordnungsliebenden Menschen besser ablenken konnte, als Aufräumen und Planen, gab sie zu bedenken, als sie Halm die schwarze Teflonpfanne präsentierte.

«Pass auf, dass wir nach Wochen des Räumens und Planens nicht ausgebrannt auf unserem neuen Grillvorplatz sitzen und erkennen, dass es aufwühlender gewesen war, das neue Leben zu planen, als es zu leben», sagte Halm.

«Dann müssen wir einander eben lieben oder sterben», erwiderte Viola, und das Wort lieben klang in ihrem Mund wie arbeiten. Halm wünschte sich sofort frühzeitige Pensionierung. Er hätte sein bisschen Verstand hergegeben für einen einzigen Funken jener befreienden Sinnlosigkeit, die in diesem Moment seinen Sohn steuerte. Philip hockte drei Meter vor ihnen und stach mit einer kleinen, neuen, roten Kinderschaufel, die die Wohnung noch nie verlassen hatte, auf den Spannteppich ein. Als er den Blick seines Vaters bemerkte, hielt er inne, als wäre er selber in Bedrängnis, und setzte dann die liebenswürdige Misshandlung des Teppichs fort, wie eine Dienstleistung, zu der er sich nun einmal verpflichtet hatte. Viola brachte Philip den kleinen, neuen, gelben Eimer und sicherheitshalber gleich auch noch den grösseren, neuen, grünen Bagger sowie mehrere grosse Legosteine. Und dann strich sie ihm so beneidenswert zärtlich übers Köpfchen, dass kein Mensch dieser Erde am Lebensglück dieses Kindes hätte zweifeln wollen.

Nach dem Abendessen starrte Halm apathisch lange auf den Teelöffel, der vor ihm auf dem Teller lag. Auf dem Löffel waren noch Spuren des Waldbeerenjoghurts zu sehen. Schlecht verwischt von den Lippen einer Frau, die längst nicht mehr an dieses Joghurt dachte, geschweige denn an die hastige Art und Weise, wie sie den Löffel zuletzt abgeleckt hatte. Trotzdem lag der Löffel jetzt unabänderlich auf dem Teller und trug Spuren von Lippen, die Halm früher unendlich gerne geküsst hatte. Der Teelöffel war Bestandteil des Besteckservices, das ihnen Violas Vater geschenkt hatte. Halm fragte sich, wie lange sie beide noch mit diesem Löffel ihren Kaffee umrühren würden, und wie oft er, Halm, in einer Zahl ausgedrückt, die Lippen, deren Spuren auf diesem Löffel zu sehen waren, noch küssen würde, bevor alles eine Geschichte geworden sein würde, für die nur noch Philips Existenz bürgte. Viola betrat das Zimmer. Ihre Lippen öffneten sich:

«Du sitzt ja immer noch am Tisch!»

«Ja.»

«Philip will das Kamelbuch!»

25

Die Strassen rund um Yvonnes vanillefarbenen Wohnblock an der Rue de l'Abattoir sahen aus, als lägen sie gleichzeitig in der Vergangenheit und in der Zukunft. Die Verwahrlosung einiger Fassaden war so weit fortgeschritten, wie es aufgrund der Baujahre frühestens in zwanzig Jahren hätte der Fall sein dürfen. Eine kleine Feuerwehrwache hundert Schritte von Yvonnes Wohnblock entfernt befand sich auf dem technischen Stand der Fünfzigerjahre. Es hatte in diesem französischen Aussenquartier seit Jahren nicht mehr gebrannt, trotzdem betrachtete Halm die sichtbare Gasflamme in Yvonnes Wassererhitzer jedes Mal etwas eingeschüchtert. Die Rue de l'Abattoir war sozialistisch breit angelegt. Auf den Rasenflächen, die ein Schweizer ‹vernachlässigt› genannt hätte und die der Geräumigkeit rund um die Plattenbauten eine grüne Qualität verleihen sollten, lagen Bierdosen, Hundekot und weggeworfene Gratiszeitungen. An die Hausecke hatte jemand mit schwarzem Filzstift «Islam hors d'europe» auf die alte Vanillefarbe geschmiert. Bis vor rund 35 Jahren habe man den Place Abbatucci, der 400 Schritte von Yvonnes Haustür lag, mit dem Schweizer Tram erreichen können, erklärte sie gerne. Dann sei die Linie eingestellt worden, und zwei Länder hätten einander vergessen. Auch dies ein Grund, warum die Zukunft hier in der Vergangenheit liege beziehungsweise die Vergangenheit die Zukunft in den Schatten stelle. Ein Schatten, der auf die Bewohner offenbar einschläfernde Wirkung hatte, dachte Halm.

Nun schlich er durch die französische Stille schon seit Monaten wie ein Dieb. Aber Yvonne küsste diesen Dieb, kaum, dass sie ihre Holztür zurück ins Schloss getreten hatte, wie ein Backfisch. In ihrer Wohnung roch es immer ein wenig nach überfordertem Katzenklo und stark nach Räucherstäbchen. Halm war erstaunt, wie selbstverständlich sie seine Überraschungsbesuche aufnahm, wie einfach es in ihrem Leben sein musste, eine Tätigkeit zu unterbrechen oder in einer Art Zeitraffer und ohne ursprüngliche Sorgfalt zu Ende zu bringen. Dann aber sass sie da, in der extra für ihn abgeholzten Waldlichtung ihres kleinen Lebens und strahlte ihn an. Aufgelegt zu unbekannten Spässen, aber verwirrend wortlos. Halm wusste oft nichts anderes zu tun, als wortlos zurückzulächeln und also aus purer Ratlosigkeit das Schweigen in etwas Bedeutungsvolles zu steigern, das nicht nur Unbeteiligte sofort mit Verliebtheit hätten verwechseln müssen. Irgendwann platzte die Spannung im Zwerchfell, und lachend gelang es wieder, Käse aus speckigen Papieren zu wickeln oder Wein einzuschenken. Nichtsdestotrotz begann das Schweigen dann von Neuem. In voller Grösse stand manchmal Viola in der fremden Küche und sah sich abwechselnd das alte Geschirr, die Weinflaschen und das Gesicht ihres Mannes an. Um Viola abzuschütteln, rüttelte Halm jeweils mit aller Kraft an Yvonnes Stummheit, bettelnd um eine bedeutsamere Zweisamkeit, aber heute blieb Viola einfach da. Und sie brachte die ganze Erlenstrasse mit.

Halm sah, wie sie auf dem Boden sass, auf dem neuen Schurwollteppich, um alte Urlaubsbilder schöner in ein dickeres Album einzukleben. Immerzu schien sie damit beschäftigt, Erinnerungsstücke optimal aufzubewahren, die Einrichtung im neuen Haus noch einmal zu überdenken und alles noch eine Spur repräsentativer in Ordnung zu bringen, als es bisher ohnehin schon in Ordnung gebracht war. Jedes Zimmer hätte einem lebenslänglichen Tag der offenen Tür dienen können. Es war, als erwarte Viola in Kürze, per Zeitmaschine, die Ankunft eines Urenkels und wolle dessen Urteil standhalten, wobei der Massstab, den sie ihrer Ordnung auferlegte, weniger der Zukunft entliehen war, als dem grössten gemeinsamen Nenner aller Menschen, die sie bisher bewundert hatte. Würden diese eines Tages gemeinsam vor der Türe stehen, so wollte sie sicher sein, dass man zum Schluss kommen müsste, sie lebe ein geschmackvolles Leben, habe sich erfolgreich allen Lebensaufgaben – Abitur, Charakterbildung, Fahrprüfung, Studium, Beruf, Hochzeit, Kinder, Haus – gestellt, wisse, wie man Gäste bewirte, in bessere Gegenden umziehe, allzu hohe Steuern umgehe, Freundschaften pflege, das Weltgeschehen überblicke, sich heutig, aber nicht anbiedernd kleide, und wie man herzlich mit sämtlichen Kindern und Jugendlichen der Nachbarschaft verkehre. Tatsächlich war Viola selten launisch, immer zuverlässig und nur manchmal, unter Ausschluss der Öffentlichkeit, lag sie in Halms Armen und ging, halb gespielt, halb erschöpft, in einer Art Kindlichkeit auf, die von ihren ersten zehn Lebensjahren übrig geblieben sein musste. Dann überliess sie sich einer Art freiwilligen Entmündigung, bettelte mit Blicken um väterlichen Schutz und Zuneigung, schloss bei jeder Berührung die Augen, verlor die Fähigkeit, ganze Sätze zu bilden, und imitierte eine Kleinkindstimme.

Über die letzten Jahre waren diese Anfälle allerdings seltener geworden, es dominierte die Mutterrolle. Selbst Halm begann sie zuweilen wie ihr Kind zu behandeln. Es war dieser mütterliche Ton gewesen, gegen den er sich zu spät gewehrt hatte. Nicht, dass er den kindlichen Ton vorgezogen hätte, er fand nur, er habe mehr Anrecht auf den Charakter zwischen den beiden Extremen, und er werde um diese Facette ihrer Persönlichkeit zunehmend betrogen. Viola verzichtete darauf, ihre angriffige, humorvolle Seite, die sie im Theater auslebte, in den eigenen vier Wänden auftreten zu lassen. Vielleicht, dachte er, war sie aber auch in ihrem theaterpädagogischen Umfeld viel eher eine mütterliche Gesellschaftsmoralistin mit lebensanschaulichen Grundsätzen geworden, als jene ungerechte Künstlerin, die sie früher immer sein wollte.

Der Kühlschrank gurgelte seine eigene Kühlflüssigkeit und summte danach so bedrohlich weiter, als bereite er für den nächsten Benutzer einen Stromschlag vor. Yvonne kaute immer noch an demselben Stück Schinken, und das Artischockenherz, das Halm zu Beginn seiner Gedankenabwesenheit gegessen hatte, hinterliess in seinem Gaumen noch immer diesen dunklen Nachgeschmack.

«Lebst du gerne allein?», fragte Halm in die Stille.

«Wir leben, wie wir träumen, allein», lachte Yvonne.

«Was? Warum lachst du jetzt?»

«Dreh dich mal um!»

Tatsächlich stand der gestelzte Satz, den sie grade gesagt hatte, auf ihrem Küchenkalender, unausweichlich gedruckt, zwischen bienenstachelartigen, honigfarbenen Anführungs- und Schlusszeichen.

«Wir leben, wie wir träumen, allein. Joseph Conrad.»

Yvonne grinste vergnügt. «Musst du sonst noch was wissen?»

Halm überlegte. «Ja, das wollte ich schon lange wissen. Rue de l'Abattoir. Was heisst ‹Abattoir›?»

«Schlachthof.»

26

Halm hatte Yvonne aus ihrem französischen ins deutsche Aussenquartier am gegenüberliegenden Rheinufer gefahren, auf unvermeidlichen Umwegen. In einem Jahr würden die beiden Quartiere direkt vor ihrem Fenster mit einer Hängebrücke verbunden sein, freute sich Yvonne. Sie schlenderten die lange, sonnige Hauptstrasse hinauf. Die Gehsteige lagen mit der Fahrbahn auf gleicher Höhe, die Linienbusse wurden von den Fussgängern nur durch kniehohe Metallpfosten ferngehalten, der Fussgängerbereich ausgepflastert mit quadratischen Steinen, gross wie Sitzflächen und abwechselnd rostrot wie ein Tennisplatz, hellbraun wie ein Sandstrand. In jedem vierten Haus ein Eissalon, so kam es Halm vor. Dazwischen Schuhgeschäfte, Pizzerien, Fotogeschäfte mit Postkartenständern neben dem Eingang, Boutiquen mit Ledertaschen.

«Willst du nicht manchmal weg, aus deinem Leben, weg aus dieser Stadt, in ein anderes Land?»

«Wieso? Hier sind doch schon drei Länder!», sagte Yvonne.

«Aber richtig weg?»

«Wieso? Meine ganze Kindheit habe ich unter den Umzügen meiner Eltern gelitten. Lyon, Nancy, Nantes, Lyon. Jetzt bringt mich erst mal niemand mehr aus meiner Wohnung!»

«Kann ich verstehen. Zwar habe ich neunzehn Jahre in einer einzigen Strasse gewohnt, aber das ist aufs selbe rausgekommen. In diesen Jahren habe ich alle Freunde verloren. Weggezogen. Nach Wuppertal, Genf, Amsterdam, und meine allererste Liebe nach Kanada. Sie war 14, wie ich. Du siehst, auch wer bleibt, verliert Wurzeln. Freundschaften, die ich später schloss, erreichten nie wieder dieses Verschworene.»

«Und Viola, die kennst du lange, nein?»

«Seit ich 18 bin», sagte Halm leise.

«Entschuldigung, falsches Thema.»

In der Ferne schimmerte das Olivgrün des Tüllinger Hügels. Weit und breit kein Meer, und trotzdem erwartete man intuitiv Geschäfte mit Sonnenmilch, Taucherbrillen, Schnorchel und Luftmatratzen. Yvonne mochte die grossen Eiskreationen des Café Mauritius. Sie waren das zweite Argument für die Weiler Hauptstrasse gewesen. Das erste natürlich dies, dass Viola sich nie im Leben hierher verirren würde. Die dunkelblauen, übervollen Glasschalen überforderten Halm mit Sonnenschirmchen, Smarties, Fruchtstücken und ganzen Pralinen zwischen den Sahneeiskugeln. Am Nebentisch fütterte sich in Zeitlupe ein verliebtes Pärchen.

«Schau die mal! Sind Liebende nicht Pflegefälle?», tuschelte Yvonne.

Sie wollte die Fütterungsszene mit Halm präzise nachspielen, ohne sich dabei von dem Pärchen erwischen zu lassen. Aber noch schwieriger war, dabei nicht zu lachen. Prustend liess sie mehrere Erdbeerscheiben fallen und leckte sich die Finger, mit denen sie vorher ihr Kinn abgewischt hatte.

Am Nebentisch hätte ein Mann mit Schiebermütze die freche Göre am liebsten geküsst, stattdessen drehte er seine kalte Kaffeetasse auf der Untertasse und versuchte dabei auszusehen wie ein Jim-Jarmusch-Darsteller.

Zwei Stunden später stand Halm mit Yvonne auf der Stahlträgerbrücke oberhalb des S-Bahnhofs. Und dort, über den Dächern von Zügen, küssten sie sich zum ersten Mal. Kindisch, wie zwei durchgebrannte Schüler.

Halms Faulheit war wohl einfach grösser gewesen als seine Zivilstandscourage, denn er küsste aus Bequemlichkeit statt aus Liebe. Yvonne hingegen zupfte ihn nach jeder Atempause entrückt am Kragen, bis er wieder nahe genug für neue Küsse war.

«Kommst du mit? Im Vaubanweiher darf man nachts auf Karpfen angeln.»

Halm zog die Schultern hoch.

«Bitte! Sie haben dort keinen Schlammgeschmack!»

Er liess die Schultern wieder fallen und wurde für diese Unentschlossenheit mit einem Kuss bestraft.

Krank aussehende Muttermale riefen Halm in Erinnerung, dass der Körper neben ihm nicht seiner Frau gehörte. Falls Yvonne auf den Gedanken kommen sollte, mit ihm zu frühstücken, würde er die Flucht ergreifen. Er suchte ihr Gesicht und erschrak. Sie hatte ihn mit ihren verliebten Augen längst fixiert.

«Jetzt hast du mich doch noch ins Bett gekriegt. Exakt achtzehn Monate nach unserem Kennenlernen», sagte sie ernst. Oder ironisch. Halm konnte ihren Tonfall nicht lesen. Erst als sie grinsend hinzufügte:

«18 Monate. Das sind 72 Wochen. Bist du immer so schnell?»

«Du zählst die Wochen?»

«Du nicht?»

Yvonne sah an diesem Morgen aus wie eine Frau, die ihre Brille nicht trug, nur, dass Yvonne gar keine Brillenträgerin war. Nach ihrer kleinen Beziehungsmathematik streckte sie sich und krächzte vergnügt.

Halm staunte sie an, und Yvonne schnitt sofort Grimassen. Ein anderer als Halm hätte jetzt mit seinem Finger über Yvonnes nackten, starken Körper gestrichen. Nicht Halm. Und so verschwand sie unberührt im Bad. Gelegenheit für ihren Gast, einem Verdacht nachzugehen. Halm hob die Matratze hoch. Der Länge nach lagen da vier zurechtgesägte Dachlatten und bewahrten den Schlafenden zu einem harten Preis vor dem Durchhängen. Sie hatte nicht genug Dachlatten zur Hand gehabt, um die gesamte Breite des Betts abzudecken, daher das abschüssige Liegegefühl zur Wand. Halm war gekränkt. Er fühlte sich zu gut für diesen Ort, an dem das Trinkwasser übersättigt mit Kalk und Chlor war, ganz anders als einen Kilometer südlich, auf Schweizer Boden. Die französische Katze guckte ihn an wie einen Artgenossen. Durch die Badezimmertür bestellte Yvonne gezuckerten Milchkaffee und nannte Halm ‹Loulou›, als hätte sie ihn nie anders genannt. Und während sie sich mit lautem Bespritzen des Duschvorhangs in Erinnerung hielt, kämmte sich Halm mit den Fingern die Haare und schob den Sessel mitsamt Katze zur Seite. Volltreffer. Da lagen sie, seine Schuhe. Strassenfertig angezogen stand er vor dem Badezimmer und formulierte durch eine schäbige Tür Ausreden. Beruf. Sitzungen. Verantwortung. Er wählte einen Tonfall, als handle es sich bei Yvonne um einen Menschen ohne Arbeitserfahrung. Yvonne richtete die Wasserstrahlen gegen den Duschvorhang und sang laut.

La vie est brève
un peu d'amour
un peu de rêve
et puis bonjour.

La vie est brève
un peu d'espoir
un peu de rêve
et puis bonsoir.

Halm hörte eine Weile zu, ohne zu verstehen, und flüchtete dann aus dem Haus, zu seinem Wagen. Er war froh, dass Viola mit ihren ambitionierten Jugendlichen noch bis zum Abend ‹Amphytrion› probte, denn bis dahin würde er wieder klar sein im Kopf.

27

An der Hand eines ungeduldig einkaufenden Vaters stolperte Philip über den Boden und wechselte dauernd den Rhythmus seiner Schrittchen, als könne er sich mit diesem Tanz im Koordinatensystem des Vaters halten. Halm hatte Stehlampen gekauft. Die Lampen passten gerade knapp ins Auto. Bevor er losfuhr, beschloss er, im Warenhausrestaurant zu essen. Philip verschwand nach einem halben Teller Pommes frites, die Stirn nicht einmal auf Stuhllehnenhöhe, in die Kinderecke und blieb vor dem plastikverschalten Fernseher kleben. Zusammen mit einem verschwitzten Jungen liess er sich von einem Pinguin aus Knetmasse verführen. Der steckte in einer Eisspalte fest und stiess lautmalerische Flüche aus. Hinter dem Fernseher schrien drei Kinder, die sich auf einer Rutsche gegenseitig die Bahn versperrten. Ein Vater klammerte sich an die Lenkstange eines Kinderwagens. Aufrecht darin sitzend ein irrealer Junge mit Engelshaar, Erdbeerlippen, blauen Augen, milchweisser Haut und hoffentlich vollen Windeln.

Mütter eilten vorbei, die Hände über die eigenen Gesässbacken streichelnd, hoben Kleinkinder auf und pflanzten sie an bessere Plätze, in ihren Gesichtern ein Ausdruck gedankenverlorener Fürsorglichkeit. Auch Halm behielt Philip im Auge. Der hatte unterdessen begonnen, mit dem Zeigefinger die linke Nasenhöhle auszuräumen. Eine anrührende Angelegenheit, und während der Pinguin als lebendiger Schlitten über einen Abhang flitzte, schlitterte Halm durch die Zeit.

Mit einem Wimpernschlag öffnete sich der Tag, da ihn Viola zum ersten Mal mit ihrem Kinderwunsch konfrontiert hatte. Wie ernst es ihr gewesen war, hatte er daran erkannt, dass sie alle seine Witze überhörte und einen Geburtstermin abzuringen versuchte. Halms Argumente gegen ein Kind waren unbrauchbar. Sie schwebten im Globalen statt Privaten. Ohne richtiges Gefühl in dieser Angelegenheit standen ihm nur Gedanken zur Verfügung, was aber Viola von ihm erwartet hatte, war ein Gefühl.

«Warum Kinder in die Welt setzen? Gibt's nicht Menschen genug?», hatte Halm zu bedenken gegeben, schliesslich könne keine Rede davon sein, dass die Menschheit aussterbe.

«Gehen deine Bedenken auch eine Nummer kleiner?», hatte Viola geschimpft, das Spiel zur Hälfte aber mitgespielt und auf die rückläufigen Geburtenraten in Europa hingewiesen. Wollte Viola Europas Geburtenrate retten? Natürlich nicht! Aber abgesehen vom bekannten Wunsch, das Kind früh bekommen zu wollen, damit es junge Eltern hätte, warum wollte sie überhaupt Kinder? Wollte Viola der bedrohlichen Welt ein eigenes Kind entgegensetzen, eines, das sie mit ihren Werten ausstattete, einen Hoffnungsträger? Viola war nicht grössenwahnsinnig. Hatte Viola ein Kind gewollt, weil ihre Eltern, ihre Freundinnen, weil alle Welt in diesem Lebensabschnitt das Kinderkriegen andachte, also aus Mitläuferei? Nein. Viola wollte ein Kind, weil sie sich in die Zukunft fortsetzen wollte, weil sie Angst hatte, ihr Leben könnte ihr eines Tages sinnlos erscheinen, wenn sie nicht selber, wie einst ihre Mutter, in einem Kind weiterlebte. Hatte Viola in einer Sinnkrise gesteckt, als sie heirateten? Halm sortierte die im Ketchup matschig gewordenen Pommes aus. Nein. Hatte sie sich von Anfang an ein Kind gewünscht, um einen Stillstand in der Ehe erst gar nicht aufkommen zu lassen? Missbrauchte sie Philip als eine Art Uhrpendel, das die beiden Zeiger, seine Eltern, in Bewegung halten sollte? Wäre Violas Liebe zu Halm erloschen ohne die Erfüllung des Kinderwunsches? Hatte Viola mit ihrer Liebe gar nie ihn, Halm, sondern insgeheim, ohne es selbst zu merken, nur den Erzeuger gemeint? Nein. Vermutlich hatte Viola ein Kind gewollt, weil sie der Ansicht war, dass Kinderlose selber wie Kinder blieben, weil sie immer nur das Behütetsein durch Eltern, nie die Fürsorge für ein eigenes Kind kennen lernten, weil sie auf dem Zeitstrang des Lebens nur die Perspektive des Kindes kannten und folglich immer nur die Hälfte über das Menschsein erfuhren. War Kinder zu bekommen der einzige Weg, wirklich erwachsen zu werden? Hatte Viola ein Kind gewollt, weil sie so viel Mutterliebe zu geben hatte? Liebe, die sich in ihrem Körper genauso natürlich ausgebildet hatte, wie einem 12-jährigen Mädchen die Brust wächst? Und diese Liebe taugte weder für einen Mann noch für das Theater, noch für ihren Kater. Es war Mutterliebe. Eine Liebe, die – wie sollte es der Kleingewerbebetreiber Halm anders formulieren – ausschliesslich am Kundenschalter des eigenen Kindes einbezahlt werden konnte. Und die Zinsen dieser Investition würde sie, im hohen Alter, wenn alles gut ging, ausbezahlt bekommen. Spätestens, wenn das Kind sie händchenhaltend in den Tod begleitete. Mutterliebe. Was aber war dann mit der Vaterliebe, grübelte er. Warum war sie ihm nie passiert, wie einst der Stimmbruch? War der biologische Trieb nach Fortpflanzung nur über Viola gekommen? Ausgerechnet Viola, die sich als Studentin so selbstbestimmt gegeben hatte, eine Sklavin der Biologie? Nein. Der Mann im Warenhausrestaurant grübelte weiter, ass kaltes Kartoffelmaterial, das jeder andere liegen gelassen hätte, und kam tatsächlich nicht auf den naheliegendsten Gedanken.

Viola wollte eine Familie sein.

Halm rätselte weiter und erinnerte sich an ihre Übelkeit in der Schwangerschaft, die Anstrengungen der ersten Wochen nach der Geburt. Wie sie Gewicht verlor. Das Muttersein war die ersten drei Wochen ein Extremsport gewesen, aber diese Selbstaufgabe hatte für Viola immer Sinn ergeben. Sie musste in ihrem Innersten einer masochistischen Heilslehre gefolgt sein, dachte Halm. Keine Vertröstung auf ein Jenseits, aber eine Vertröstung auf ein Später. Später, wenn Philip erst einmal geboren wäre, später, wenn er erst einmal würde gehen können. Wenn er erst einmal reden würde, wenn er erst einmal in den Kindergarten, in die Schule, wenn er erst einmal sein eigenes Geld verdienen würde, dann könnte sie auch wieder ihr eigenes Leben leben. Eines, das die Krone erfolgreicher Kindererziehung trüge. Damit verbunden war die Hoffnung, dass Philip sie für ihre Selbstaufopferung ewig lieben würde. Halm aber fand, dass dieses kleine Wesen, das dort nasebohrend und todernst einem tollpatschigen Knetpinguin zusah, schon jetzt das Verlangen hatte, weit mehr als ein süsser und dankbarer Junge zu sein. Interessierte es ihn, wie niedlich er in irgendeinem Augenblick seines Kinderlebens aussah? Nein. Interessierte Philip sein eigener Goldschopf und dass ihm sein Vater in dieser Sekunde am liebsten den Kopf hundertmal geküsst hätte? Nein. Dieses Kind starrte beleidigt auf diesen Pinguin, der mitten im Sommer im Schnee sein durfte, während er mit seinem Vater Stehlampen einkaufen musste. Und dieser liebenswerte kleine Fernsehzuschauer würde schon in wenigen Jahren alles daran setzen, exakt das Gegenteil dessen zu tun, was seine Eltern taten, und sich von ihrer besitzergreifenden Liebe losreissen, auf die Ahnen schon deshalb pfeifen, um dem eigenen Leben eine neue Farbe zu geben.

Halm betrachtete Philip plötzlich mit der Verzweiflung des unglücklichen Liebhabers, und er erinnerte sich sprunghaft, als wäre er mit seiner Gedankenfahrt versehentlich über eine Skischanze geflogen, an die ungarische Klassenkameradin, in die er gleich vom ersten Schuljahr an so unheilbar verliebt gewesen war. Sie verfügte über die natürlichsten Kopfbewegungen im ganzen Schulhaus, während er sich in seinem Schmachten mehr und mehr verkrampfte und im besten Fall auf die Grösse eines durstigen Hundes zusammenschrumpfte. Er hatte sich mit seinem Lieben selber ausgelöscht. Vermutlich war es genau diese Selbstauslöschung gewesen, die ihn in den Augen der Ungarin so unattraktiv gemacht hatte. Waren Violas Mutterliebe und seine Vaterallüren letztlich genauso unattraktiv? Waren Viola und er mit ihrem Lebensplan nicht einfach viel zu früh in eine Falle getappt? Bestand der einzige Trost darin, dass es zu dieser Falle keine ernst zu nehmende Alternative gab? Halm stellte Philips Teller in seinen eigenen und verfrachtete alles zurück aufs Tablett. Scheussliches Essen. Vielleicht war aber auch alles viel einfacher, und der einzige Grund, warum Viola Kinder gewollt hatte, war der, dass sie diese sagenhafte Körperfunktion, in ihrem Bauch einen echten Menschen entstehen zu lassen, nutzen wollte. Das freilich würde er als Mann niemals nachvollziehen können. Kein Kind zu wollen, wäre dann, um irgendeinen erbärmlichen Vergleich zu eigenen Körperfunktionen zu ziehen, ein Zigtausendfaches dessen, was es bedeutet hätte, sich niemals selber zu befriedigen. Kein Kind zu wollen, wäre demnach der absolute Superlativ einer Prüderie und Lebensfeindlichkeit.

Beinahe glitt Halm das Tablett aus der Hand, weil er die straffe Leine, die sich am Hals eines Dackels unterm Nachbarstisch plötzlich gespannt hatte, erst bemerkte, als er schon gestolpert war. Als Halm seinen Zeigefinger in Philips Hand legte, die sich sofort dankbar schloss, hatte ein Schneesturm den Pinguin ausgelöscht. Die VHS-Kassette spulte zurück und nahm Anlauf für die Unterhaltung einer nächsten Kinderschar. Im Auto betrachtete Halm seinen Sohn im Rückspiegel. Durchs Fenster schaute sich Philip die algengrünen Trams an, und er tat dies mit derselben Lernbegierde, mit der er zuvor die Streiche des Pinguins verfolgt hatte.

28

Der Sechskantschlüssel war zu klein. Nicht klein genug, dass Halm aufgegeben hätte, aber klein genug, dass sich die Zylinderkopfschraube nicht drehte. Das Ehebett hatte die ersten fünf Monate im falschen Raum gestanden. Mit der geplanten Eröffnung der Dachmansarde als Büroraum war es Viola plötzlich aufgefallen. Drum sollte das vom Bürotisch befreite Schlafzimmer ins Gästezimmer und das Gästezimmer in Philips Zimmer wechseln. In der Folge dieser erweiterten Rochade erhielte Philip den meisten Raum. Gästen würde sie nur noch das kleinste Zimmer anbieten, dafür hätte man dort gleich ums Eck ein eigenes Klo.

Halm öffnete das Fenster und stützte sich auf das Bett, in dem sein Sohn gezeugt worden war. Neuer Schweiss hing in seinem Haaransatz. Bis zur nächsten, schnellen Kopfbewegung. Seinen nassen Rücken lehnte er an den Spiegelschrank und dachte über die verschiedenen Zimmer, dann über das ganze Haus nach. In 27 Jahren würde es abbezahlt sein. Die Schweissperlen liefen nun, statt zu fallen, wie Tränen über seine Stirn, sammelten sich in den Augenbrauen. Wo zum Teufel war der grössere Vierkantschlüssel hingekommen, fragte sich Halm. Unzerlegt würde das Ehebett nie durch die Tür gehen.

Die Nähe zum Hardwald hatte den Schwiegervater beeindruckt. Eine bessere Umgebung als einen Wald gebe es nicht für ein Kind, hatte der pensionierte Gärtner gesagt. Gleichzeitig die Nähe zur Stadt, zum Rhein, das sei unschlagbar. Mit solcher Begeisterung auf der Zunge hatte der Greis die Finanzierung der Erlenstrasse zu einem Drittel an sich gerissen. Sozusagen als Vorauszahlung des künftigen Erbes. Ohne diese finanzielle Beteiligung wäre der Hauskauf auch gar nie realistisch gewesen. Gleichzeitig hatten sich Violas Eltern damit bei allen Entscheidungen ein symbolisches Mitspracherecht verdient. Und Violas Vater nahm es, taschentuchwedelnd, energisch in Anspruch. Während Halm einen alten Bekannten mit den Malerarbeiten beauftragen wollte, setzte Violas Vater auf Firmen, bei denen er angeblich Treuerabatt genoss, obwohl deren Chefs längst pensioniert, wenn nicht gestorben waren. Natürlich waren diese Firmen teurer als Halms einstiger Schulkamerad, aber «Schwarzarbeit kommt mir nicht ins Haus» hatte Violas Vater wiederholt gefordert. Halm war ausser sich über das «mir», aber Viola befand sich vor Dankbarkeit über die finanzielle Unterstützung in einer Art Geiselhaft und liess Halm in seiner Empörung alleine.

Das Haus war bald Austragungsort von Machtspielen. Die monatlichen Hypothekzahlungen liefen zu einem Drittel über einen Dauerauftrag ihres Vaters, der das Haus ausserdem viel zu teuer versichert haben wollte. Gegen Heuschreckenplagen und Vulkanausbrüche, statt wenigstens gegen Erdbeben, wie Halm scherzte, ohne Viola zum Lachen zu bringen. Bei jedem Elternbesuch räumten, putzten, staubsaugten und wischten sie Bäder, Küche, Gartensitzplatz bis zur Erschöpfung, damit das mit kleinem Wintergarten, neu ausgebautem Dachstock und Gartenlaube aufgerüstete Haus beim Eintreffen der Gönner blitzte, als sei es zum eineinhalbfachen Kaufpreis wieder zu veräussern. Obwohl Viola über Rückenschmerzen klagte, inszenierte sie diese Staatsbesuche fehlerfrei. Jüngst hatte Halm seinen furchtlosen, kaum noch 50 Kilogramm wiegenden Schwiegervater huckepack bis in die sauber leer geräumte Dachmansarde tragen müssen, um ihm alles vorzuführen.

Wie sehr wünschte er sich, den Schwiegereltern nur ein einziges Mal das wahre Chaos erwerbstätiger Eltern zu präsentieren.

Halm drückte den Vierkantschlüssel in den Schraubverschluss, als wolle er eine stählerne Kakerlake zerquetschen. Verdeckt von seiner Faust, zerfloss das Insekt. Auf einmal. Entweder hatte Halm es verbogen, oder es hatte die Drehung mitgemacht. Letzteres war der Fall. Wenn Viola mit Philip aus dem nahen Wald zurückkehrte, würde Halm möglicherweise doch schon siegreich im Garten sitzen können und frisch gepressten Orangensaft anbieten.

Während er die einzelnen Rahmenteile von Zimmer zu Zimmer trug und sich dabei an einer spitzen Metallleiste die Wade aufkratzte, störte ihn die Stille im Haus. Er schaltete den Fernseher ein, kümmerte sich um die weiteren Bestandteile seines Nachtlebens und sah das rote Schriftband nicht, das am unteren Bildschirmrand von rechts nach links lief. Halm fragte sich, ob auch Yvonne fähig wäre, eine Ehe zu führen, Kinder zu erziehen, einen sauberen Haushalt zu organisieren. Die Matratze war alleine nicht zu tragen. Eine mitten in eine amerikanische Nachmittagsserie platzende Nachrichtensprecherin erteilte das Wort einem Korrespondenten in New Orleans, Halm versuchte, die Matratze zu schieben, stiess und zerrte, gab auf und flüchtete in die Küche. Dort öffnete er das Fenster und trank Eiswasser mit Zitrone. Im furchtbar hellen Garten entdeckte er den roten Kater des Nachbarn, der in Zeitlupe durchs Gras schlich, als müsse er seine Tatzen jedes Mal aus tiefem Schnee herausziehen. Yvonnes Katze war fast doppelt so fett und dreimal so hässlich, dachte Halm, lachte laut auf, spazierte durchs Haus und öffnete auch im ehemaligen Gäste- und neuen Schlafzimmer das Fenster, damit sich Durchzug einstellte. Während er kniend, an die Wand gedrückt, den Rahmen des Ehebetts wieder zusammenschraubte, versuchte er, nicht zu vergessen, dass er sich an den massiven Fensterflügeln den Schädel spalten könnte. Der angenehme Durchzug entschädigte für die Gefahr.

Zwei Minuten später rief Viola durch den Garten ins Haus herein. Halm hätte sich um ein Haar den Schädel gespalten. In der schon begonnenen Aufwärtsbewegung war ihm gerade noch rechtzeitig der Schatten im Augenwinkel aufgefallen. So rief er in klug geduckter Körperhaltung.

«Hallo.»

29

An ihren freien Nachmittagen war Yvonne auf einer dreihundert Meter langen Kiesbank am französischen Rheinufer zu finden, eine Minute von ihrer Haustür entfernt. Wo durch die Kieselsteine Unkraut wucherte, verfingen sich Unmengen von Schwanenfedern. Man hätte sich damit mehrere Bettdecken ausstopfen können. Wie Yvonne pilgerten die von Meeressehnsucht getriebenen Hüninger jeden freien Nachmittag um das Fabrikgebäude der SES-Sterling herum, brachten Sonnenschirme und Kleinkinder mit und wagten sich über die algenbehaarten Steine ins Wasser. Zwischen den Badenden paddelte ein gutes Dutzend Schwäne, die nicht aufhörten, sich mit ihren Schnäbeln unter den Flügeln zu schrubben, wenn sie nicht gerade gefüttert wurden.

Halm beobachtete es und zitierte die Verbotstafel, die er am Rheinufer gesehen hatte:

«Ceux qui nourissent les cygnes, nourissent aussi les rats / Wer Schwäne füttert, füttert auch Ratten.»

«Ja, aber man kann es den Leuten nicht austreiben», sagte Yvonne. Halm machte, nachdem er sich erneut umsah, ein Gesicht, als sei es ihm peinlich, sich hier selber zu begegnen.

Nach ihrer eigenen Aussage schaffte es Yvonne, innert weniger Nachmittage ferienbraun zu werden. Wobei das, was sie als Bräune bezeichnete, in Halms Augen nicht der Rede wert war. Sie hatte nicht den Hauttyp, der zu bräunen war. Sobald sie im Wasser Kreise schwamm und den Kopf untertauchte, wanderten seine Augen zu einem aussergewöhnlichen Mädchen. Ein Mädchen, bei dem es sich, wüssten Ort und Zeit es nicht besser, nur um die 18-jährige Nastassja Kinski handeln konnte. Sie lag auf einem roten Frottiertuch einige Meter rheinaufwärts, kontrastiert von einer Gruppe grauhaariger Damen, die mit blauen Haarsträhnen oder blauen Brillengestellen in kleinen klappbaren Liegestühlen sassen und die Disziplin des endlosen Sprechens beherrschten. Kinski lag auf der Seite und las ein Taschenbuch mit dem Titel ‹Das kurze Leben›, richtete sich kein einziges Mal die Sonnenbrille und unterliess es, den Blick irgendeines Fremden zu erwidern. Dass sie nicht an diesen Kiesstrand passte, war ebenso offensichtlich, wie voraussehbar die Tatsache, dass sie sich heute Nacht von ihrem Freund aufopferungsvoll auf den verbrannten Rücken drehen und den Spass nicht verderben lassen würde, dachte Halm. Und prompt tauchte in dieser Sekunde hinter den Rücken der alten Damen ein kräftiger junger Mann auf, der da schon die ganze Zeit gelegen haben musste. Er stupste mit der Nase gegen die Schulter des Mädchens und sagte etwas, auf das niemand reagierte.

Yvonne balancierte über die Steine, warf den Schwänen mütterliche Blicke zu und erwiderte in ihrem himmelblauen Bikini kein einziges Mal den Blick eines alleine herumstehenden Mannes mit Notizbuch. Dann setzte sie sich auf Halms Beine. Der küsste sie halbherzig und fragte, wie lange sie noch bleiben wolle, er müsse die Zeit im Auge behalten. In Wirklichkeit sah er sich gedemütigt durch den Geruch von sonnengetrocknetem Schwanenkot, den in der Ferne brummenden Ventilator der Fabrikhalle, vor allem aber durch die ihn mit keinem einzigen Seitenblick würdigende Nastassja Kinski. Und Yvonne dachte gar nicht daran zu gehen. Aus ihrer Tasche hatte sie Charentais-Melonen und Servietten gezaubert, ausserdem aus einer Kühlbox Weisswein und französischen Käse. Halm sass in der Falle und fühlte sich von diesem spiessigen Luxusgehabe gestört. Yvonne bot ihm eine Nackenmassage an. Er drehte sich auf den Bauch, und während sie ihn mit den offenen Haaren zwischen den Schulterblättern kitzelte, mit ihren Fingern seine Schulterblätter ausgrub oder andeutungsvoll kurz an seinen Hintern fasste, beobachtete er unverbesserlich die Gruppe alter Damen, zwischen denen wie eine globale Männerprovokation immer noch dieses Wunder lag. Yvonne legte sich auf Halms Rücken schlafen, als hätte sie auf Kommando eine Stellung für die Ewigkeit einnehmen müssen. Dann nannte sie ihn Loulou, kniff unbeholfen in sein Ohr, rollte sich auf ihr Badetuch zurück und forderte ihn auf, den Wein zu öffnen. Weil es passte, sagte Halm «Ich liebe dich» und suchte in ihrer Tasche den Korkenzieher, der nur ein Schweizer Taschenmesser war. Während er Melonen schnitt, rechnete er. Yvonne war jetzt zehn Jahre älter, als er es bei seiner Hochzeit mit Viola gewesen war, und immer noch bewegte sie sich frei wie ein Vogel. Natürlich musste so ein Leben ohne Verantwortung ein Kinderspiel sein, und das machte ihn wütend. Ihre Kommentare zu den vorbeiziehenden Tankmotorschiffen aus Rotterdam verwickelten Halm in ein Gespräch über Fernweh, Kindheit und Naturparadiese. Die nach Schwanenkot stinkende Kiesbank verwandelte sich in den Felsenstrand auf Sardinien. Dort, erzählte Halm, hatte er den ersten Meerurlaub seines Lebens verbracht, und weil es ihm einfiel, berichtete er Yvonne mit überfallsartiger Offenheit, dass er erst in Sardinien die Funktionsweise seines Geschlechts entdeckt habe. Er war sechs Jahre alt, lag auf seiner Luftmatratze und verspürte nach der Attacke einer Welle ein schlimmes Reissen. Er sei aus dem Wasser ins Zelt gerannt. Seine Eichel sei nur noch ein Stück nacktes Fleisch gewesen. Er habe geweint vor Entsetzen. Erst nach Minuten fand er die zurückgestossene Vorhaut wieder und gelang ihm eine erstaunliche Reparatur.

Als die beiden später Hand in Hand zum Vanilleblock zurückgingen, flüsterte ihm Yvonne ins Ohr, dass er sie jetzt ganz lange lieben müsse. Durch die schwere Holztür betraten sie das Treppenhaus, wo es für die sonnenverwöhnten Augen sogar noch finster blieb, nachdem Halm den Lichtschalter gedrückt hatte. Unterdessen wurde die falsche Kinski vom kräftigen Mann zurück in ihren Rollstuhl gehoben, und acht Stunden später schleckten Ratten die Kuchenreste aus dem Kies.

30

Nach einem Buffet im Englischen Garten warteten auf die geladenen Gäste der bedeutendsten Kunstmesse der Welt exklusive Diskotheken. Eine alte Reithalle samt Stallungen war umgebaut worden in ein Labyrinth aus Efeuwänden, Palmen, Wasserspielen, Bars und Tanzflächen. Laserscharfe Projektionen blendeten abwechselnd das linke und rechte Auge. Alle Gäste trugen weisse, scharfe Lichtkringel auf Gesicht und Kleidung und wirkten wie eine einzige grosse Dekoration aus fluoreszierenden, motorisierten Schaufensterpuppen. Einige schmuggelten die Eintrittskarten noch einmal ins Freie, andere schnappten noch ein bisschen Luft, letztlich drängelte sich alles in die dunklen Dancefloors mit den Bässen, die erregend das Zwerchfell schlugen. Alle Böden waren hohl, die Füsse vibrierten.

Halm hatte Mühe, sich zu amüsieren, zu sehr verfolgte ihn an diesem Abend die abgekühlte Begeisterung des deutschen Vorgesetzten. Die letzten Tage hatten sich angefühlt, als ob seine Absetzung bereits beschlossene Sache wäre. Es herrschte dieses typische Wetter kurz vor der Arbeitslosigkeit. Noch kein Blitz, kein Donner, aber sämtliche elektrostatischen Voraussetzungen waren erfüllt. Nach einer Stunde hatte Halm sein Tief überwunden und schaffte es, ekstatisch zu werden, geradezu übertrieben angriffslustig. Auch Viola sah aus wie ein Mensch, der, ohne die Fingernägel zu gebrauchen, durch blosses Brechen und Biegen aller Glieder aus seiner Haut fahren wollte. In den Erholungspausen trafen Viola und Halm Freunde, von denen sie längst nicht mehr erwartet hatten, dass sie sich noch in der Stadt aufhielten. Stehend im Wellenbad der

Bässe, betrank man sich gemeinsam mit teuer leuchtenden Drinks und schrie sich die Ohren voll.

Um vier Uhr früh war Halm heiser und konnte sich, im Gegensatz zu all dieser Jugend, die ihn mit Glatzköpfen oder handzerwühlten Haarschöpfen, beeindruckenden Schmollmündern, lässig im Mund hängenden Zigaretten und ruppigen Schultern umgab, vor Rückenschmerzen kaum mehr halten. Er hatte beim Tanzen eine innere Lebenswut entdeckt und nun aber längst befriedigt. Jetzt fühlte er sich nur noch wie ein Krüppel, dessen Ohren um Stille bettelten. Viola war ihrerseits von einem gewissen Alexander mit blonder Igelfrisur kaum mehr zu trennen. Erst als dessen vietnamesische Freundin in Camouflagehosen auftauchte, angeblich eine Bildhauerin aus Prag, machten sich Viola und Halm auf den Weg zu den Taxis.

Zuhause lagen sie beide auf dem Rücken. Auf dem Bett. Erschöpft und stark alkoholisiert kommentierten sie die neuen und alten Bekanntschaften. Seit langem waren sie wieder zur gleichen Zeit zufrieden, und beide hätten das Verlangen gehabt, mit dem verschwitzten Tier, das da ausgestreckt nebenan lag, irgendetwas Animalisches anzustellen. Stattdessen dösten sie, nicht einmal in eine Umarmung verschränkt, langsam weg, und keiner erinnerte sich am nächsten Morgen an das letzte Wort.

31

Am Strassenfest hatte man Philip wie einen ‹Cats›-Darsteller geschminkt. Da Halm das Musical nicht ausstehen konnte, mochte er auch seinen Sohn nicht mehr. Den interessierte die Abneigung seines Vaters gegen katzenhafte Menschengesichter wenig. Er bestand darauf, dass Halm auf seinen Schultern ritt, was weder zu einer Katze passte noch zu seinen physischen Möglichkeiten. Philip hörte trotzdem nicht auf, an den Vaterbeinen zu zerren, und verwandelte sich innert Sekunden in eine unbegreifliche Nervensäge. Darum klemmte Halm ihn zwischen seine Oberschenkel, hielt die dünnen Handgelenke fest und sprach deutliche Worte.

Die Schminke hätte den Tränen nicht standgehalten, also kitzelte Halm seinen Sohn gleich nach seiner Ermahnung unter den Armen und schickte ihn zu Viola. Die sei leichter zu tragen. Würde er sie hochbekommen, solle er nochmals antanzen für den nächsten Schwierigkeitsgrad. Philip jagte begeistert davon, und es schien, als sei der Oberkörper seinen Beinchen immer ein wenig zu weit voraus. Eine einzige Türschwelle und er würde eine Bauchlandung hinlegen.

Halm hatte Viola noch nie so wütend gesehen. Schneller als Philip vorher hinausgerannt war, kam sie nun hereingestürmt und war – daran bestand kein Zweifel – kurz davor, ihren Mann zu ohrfeigen.

Seit Viola und Halm zusammen wohnten, immerhin ein gutes Dutzend Jahre, war einer der Dauerstreitpunkte die unterschiedliche Ansicht darüber, was aufzubewahren und was wegzuwerfen sei. Halm sah sich mit dem dringenden Bedürfnis gesegnet, alte Dinge loszuwerden. Ausgemusterte Möbel, gelesene Zeitungen, Postkarten von zweitrangigen Freunden, leere Flaschen, kaputtes Spielzeug, das alles fand zuverlässig in seine Hände und damit den Weg in den Müll. Viola hatte kürzlich, im Rahmen einer neuerlichen, kleinen Zimmerumstellung, damit begonnen, Kisten umzuräumen. Dabei hatten sich schnell zwei Schuhkartons mit persönlichen Andenken gefüllt. Von einer Prinzessinnenkrone, die sie im Kindergarten getragen hatte, über ganze Stapel schwarzweisser, nur briefmarkengrosser Automatenfotos ihrer Schulfreundinnen, über Glücksbringer von Abitur und Lizenziat, ausgefallene Milchzähne, grünstichige Polaroid-Fotos, die sie auf Pferden und in Reiterhosen zeigten, bis zu einer dubiosen dunklen Haarlocke ohne Quellenangabe, selbstverfassten Gedichten, dem Türschild ihrer ersten WG und Philips ersten Filzstiftzeichnungen war alles versammelt, was wortlos ein Leben nacherzählen konnte.

Es stimmte, Viola hatte ihn mehrmals auf diese beiden Kartons hingewiesen, immer wieder. In letzter Sekunde mussten die Schachteln dann aber unter den ganzen Ausschuss geraten sein. Kurz: Die Schachteln hatte Halm mit der selbstklebenden Gebührenmarke etikettiert und auf die Strasse gestellt, zusammen mit dem Sperrmüll.

Wenn Viola etwas nicht wahrhaben wollte, drehte ihr Verstand im Kreis, wie ein Flugzeug, das keine Landeerlaubnis erhielt. Landeerlaubnis hätte geheissen, die Schuhkartons in die Gepäckausgabe zurückzuzaubern. Würde ihm dieser Trick nicht gelingen, würde Viola in den Sturzflug übergehen. Sie aufzufangen, dafür erschienen ihm seine Arme genauso zu schwach, wie es Philip vorher unmöglich gewesen wäre, seinen Vater zu schultern. Vorher war es Spiel, jetzt Ernstfall. Viola befielen Weinkrämpfe, als sie ihm den Inhalt der Schachteln aufzählte, und Halm schämte sich, dass er ihr sentimentales Verhältnis zu Dingen nicht nachvollziehen konnte, dass er seine Nachlässigkeit sachlich einsah, aber kein Bedauern empfand.

«Habe ich nicht grade die Papeterie verkauft, ohne Schaden zu nehmen?»

Nachdem Halm dieser Satz herausgerutscht war, verliess Viola das Zimmer, und jetzt, da ihm die Sympathie seiner Frau entzogen war und ausserdem klar war, dass sie sich in diesem Zustand um Philip nicht mehr kümmern würde, dass sich Halm, trotz Liebesentzug, nichts anmerken lassen durfte, und nun er den Sohn, der schon nach seiner Mutter rief, lustig einzuseifen, abzutrocknen, in ein Frottiertuch zu wickeln, fürs Nägelschneiden auf seinen Schoss zu setzen und für den Rest des Tages bei guter Laune zu halten hatte, schlug er sich wütend gegen die Stirn. Das Schlimmste war, dass er nicht krank war. Es passierte ihm diese Gefühlskälte und Nachlässigkeit bei bester gesundheitlicher Verfassung. Er rief die Müllabfuhr an. Schnell wurde klar, dass Violas Lebenserinnerungen künftig ohne Requisiten auskommen mussten.

Als er zu seiner Frau ins Schlafzimmer trat, bemerkte er, dass er sich lange nicht mehr gefürchtet hatte, sie anzusprechen. Vielleicht seit diesem verregneten Abend nicht mehr, als er sie zum ersten Mal vor dem Kino ‹Playtime› in ihrem dunkelblauen Mantel erblickt hatte und dann trotz ihrer drei schaulustigen Theaterfreundinnen angeredet hatte.

Es war der richtige Gesprächseinstieg, ihr genau dies zu gestehen. Das Flugzeug machte zwar jene Bauchlandung, die Philip vermieden hatte, suchte aber unter Tränen neue Einsichten.

«Vielleicht bin ich selber ein Huhn!», lachte sie weinend. «Ich lasse mir von dem alten Zeug mein Leben kaputt machen! Irgendwann muss man loslassen. Alles loslassen und entspannen!»

«Ja. Genau», sagte Halm.

Er fühlte sich stark. Zwei Frauen liebten ihn, verziehen ihm Unverzeihliches, lagen gerne in seiner Umarmung. Das hatte es in seinem Leben noch nicht gegeben. Violas Kopf lag an seiner Brust. Sie konnte die selbstverliebten, hässlichen Mundwinkel ihres Mannes nicht sehen.

32

Er brauchte nur kurz zu klingeln, schon streckte Yvonne ihren Kopf aus dem Vanilleblock und klimperte mit den Schlüsseln, als wäre dies das älteste Zeichen der Welt. Halm erwartete den Schlüsselbund mit betenden Händen. Das Metall nahm über vier Stockwerke Anlauf, bevor es auf seinen Handballen knallte. Noch war Halm nicht über die letzte Stufe gesprungen, da rief er schon:

«Ich musste herkommen, ohne dich verdurste ich.»

«Dann trink mich!», lächelte Yvonne.

Sie trug nichts als ein knielanges T-Shirt vom Disneyworld Paris und war einsam, das konnte Halm auf den ersten Blick sehen. Sie machte einen übernächtigten Eindruck, liess eine lange Lakritzstange aus ihrem Mund hängen, während Halm, durch den eigenen Blitzbesuch in Verlegenheit gebracht, mit der Katze flirtete, die gelangweilt um seine Waden strich. Dann war es still zwischen Yvonne und Halm. Sie guckten der Katze zu, wie sie aus dem roten Plastikbecher Wassermilch leckte.

«Mon petit», sagte Yvonne.

Angesichts einer plötzlich wilden Schiesserei im Fernsehen schaltete sie um, und triumphierend machte Yvonne Halm auf die kleine Spalte zwischen Vanessa Paradis' Schneidezähnen aufmerksam.

Halm strich der Katze über den knochigen Rücken und erklärte, er habe nicht schlafen können, sei direkt hierher gefahren, über die Stadtautobahn eine Sache von exakt vierzehn Minuten. Er habe wirklich nur blitzschnell ihr Gesicht sehen und ihre Stimme hören und ihren Lakritzemund schmecken wollen, ein total verrückter Einfall, und er müsse jetzt wieder los, sein Sohn sei alleine zuhause.

Halm wollte die Wohnung mit Rückwärtsschritten verlassen, aber Yvonne stoppte ihn an der Wand und brachte ihn mit zwei langsamen Handgriffen aus der Fassung.

Beim Orgasmus verfiel Yvonne in ein ausgedehntes Glücksweinen. Es kam Halm vor, als stürze sie keineswegs durch ein unendliches Universum, wie sie gerne erwähnte, sondern müsse in irgendeiner Fabrik mit jedem Muskel ein riesenhaftes Rad abbremsen, weil es die Liebenden sonst überrollt hätte.

Auf der Rückfahrt dachte Halm, wie süss das alles war. Yvonne, sein intimstes Geheimnis. Nicht eigentlich Yvonne gehörte ihm, sondern die Geheimhaltung ihrer Existenz. Das Geheimnis, dass niemand von ihr wusste, dass sie wie in einer Parallelstadt lebte und besucht werden konnte. Als Halm zuhause die Tür aufschloss, sass Philip schreiend, mit roten Wangen und nass geschwitzten Haaren im Wohnzimmer. In seinem Gesicht stand der Schock, dass es möglich war, nachts zu erwachen und alleingelassen zu sein. Er hatte Durst und wollte Apfelsaft trinken, obwohl kein Apfelsaft im Haus war. Kurz nach drei Uhr früh kam Viola von ihrer Premierenfeier nach Hause. Philip, der sich nicht mehr hatte beruhigen lassen, war mit seinem Vater auf einer Führung durch die Kellerräume. Gerade waren sie an einem Lichtschalter hängen geblieben, mit dem Philip endlos die Glühbirne aus- und einschaltete, bis es puffte und in beiden Schalterpositionen finster blieb.

Halm küsste blind Philips Haare, suchte die Treppe und fühlte in seinen Knochen noch den Schrecken, den er sich mit dem nächtlichen Blitzausflug selber eingejagt hatte.

«Was ist in mich gefahren?», flüsterte er fast hörbar, während er seine freie Hand im Dunkeln ausstreckte. Viola riss die Kellertür auf und blendete die beiden Männer.

33

Mit ihrer Mutter und dem dreiradfahrenden Philip drehte Viola bereits die dritte Runde durch den Park. Es sah nicht danach aus, dass es die letzte werden würde. Gleichzeitig erwachte der hundertvierjährige Schwiegervater in seinem Rollstuhl aus dem Mittagsschlaf und strahlte Halm an, als ob ihm beim Anblick des Schwiegersohns nur noch Komisches in den Sinn kommen könnte. Zusammen mit den abstehenden Ohren, die im Gegensatz zum geschrumpften Kopf ihre ursprüngliche Grösse behalten hatten, machte der Greis einen fledermausartigen Eindruck. Eigentlich hätte es Halm nicht gewundert, wenn er sich in ein paar Wochen, statt zu sterben, in einen Vampir verwandelt hätte. Aber Fragen des Äusseren kümmerten den Mann nicht. Stattdessen sagte er, ohne dass irgendjemand etwas gefragt hatte, «Ja» und löste mit seinen wackelnden Händen die Rollstuhlbremsen. Das Transportmittel machte einen Sprung nach hinten. Hätte Halm nicht geistesgegenwärtig zugepackt, wäre sein Schwiegervater wohl vornüber aus dem Sitz gekippt und wie eine hohle Puppe auf dem Rasen gelandet.

«Wir können trinken», sagte er unbeeindruckt von seinem Selbstmordversuch, und dann fiel, knapp oberhalb der Verständlichkeitsgrenze, das Wort ‹Nussgipfel›. Wieder strahlte er Halm an, als wäre am anderen Ende des Parks nicht seine wütende Gattin mit Tochter und Enkel vorbeispaziert.

Nussgipfel und Bier. Darauf würde es wieder hinauslaufen, wenn Halm jetzt nachgäbe. Aber als Viola mit ihrer Mutter aus dem Schatten der Birken nicht mehr auftauchte und der Mann im Rollstuhl zum dritten Mal Anstalten machte, die Bremsen zu lösen, blieb Halm nichts anderes übrig. Das nur vier Tische bedienende, von der Zeit vergessene Kaffeehaus lag gleich um die Ecke.

Der Schwiegervater liess sich nicht gerne helfen. Seine wackelnden Hände provozierten die Ungeduld dessen, der ihm zusehen musste, wie er die Papierserviette auffaltete und auf dem Tisch ausbreitete. Immerhin konnte man innerhalb der Unschärfe seiner Bewegungen präzise Absichten erkennen. Der Teig des Nussgebäcks wurde zwischen den alten Fingern seiner ganzen Brüchigkeit und Klebrigkeit überführt. Nach fünfzehn Minuten war vom Markenzeichen dieses Kaffeehauses nichts mehr übrig. Auch das verbotene Bier verschwand in beharrlichen Schlucken und bis auf die letzten beweglichen Schaumreste in seinem Inneren. Wieder und wieder erzählte er seine Gärtnergeschichten, und je länger Halm diesem Menschen ausgesetzt war, der am Tag, als die Titanic unterging, bereits seinen siebten Geburtstag gefeiert hatte, desto ungeborener kam er sich selber vor.

Viola tauchte glücklicherweise erst auf, als die Kellnerin das Bierglas schon wieder weggeräumt hatte. Der Streit hätte sofort auf Halm übergegriffen. So streichelte Viola, während sie auf ihren Vater wie auf ein kleines Kind einredete, unaufhörlich dessen Kopf, bis die wenigen weissen Haare zu Berge standen und das Strahlen des alten Mannes aussah, als hätte er einen Nussgipfelpreis gewonnen. Halm kam jedes Mal ins Staunen, wenn er seine Frau so vernarrt neben ihrem tyrannischen Vater sah, und so vergass er ganz zu fragen, wo sie denn ihre Mutter gelassen hatte.

«Mama ist bereits nach Hause gegangen», sagte Viola, als läge die Frage ohnehin in der Luft. Im gleichen Augenblick betrat ihre Mutter den Garten des Kaffeehauses. Agnes war vergangenen Monat fünfundsiebzig Jahre alt geworden, zeigte kein einziges graues Haar und war abends nie zuhause. Viola warf ihr vor, sich nicht nur herzlich wenig um ihren Mann zu kümmern, sondern sich geradewegs aufzuführen, als sei er schon tot. Seit Vaters Umzug vor fünf Jahren ins Alters- und Pflegeheim hatte sie sich, was ihre Garderobe und ihren Lebensstil betraf, um fünfzehn Jahre verjüngt. Ihre Ferienziele klangen mehr nach Liebesabenteuern als nach geografisch ernstzunehmenden Reisedestinationen. Viola gelang es höchstens noch an Feiertagen, die Veränderungen ihrer Mutter nicht zu beklagen. Tat sie es, war das Resultat ein Streit, bei dem es nicht darum ging, wer Recht, sondern, wer die grössere Ausdauer hatte. In der Regel endete der Streit mit einer weinenden Mutter, deren Tränen erst versiegten, wenn die beiden sich in den Armen lagen und über ihre Vorwürfe kicherten wie Schulfreundinnen über Abwesende. Diese Szene wurde heute der Öffentlichkeit zuliebe übersprungen. Wortlos setzte sich Agnes mit an den Tisch und machte aus dem Nichts Kommentare zu den Eichhörnchen, die dieses Jahr noch gar nicht aufgetaucht seien. Viola stieg darauf ein und der Nachmittag war gerettet. Aber niemand wusste, was man mit einem geretteten Nachmittag anfangen konnte. Während der folgenden, schweigsamen Minuten schien es eher, als wäre der Streit ein unübertroffenes Mittel, sich gegenseitig zum Reden zu bringen. Halm sass diesen angeheirateten Verwandten und seiner Frau gegenüber und hatte ebenfalls kein Gesprächsthema zur Hand. Nicht einmal Philip wagte es, einen seiner lispelnden Sätze loszuwerden. In Halm stieg, schneller als er denken konnte, die Hoffnung auf, dass Viola und er mit etwas mehr Teamgeist alterten. Nur, um irgendetwas zu sagen, bestellte er sich einen Nussgipfel. Wie sich herausstellte, hatte sein Schwiegervater den Letzten gegessen.

34

Per SMS lud er Yvonne ein, ihn zu besuchen. Zuhause. In der Erlenstrasse. Mit welchem Temperament würde sie hereinkommen? Würde sie durch sein Haus geführt werden wollen? Würde sie sich setzen oder warten, bis er sie darum bat? Was würde sie sagen, wenn sie all das sah? Würde sie ein Gast sein, der vor Familienfotos stehen bliebe? Würde sie schüchtern werden? Neidisch? Ginge sie in die Offensive und versuchte in den Zimmern Spuren zu hinterlassen, die ihn in Gefahr bringen könnten? Es war nicht Nervosität, die Halm auf alle möglichen an DVD-Recordern und Backöfen leuchtenden Uhren blicken liess, es war eine Form der entschlossenen Schadenvorfreude. Er wollte Yvonne vorführen. Er wollte sie in seinen vier Wänden einem direkten Vergleich mit Viola ausliefern. Er wollte die Elsässerin dahin verweisen, wo sie hingehörte, ausser Landes. Halm hatte entschieden, Viola und Philip ihren Platz zurückzugeben und den vorbestimmten natürlichen Tod dieser Affäre radikal zu beschleunigen, und zwar hier in der Arena, die er eigenhändig mit Viola errichtet hatte.

Halm verfolgte die Flugzeuge, deren Kondensstreifen kreuz und quer den Himmel vergitterten. Er hatte alle intimen Alltagsspuren beseitigt, geputzt, gesaugt, nachgewischt. Bäder, Küche, Gartensitzplatz. Halm wollte, dass das Haus beim Eintreffen seines Gastes blitzte. Als es klingelte, hatte er an der Innenseite seines Eckzahnes eine schmerzhafte Stelle entdeckt und konnte, bis er die Tür öffnete, nicht aufhören, mit der Zungenspitze daran herum zu pinseln. Sein auf einen einzigen Zahn fokussiertes Gesicht fiel Yvonne als Erstes auf.

«Zu früh? Du guckst so verzweifelt!»

«Gar nicht, komm herein!»

«Soll ich dir putzen helfen?», lachte sie, küsste einen steifen Halm, holte hinter ihrem Rücken ein mokkabraunes Meerschweinchen hervor und drückte es ihm so lange an die Brust, bis er es ihr abnehmen musste.

«Für Loulou-Junior.»

«Danke!»

«Sag ihm, du hättest es ihm gekauft.»

Barfuss fand Yvonne den Weg durchs schattige Wohnzimmer, bis auf die sonnenwarmen Steinplatten hinterm Haus und schnell ins Gras des frisch gesprengten Gartens.

«Es gibt kein grösseres Abenteuer als eine Frau ohne Schuhe», dachte Halm.

«Man sieht direkt auf die Endstation?»

«Du bist mit der 3 gekommen?»

«Mit dem Schiff.»

«Mit dem Schiff?»

«Rhein hoch!»

«Aha», sagte Halm.

«Aber in elf Jahren soll die 3 ja angeblich aus deinem Garten direkt über die Grenze bis vor meine Schlafzimmertür nach Frankreich fahren. Wusstest du das?»

«Nein.»

«Stand gestern im ‹Journal municipal›. Elf Jahre! Bei unserem Tempo ein Klacks!»

Halm sah zu, wie Yvonne an einer Rose roch, sie dann wie einen Schachzug zurückschnellen liess und dabei summte, als hätte man ihr mit der Einladung an die Erlenstrasse alle Sorgen vertrieben. Halm setzte das Meerschweinchen in den leer geputzten Kugelgrill. Er stellte fest, dass nicht alle Jalousien des im Urlaub vermuteten Nachbars heruntergelassen waren. Unter dem Vorwand, einen wichtigen Anruf zu erwarten, den man im Garten überhören könnte, wechselten sie ins Wohnzimmer.

Yvonne wählte aus der dunkel verglasten Minibar einen Campari, und Halm goss sich ein Guinness ein, das er gar nicht mochte, aber es war nichts anderes da. Wenige Sekunden später hatte sich Yvonne auf seinen Schoss gepflanzt und ihren Lippenkranz auf seinen gepfropft. Wie eine Lebensspende strömte der Campari aus ihrem Mund in seinen. Halm schaffte es danach nur mit Witzen, an Yvonnes Lust vorbeizukommen. Er versuchte, ihr einen Gastgeber entgegenzustellen, der in seinen eigenen vier Wänden unerreichbar glücklich war. Der Preis dieser Abwehrtaktik war ein ansteigendes Dialogtempo, und dummerweise machte es schon wieder Spass, Yvonne auf Distanz zu halten. Kurz: Der Nachmittag war aus dem Ruder gelaufen. Dass Yvonne auf dem neuen Designersofa und vor dem Anselm-Kiefer-Poster, ja, dass sie in der von Viola mit gerahmten Theaterplakaten dekorierten Küche eine klare Fehlbesetzung war, verschaffte Halm keinerlei Vorteil. Zwar war es nur Spiel, wenn er Yvonne Komplimente machte. Die Wirkung seiner Komplimente und kleinen Unverschämtheiten war in ihrem Gesicht aber jedes Mal ein so umwerfendes Ereignis, dass er nicht damit aufhören wollte. Niemand konnte so clownesk die Mimik wechseln wie diese mehrsprachige Yvonne. Noch bevor er ihr das ganze Haus gezeigt hatte, zog sie ihn auf den Boden, und eine halbe Stunde später waren beide damit beschäftigt, Halms Samen aus dem erdfarbenen Teppich zu schrubben. Draussen ging, als müsse sich auch der Himmel entladen, ein Wolkenbruch nieder. Es donnerte direkt über dem Dach. Mit einem akustischen Auftakt, als sei ein gigantisches Kuchenblech aus einem Flugzeug abgeworfen worden. Yvonne riss die Stehlampe um, das Glas zerbrach, aber sie rannte hysterisch in den Garten. Es war dieses Bild, das Halm in der folgenden Woche nicht mehr aus dem Kopf bekam: Yvonne, splitternackt, regennass von Kopf bis Fuss, mit dem aus dem Grill geretteten, auf einmal dunkelglatten Meerschweinchen auf der Hand.

Violas Haarfön gab dem Tierchen aus sicherer Distanz nach und nach sein helles Fell zurück, und Yvonne konnte nicht aufhören, zu kichern und dem Föhnmeister den Nacken zu küssen. Diese kindische Küsserei, der Lärm des Föhns, der schnelle Sex auf Violas Schurwollteppich, das alles ärgerte Halm jetzt, und mit jedem Atemzug wurde er wütender auf das Meerschweinchen, auf sich, und auf die nicht enden wollenden Küsse an seinem Hals.

«Ich hab dich eingeladen, damit du siehst, dass es in meinem Leben keinen ernsthaften Platz gibt. Ich dachte, hier lernst du etwas Respekt vor meinem Leben. Ich habe einen Sohn, ich habe eine Frau. Ich wollte, dass es auf ganz natürliche Weise aufhört. Weil's einfach nicht passt. Aber du kennst nichts! Ich habe dir die Tür aufgemacht, und du hast Vollgas gegeben!»

Das Meerschweinchen quietschte, Halm wickelte das Föhnkabel in Viola Manier um den Griff und legte alles zurück in die Schublade.

Yvonne fingerte ihr Telefon aus der Tasche, wechselte ins Gästezimmer und rief sich ein Taxi.

«Brauchst du Geld?», rief Halm durch die Türen.

Keine Antwort.

«Weisst du überhaupt, was es mich gekostet hat, hierher zu kommen?», sagte Yvonne und erschien auf der Schwelle.

Als das Taxi in der Erlenstrasse stoppte, hatte Halm die Haustür längst geöffnet. Er steckte Yvonne drei Zehnerscheine zu. Beide bemerkten die Hässlichkeit dieser Geldübergabe. Yvonne kroch ins Taxi, die Tür bekam sie erst beim zweiten Anlauf zu.

35

Sie trug an diesem Regentag nur einen dicken, weissen Pullover, sass im Bus auf einem Fensterplatz und telefonierte. Das schon wieder rötlicher gewordene Haar hatte Yvonne an diesem Morgen streng zurückgebunden. Wenn sie ihrem Gesprächspartner zuhörte, klaffte die Lücke ihrer Schneidezähne offen unter der Oberlippe. Es lag in ihrem Telefonat viel Vorsicht, Yvonne schien behutsam nach Worten zu suchen, mehrmals streiften mich dabei ihre Augen. Sie musste in mir einen selbstbewussten Menschen sehen. Eine meiner Bewerbungen, die ich unterdessen nur noch dem Arbeitsamt zuliebe abgeschickt hatte, war auf Interesse gestossen. Ein Übersetzerbüro hatte mir eine befristete 30-Prozent-Stelle angeboten. In zwei Monaten würde ich probeweise damit anfangen können.

Quantenphysiker wissen es. Der Beobachter ist Teil des Beobachteten und umgekehrt. Allein aus diesem Grund schlug Yvonne, weil sie das übergeschlagene Bein wechselte, mit ihrer Schuhspitze jetzt grob gegen mein Schienbein. Ich schenkte ihr das Lächeln, das ihr seit langem gehörte und das sie mit dämlich aufgerissenen, schuldbewussten Augen und ihrer hochgehaltenen Handfläche beantwortete, während sie ihr Gespräch fortsetzte. Es war dies der erste Blickkontakt mit meiner Leinwandheldin. Und wie soll ich das sagen? Dass ihre Augen die meinen trafen, sprengte mein Gehirn in etwa so, wie die monalisahafte Harriet Andersson die Filmgeschichte sprengte, als sie mitten in einer Liebesszene plötzlich in Ingmar Bergmans Kamera hinein und allen Kinozuschauern im Saal tief in die Augen sah. Ein formaler Weltuntergang, auf den pure Liebe folgen musste.

Im Regen folgte ich ihr bis auf den Place Abbatucci. Aus dreissig Metern Entfernung musste ich zusehen, wie sie sich meinen Blicken entzog und hinter sich die Haustür schloss. Ein Geräusch wie von einem Genickbruch.

36

Morgens um drei war die Stadt wie ausgestorben. Nur wenige Autos waren unterwegs, allerdings mit überhöhter Geschwindigkeit. Halm schaltete sicherheitshalber vor jeder Kreuzung in den zweiten Gang. Schliesslich begann er da abzubiegen, wo er hätte geradeaus fahren sollen, und da geradeaus zu fahren, wo er, um nach Hause zu kommen, hätte abbiegen müssen. So fuhr er mitten in der altbekannten Stadt in eine zweite, grössere, selten bis nie genutzte Stadt hinein. Ein Viadukt trug seine Strasse hoch über einen dunklen Park, den Ausläufer des zoologischen Gartens. Das Viadukt mündete in einen ausgestorbenen Kreisverkehr, in dessen Mitte ein gewaltiger Bronzeelefant stand, der mit dem Rüssel in voller Fahrt über die gegenüberliegenden, erleuchteten Dachfenster strich. In einer Seitenstrasse parkte Halm seinen Wagen vor einer Garagenausfahrt und fühlte sich auch noch beobachtet, als er das Abblendlicht gelöscht hatte.

Nachdenken wollte er. Das ganze Leben an der Gurgel packen. Halm wollte sich für den nächsten Lebensabschnitt die Wege neu ausschildern. Er wollte die traurigen Schauplätze schliessen, die bewährten restaurieren.

Vor ihm stand ein Lieferwagen mit der Aufschrift ‹Kanalisationsarbeiten›. Halms Augen lasen das Wort unaufhörlich. Jemand hatte den Lieferwagen absichtlich hier geparkt, dachte er. Jemand peinigte ihn mit billigen Metaphern. Aber vielleicht, dachte er, sollte er aufhören, überall Metaphern und Symbole zu sehen, und seine eigene Wahrnehmung über die zufälligen Scherze der Aussenwelt stellen. Ein Kerl, der aussah wie Danny de Vito, glotzte plötzlich durch das Seitenfenster in Halms Augen und erschreckte ihn zu Tode. Dann zog de Vito wortlos weiter, womöglich auf der Suche nach einem neuen Drehbuch.

Hoch oben in der Mesosphäre verglühten Schwärme von Sternschnuppen. Durchs Autodach konnte Halm keinen Einzigen sehen, und er suchte auch nicht danach. Das Phänomen der jährlich wiederkehrenden Perseidenschwärme werde am 12. August seinen Höhepunkt erreichen, war am Morgen in der Zeitung zu lesen gewesen. Aber Halm las keine Zeitungen. Er stieg aus seinem Wagen aus, wollte ein paar Schritte tun, die frische Luft atmen und sich die Zeit nehmen, genauer hinzuschauen auf seinen Lebensabschnitt. Nur noch beurteilen, was deutlich zu erkennen war. Das Problem beim Hinschauen waren die Zusammenhänge. Der Firmenwagen mit der Aufschrift ‹Kanalisationsarbeiten› und seine kleine Lebenskrise. Das war kein Zusammenhang. Ein besserer Blick hätte die Baustelle am Strassenende entdeckt und damit nicht genug. Ein besserer Blick hätte die Baustelle aufgrund des Firmenwagens sogar voraussagen können. Der bessere Blick ermöglichte Prognosen. «Erkenne die wahren Zusammenhänge, achte auf die entscheidenden Konstellationen, schau endlich richtig hin!», rief Halm sich zu.

Und er wollte sich mit dem Abschleppseil am nächsten Baum aufknüpfen, als er just im Augenblick dieses Vorsatzes in eine Portion Hundekot trat. Sein Fluchen weckte den zugehörigen Hund. Dessen Bellen rief eine Vielzahl von Echos hervor, die immer dann, wenn Halm gehofft hatte, sie mögen endlich verstummen, in einer entfernten Strasse und im Maul einer anderen Rasse noch einmal auferstanden.

37

Halms Vorgesetzter hatte nach Leipzig gewechselt. Ein sympathischer Düsseldorfer bolivianischer Herkunft mit einer goldenen Rolex am Armgelenk stellte sich als Nachfolger vor. Halm weihte ihn in die wichtigsten Dialektwörter ein.

«Ihr Deutschen habt ja noch nicht mal das Wort ‹Papeterie›!», scherzte Halm und holte sich einen zwar zustimmenden, aber nur gespielt demütigen Lacher ab. Trotzdem, im Gegensatz zu seinem Vorgänger mochte Halm diesen Hormando Quispe auf Anhieb.

Wenige Wochen später konnte er im Verband der Papeteristen eine zentrale Stellung einnehmen. Bei der Papeteristenfachmesse Ornaris sass er in der Auswahlkommission. Es hatte Herrn Quispe gefallen, dass dieser Schweizer seine Unzufriedenheit mit den Entwicklungen der Branche bei jeder Gelegenheit kundgetan hatte. Erstaunlicherweise war Halm deswegen nicht als der frustrierte Detailhandelsfachmann wahrgenommen worden, der er war, sondern als engagierter Kopf, der den Finger auf die Schwachstellen legte und ausserdem über ein gutes Sensorium für die Zukunftsprobleme verfügte. Dabei hatte es oft genügt, Lösungen nur anzukündigen und kleine Ausschüsse zu bilden, die sich konkrete Massnahmen ausdenken sollten, um seinem Vorgesetzten als Erneuerer in Erinnerung zu bleiben. Einmal für diese Rolle ins Auge gefasst, ging es aufwärts.

Weil jedes Mal die Ölwarnleuchte aufblinkte, wenn man den Wagen startete, verlor Halm den alten Saab drei volle

Tage an die Werkstatt. Die Dienstagsrundreise zu drei neuen Pronto-Filialen musste er deshalb mittels S-Bahn und Postbussen antreten.

Gegen Abend, in einer S-Bahn, deren Schienenlinien sich bogenförmig ums Basler Stadtzentrum und weiter bis nach Mulhouse zogen, beschloss Halm, sitzen zu bleiben und Yvonne aufzusuchen. Vor drei Tagen war sie 35 geworden. Er hatte sie auf ihr Handy angerufen und sie hatte abgenommen. Seine Gratulation sollte ein Friedensangebot sein. Seit dem Sonntag mit dem Meerschweinchen war fast eine Woche vergangen, ohne jedes Lebenszeichen, und Tag für Tag war Halms Reue gewachsen. Seine Geburtstagswünsche hatte Yvonne kühl zur Kenntnis genommen, kurz angebunden, weil sie angeblich in Lyon bei ihrem Bruder zu Besuch war und ein grosses Abendessen bevorstünde. Halm hatte ihr vorgeschlagen, den Geburtstag am 19. August nachzufeiern, da könne er sich frei nehmen. Auch auf diesen Vorschlag war Yvonne nur kühl eingestiegen. Halm hatte die ganze Nacht keinen Schlaf gefunden, dachte, im Takt von Violas zartem Schnarchen, über Rettungsversuche nach. Er würde Yvonne besuchen, ohne sich anzukündigen, so wie früher.

Gegenüber Halm sass eine junge Passagierin, ganz im Gothic-Style, nur das Jackenfutter violett. Aufgeblasen dicke Oberschenkel in schwarzen Hosen, ein fester Oberkörper und eine erschreckend trockenweisse Gesichtshaut mit brüchigen Lippen. Blutkrustenroter Schorf in den Mundwinkeln, überpuderte Pickel, irritierend zerdellte Augenpartien, viel zu viel Mascara auf den Wimpern. Das schwarze Pulver fiel direkt in ihre Augenringe. Was auch immer mit diesem Mädchen passiert war, sie schien eine routinierte S-Bahn-Pendlerin, hatte also Beruf und bestimmt einen identisch gekleideten Freundeskreis, schlief die Nächte vielleicht sogar friedlich durch. Mit ihren schwarzen Kleidern hatte sie sich eine stabile Identität ermogelt. Aber bestimmt bräuchte es nicht viel, dachte Halm, und dieses Mädchen würde kippen, nächtelang weinen und nicht mehr leben wollen. Ein paar Wochen Unglück, eine falsche Begegnung, und sie würde Schlaftabletten nehmen, dachte er weiter und begann, sich väterlich Sorgen zu machen. Dagegen wirkten die beiden Frauen mit Kopftüchern (eins schwarz, eins weiss), die hinter dem Mädchen sassen, auf geradezu klösterliche Weise behütet.

Beim Bahnhof St. Johann stiegen sieben Jugendliche zu, die die akustische Vormacht über das Zugabteil übernahmen. Sie liessen Musik laufen, furzten mit den Lippen, rissen Fenster auf, zischten mit Bierdosen, rülpsten um die Wette und brachen jeweils schneller, als man es für irgendwie sinnvoll halten konnte, in ein Gelächter mit lauten Schreien aus. Halm fragte sich, wie es möglich war, dass er sich durch ihre blosse Anwesenheit komplett ausgelöscht fühlte, während sich das schwarz gekleidete Mädchen von den Jungs überhaupt nicht beeindruckt zeigte. Der Bahnhof von Huningue konnte für Halm gar nicht früh genug kommen. Von dort endlich führte der Weg zu Yvonne, in die Rue de l'Abattoir, am Restaurant Vauban und einem Basler Basiliskenbrunnen vorbei, der seinen Ortsgenossen dank eines ruckartigen Seitenwinds prompt bespritzte. Ausserdem hatte Halm heftige Zahnschmerzen.

An der Ecke zum Place Abbatucci stand eine Männergruppe. Sicherheitshalber wechselte er die Strassenseite, las an einer Hauswand den Satz «Catherine la Pute» und fürchtete, dass, bis er bei Yvonne klingelte, nichts mehr von ihm übrig sein werde. Als er es Yvonne erzählte, verspottete sie ihn und erfand das Wort <Wohlstandsnerven>. Halm wusste nicht, was es zu seiner Verteidigung zu sagen gäbe. Eigentlich war er nur gekommen, um sich unter vier Augen für den missglückten Sonntag zu entschuldigen, aber Yvonne hatte nach ihrem Spott nicht viel Zeit. Die verbleibenden vierzig Minuten reichten gerade noch aus, ihr einen Gefallen zu tun. Es galt, ihre rostige Fernsehantenne vor dem Fenster abzuschrauben. Auf Empfehlung eines Freundes hatte Yvonne jetzt Kabelanschluss.

38

Halm fiel das eingerahmte Foto auf der Regalablage im Wohnzimmer ins Auge, das er dort selber vor Monaten aufgestellt hatte. Viola. Er nahm das Bild zur Hand, setzte sich nicht zurück aufs Sofa, sondern betrachtete es stehend. Er fühlte sich dabei wie ein Pfändungsbeamter des kantonalen Betreibungsamtes, der den Wert eines Objekts einzuschätzen versuchte.

Das Foto hatte Halm vom Gehsteig aus geknipst. Gleich in den ersten Tagen, nachdem sie in die Erlenstrasse eingezogen waren. Viola stand vor der offenen Eingangstür, geometrisch tadellos ausgerichtet, mit geschlossenen Füssen auf dem blitzsauberen Fussabtreter. Links und rechts die damals noch fast identischen, hellvioletten Hibisken in ihren weissen Töpfen. Neben dem linken, an die Mauer gelehnt, das Hufeisen ihres Vaters, von Viola mit den Enden klug nach oben ausgerichtet, damit das Glück nicht herausfiele. Neben dem rechten Hibiskus war der kniehohe Plastikeimer mit aufklappbarem Deckel für Bioabfälle zu sehen, der da eigentlich nicht hingehörte. Ein grotesker Schönheitsfehler bei einem Foto, das es aufs Bücherregal geschafft hatte. Viola lachte, ihre Hände steckten in ihren weiten, schwarzen Hosentaschen und ihr Oberkörper in einem olivgrünen, ärmellosen Top. Man sah ihr die Freude auf das neue Leben an, das dann nie wirklich begonnen hatte. Ihr Haar glänzte straff im Nacken zusammengebunden auf ihrem kleinen Kopf, ihre Augen waren auf dem Bild ohne Farbe. Auf Kopfhöhe hing rechts im Bild der schwere Kupferkessel mit der noch kaum über den Rand gewachsenen Begonie. Links, frisch auf dem Verputz montiert, der beleuchtbare, übers Eck gestellte, weisse Plastikwürfel mit der Hausnummer 21. Im Hintergrund, in der dunklen Wohnung, leuchteten die Augen des Katers Attila, der zwei Wochen später von einem Bus überfahren werden sollte. Auf dem Bild ahnte Viola nichts davon. Sie hätte ihn sonst bestimmt auf ihren Armen getragen. Halm liess das Bild sinken, machte drei Schritte rückwärts und liess sich aufs Sofa fallen.

Als wäre dies das verabredete Bühnenzeichen für ihren Auftritt gewesen, betrat Viola das Zimmer. Auf den Schultern einen quietschenden Philip, der seiner Mutter die Augen zuhielt.

«Wo ist er denn, der Papa? Wo ist er denn?», wiederholte sie, drehte sich im Kreis und ging wieder hinaus. Sie hatte getan, als hätte sie ihren Mann nicht gesehen, und hoffte, Philip würde sie korrigieren. Aber Halm hörte, wie die beiden sich entfernten und im ersten Stock weitersuchten.

39

Obwohl Yvonne wusste, dass Halm lügen musste, um sich zeitlich frei zu boxen, obwohl sie sah, dass er um Wiedergutmachung rang, hatte sie den Besuch ihres Bruders nicht verschoben. Bis zum kusslosen Abschied blieb Halm jede Zweisamkeit verwehrt. Die Show gehörte ganz dem glatzköpfigen Jean-Claude aus Lyon. Der machte sich in einem Kajak freiwillig zum Deppen. In einem 200 Meter langen, künstlich mit Stromschnellen und Hindernissen ausgestatteten Seitenarm des ‹Canal de Huningue› war er in nur zehn Minuten zweimal so bedrohlich unters Wasser gekommen, dass sämtliche Schaulustigen einen neugierigen Schritt aufs Ufer zumachten, um besser zu sehen. Während das Kajak seinen gelben, glatten Bauch zeigte und der Fahrer unter den Wellen hektisch mit den Armen fuchtelte, was aber erst zehn Meter stromabwärts Wirkung zeigte, konnten die Spaziergänger nicht aufhören, zu grinsen und sich zu wundern, dass so einer sich zu diesem Sport berufen fühlte.

«Ihr seid verrückt, ihr Franzosen», hatte Halm gerufen, als Yvonnes Bruder schnaubend an ihm vorbeieilte.

«Ich bin kein Franzose», protestierte Jean-Claude und spuckte aus. «Ich bin Europäer.»

Halm hatte auch Jean-Claudes zweite Fahrt besorgt beobachtet. Mehrmals drehte es ihn unters Wasser. Was, wenn er es nicht rechtzeitig schaffte, Luft zu schnappen? Als Anfänger verlor man kopfüber bestimmt rasch jede Orientierung oder verdrehte sich ausgerechnet jenen Arm, der die Aufwärtsbewegung hätte leisten müssen, oder schluckte Wasser, so dass die Lunge noch unter Wasser husten würde. Wie viel Wasser konnte ein Mensch aus eigener Kraft noch aushusten? Wie gewissenhaft wurde in diesen Anfängerkursen das Umdrehen gelernt, und wie schnell wäre der Lehrer, der lässig am Ufer mitspazierte, notfalls im Wasser gewesen? Halm stellte Yvonne keine einzige dieser Fragen. Sie schien ohnehin nur damit beschäftigt, den Leichtsinn ihres Bruders mit möglichst vielen Schnappschüssen zu dokumentieren. Man brauchte seinen Kopf also lediglich in den ‹Canal de Huningue› zu tauchen, um ihre Bewunderung zu ernten, dachte Halm. Auf einer Informationstafel las er den Satz «Merci de signaler toute anomalie à Mairie de Huningue», inklusive einer Telefonnummer. Er fragte sich, ob es schon eine Anomalie sei, dass sich das Kajak nun auch noch von Jean-Claudes Körper löste und hinter ihm herschwamm wie eine futuristische, kopflose Ente. Immerhin verfing sich das Ruder am Ufer, während der Bruder mehrere Male ausglitt und selbst kindersanften Strömungen nicht mehr gewachsen schien. Jean-Claude, taumelnd, mit dem rechten Bein im tiefen Wasser, rief jetzt tatsächlich aus und bemerkte zu spät die vielen Zuschauer. Als es ihm nicht gelang, das wassergefüllte und schwer gewordene Kajak aus dem Kanal zu ziehen, kam ihm der Lehrer zu Hilfe und stellte das Kajak kurzerhand auf die Spitze. Wasser schoss in hohem Bogen aus einem Loch, das extra für solche Entleerungen an der vorderen Bugseite angebracht war. Das dauerte eine ganze Weile und niemand wurde ungeduldig. So erschöpft Jean-Claude dieser Prozedur auch beiwohnte, so felsenfest schien er weiterhin davon überzeugt, dass nur ein Kajak die Stunden dieses Sonntags, nur die Gefahr des Ertrinkens diesen Augusttag sinnvoll ausfüllen konnten.

«J'aime bien la pratique du canoë-kayak», meinte er, bevor er sich aufmachte, auf ein Neues ins Wasser zu steigen.

40

Die frisch eingerichtete Dachmansarde war kein guter Arbeitsraum. Es roch nach lackiertem Holz, und man konnte die Geräusche aus dem unteren Stock hören. Ausserdem flatterten an den Fenstern Vögel mit trockenen Flügeln vorbei, kratzten mit den Krallen über die lärmleitenden Dachmaterialien. Statt Mails zu beantworten, betrachtete Halm auf dem abgeschalteten Computer sein Gesicht. Die Kaffeetasse zitterte auf der Untertasse. Halm fürchtete ein Erdbeben. Es war Philip, der ein Stockwerk tiefer die Holzstufen herauf- und hinunterzustampfen begann. Die Tasse mit der Aufschrift ‹Nobody is perfect› war ein Geschenk Violas gewesen. Weil sie von Halms Idee, hier oben einen gemeinsamen Büroraum einzurichten, sofort begeistert gewesen war. Halm hatte in einem schwachen Moment vorgeschlagen, nicht nur die abendlich anfallenden Überstunden zuhause zu erledigen, sondern auch einen fixen Tag in der Woche zu bestimmen, an dem er zuhause die Korrespondenz erledigte und Sitzungen vorbereitete. So wäre er wieder mehr in Philips Nähe. Aber schon im ersten Monat wurde ihm klar, dass er unter dieser weiss gestrichenen Dachschräge nicht würde arbeiten können, im Unterschied zu Viola. Bereits archivierte sie in beschrifteten Kisten hunderte Manuskripte von Kinder- und Jugendstücken, studierte Probenprotokolle, sichtete Videobewerbungen für ein Jugendclub-Festival oder übersetzte irgendein Frühlingserwachen in die Basler Mundart. Überall, auch an Plätzen, die ursprünglich Halm zugedacht waren, stapelte sich bald Theatertheorie, Bücher mit theaterpädagogischen Übungen und Fotos von Workshops oder Premieren. Halms Vater wäre von dieser

Mischung aus Papeteriegewerbe und Kunst vermutlich angetan gewesen.

«Der Papeterist ist die zärtlichere Vorstufe des Künstlers», hatte er immer wieder gesagt, und er war stolz gewesen, dass so bekannte Köpfe wie Forte und Henkel bei ihm ihre Schreibblöcke und Notizbücher eingekauft hatten. Oder dass es ein Basler Papeterist gewesen war, der dem jungen Beyeler im entscheidenden Moment finanziell unter die Arme gegriffen hatte. Alles Namen, die Halm wenig sagten. Oft hatte ihn sein Vater aufgefordert, sich ein paar Kohlestifte, Caran d'Ache-Bleistifte, am besten von jeder Härtestufe einen, sowie einen dieser wunderschönen, weissen, chlorfrei gebleichten Artoz-Papierbögen nach Hause zu nehmen und es einmal mit der wahren Kunst zu versuchen. Aber Halm fehlte jede Fantasie fürs Schöpferische, nicht einmal für die Kalligraphie, die seinem Vater in der Freizeit den Kopf verdrehte, hatte er irgendein Talent oder Interesse in sich entdeckt. Die Bewunderung, die ihm sein Vater schenkte, liess trotzdem nie nach, und für Menschen, die einen bewundern, tat man bekanntlich alles.

Er schaltete Violas Radio ein. Musik gegen das Kratzen der Vogelkrallen. Wäre sein Vater 1995 nicht an dieser heimtückischen Krankheit ALS gestorben, dachte Halm, hätte er heute noch einen Bewunderer. Jemanden, dessentwegen sich jeder Durchhaltewille gelohnt hätte. Zwar hatte ihm Viola regelmässig, um den Umsatz etwas anzukurbeln, Mitglieder ihres Theater-Jugendclubs in seine Papeterie geschickt (ohne freilich zu erwähnen, dass der Typ an der Kasse ihr Ehemann war), Respekt vor seiner Arbeit hatte er jedoch nie gespürt.

Ein einziges Mal, kurz bevor er das Geschäft verkaufte, war Yvonne in der Papeterie aufgetaucht. Sie hatte sich für einen Schulanlass 100 himbeerrote Briefumschläge ausgesucht.

Halm studierte sein Spiegelbild auf dem toten Bildschirm. Sogar in dieser Unschärfe erkannte er die ersten weissen Haare über seinen Ohren. Früher mochte Viola seine Lippen. Halm strich mit dem Daumen darüber und erinnerte sich an diesen Kerl in Violas Lieblingsfilm. Im Radio sprachen sie jetzt über den Gazastreifen. In seiner Kindheit hatte Halm immer geglaubt, er hätte einen allzu kräftigen Mund. Aber Viola hatte einmal behauptet, sie hätte gleich beim ersten Treffen an seinen Lippen gesehen, dass sie sich Kinder von ihm wünschte. Als er sich bei diesem Gedanken auf dem Bildschirm nicht schmunzeln sah, wurde ihm klar, wie alt dieses Kompliment geworden war. Unterdessen hatte sich Philip bedrohlich genähert, das Öffnen der Mansardentür kündigte sich schon durch Schaben, Poltern und Klopfgeräusche an. Dann knallte die Türklinke und Philip schaute seinen Vater mit ausdruckslosen Augen an.

«Na, du Grosser?», rief Halm ihm zu.

Halms Frage blieb unbeantwortet. Stattdessen galoppierte Philip zu seinen Knien, liess sich auf den Schoss nehmen, legte seinen Kopf an die Brust und gab zu verstehen, dass so ein Kindertag schrecklich lange sein konnte. Halm wippte seinen Sohn eine Weile auf und ab.

«Papa, schau!»

«Was denn, Schatz?»

«Schau!»

«Wo denn, Schatz?»

«Dort!»

«Wo, was?»

«Dort, Papa!»

Halm musste aufstehen und der Richtung eines kleinen Zeigefingers folgen. Der Finger landete auf einer von Violas DVDs. Stanley Kubrick, ‹Shining›.

«Frau schön singen», sagte Philip. «Schön singen», wiederholte Philip und guckte sich den weit aufgerissenen Mund an.

Halm sah sich den Blick der Schauspielerin an und sagte:

«Ja, sehr schön singen.»

41

Yvonne drehte sich in der Küche mehrmals um die eigene Achse. Sie präsentierte ein dunkelblaues Sommerkleid mit weissen Punkten.

«Ein Freund hat es mir zum Geburtstag geschenkt.»

Solche Freunde sind meistens schwul, dachte Halm, empfand aber eine tief stechende Eifersucht. Statt Fragen zu stellen, entschied er, seine Viola einmal mehr zu belügen, und während Yvonne sich drehte und die weissen Punkte schneien und den Stoff mittels Fliehkräften schweben liess, erarbeitete Halm die dafür notwendigen Stichworte.

«Papeteristenverband, Retraite. Klärung von zentralen Fragen.»

Yvonne reagierte auf Halms Vorschlag, ein gemeinsames Wochenende in den Bergen zu verbringen, trotzig und wollte auf keinen Fall aufs Angeln verzichten. Nicht bei der glänzenden Wettervorhersage. Halm lenkte ein, bestand aber darauf, ein Zimmer im Hotel ‹Atlas› zu reservieren. Das ‹Atlas› befand sich in unmittelbarer Nähe von Yvonnes Angelplatz, auch natürlich in unsinniger Nähe zu ihrer Wohnung, aber immerhin. Es wäre ein neutraler Ort, dachte Halm. Und während er von seinen eigenen Plänen beflügelt auf dem Balkon den Algengeruch des Rheins einatmete, hörte er hinter seinem Rücken Yvonnes Staubsauger. Erst im Rückblick erschien es Halm gespenstisch, dass er den Übergang von der Modeschau in die Haushaltsarbeit verpasst hatte. Er musste ihr vollkommen gleichgültig geworden sein, dachte Halm, als er sie dann in ihren hässlichen Leggins entdeckte. Der Staubsauger röchelte, weil Vorhangstoff ins Rohr geriet. Halm hätte sich gerne auf einen der Balkonstühle gesetzt, aber Yvonne schützte sie unter brüchig gewordenen Plastikhüllen gegen Möwenkot. Auf der Brüstung des Nachbarbalkons erschienen zwei Füsse in Socken. Jemandem gelang es, in bester Hörweite des Staubsaugers, vollkommen entspannt zu bleiben.

42

Frühstücksräume in Hotels haben weltweit eines gemeinsam. Man isst zu viel und ist umgeben von fremden Menschen, die die Merkmale des Schlafs noch im Gesicht tragen, etwa den Abdruck eines Kopfkissenknopfs auf der Stirn, dazu der Geruch von Kaffee und frischen Semmeln, eine quälende Auswahl an Wurst, Käse, Rührei, Schinken, Marmelade, Honig, Fruchtsalat, Müsli, Säften und Tee.

Halm bestrich Brötchen mit Margarine und blinzelte ins Sonnenlicht, das durch die Fenster schoss. Um diese Zeit war Viola längst beim Joggen, dachte er. Ihre Körperränder links und rechts, zwei sportliche Geraden von den Turnschuh-Aussenkanten bis unter die Schultern. Die Haare zurückgebunden, den Mund kaum geöffnet, die Augen starr. In jeder Gesprächsrunde hätte so ein stoischer Blick Angst und Schrecken ausgelöst. Ein Gesicht, das nicht reden konnte, zusammengepresst wie eine Gewehrkugel in Baumstammholz. Viola joggte nie auf Naturpfaden, sondern auf den asphaltierten Wegen des Hardwalds, sauber wie einspurige Strassen ohne Kurven. Schnitte durch den Wald. Viola schaffte es hin und zurück in einer Stunde, joggte ihr Tempo gegen Ende langsam aus, sogar noch im Haus auf der Treppe, und erst im Bad kam sie zum Stillstand. Das Gesicht entspannte sich vermutlich erst unter der heissen Dusche. Wenn Viola ihren Mann nach dem Duschen küsste, war es, als schenke sie diesen Kuss sich selbst. Sie küsste Halm gewissermassen zu ihrer eigenen Belohnung, und das bedeutete, dass sie und er nach zwölf Ehejahren in einem einzigen Körper verschmolzen waren.

Halm schenkte sich Kaffee ein und hätte gerne über das Unglück nachgedacht, dass Yvonne nicht mehr die alte Frohnatur war, dass sie kalt und abwesend wirkte und seine Annäherungen allesamt abwehrte. Da betrat sie den Frühstücksraum. Ihre Augen kaum geöffnet, obwohl sie möglichst schnell zu verstehen versuchte, was an diesem Ort selber organisiert werden musste oder aber bestellt werden konnte. Halm schenkte ihr Kaffee ein und umfasste auf dem Tischtuch ungeduldig ihre Hand. Yvonne konstatierte, dass sie nicht gut geschlafen habe. Sie fand das Hotel immer noch überflüssig, zu teuer und zu verkommen, und sie hatte einen allergischen Schnupfen erwischt. Wahrscheinlich die Spannteppiche. Im Übrigen seien die Türen in den Gängen zu laut. Da sei jemand noch um vier Uhr morgens mehrmals rein und raus. Halm hatte es nicht gehört, nach dem vielen Wein hatte er geschlafen wie ein Ertrunkener. Yvonne putzte sich mehrmals ihre Nase, schob das Papiertaschentuch zwischendurch in ihren linken Ärmel. Endlich brachen sie auf.

Kurz vor dem Rhein sagte Yvonne: «Weisst du, was ich, als du schon frühstücken warst, im Zimmer gedacht habe?»

«Was denn?»

«Dass du so ein Typ bist, dem die Unzufriedenheit mehr Geborgenheit gibt als eine gute Laune!»

«Gestern warst doch du unzufrieden!»

«Jetzt freue ich mich aufs Angeln!»

«Warum bist du so?»

«Weil ich viel nachgedacht habe über uns.»

«Worüber?»

«Die Liebe gehört den Mutigen.»

«Ich bin verheiratet ...»

Halm kehrte zurück in die Nähe des schattigen Parkplatzes. Am Würstchenkiosk hatte er aus Notwehr eine Zeitschrift gekauft. Zwischen Betonbunkern aus dem Zweiten Weltkrieg standen schwere, dunkle Holztische mit ebenso schweren, halbierten Baumstämmen, die als Sitzbänke dienten. Stromaufwärts hatte man Ausblick auf einen Rhein, dem man kaum anmerkte, in welche Richtung er floss. Das Wehr verlangsamte und staute den Strom zu einem fast stehenden Gewässer. Unter lauter Eltern, die Würste grillten und ihre spielenden Kinder besprachen, las Halm einen Artikel über USB 2.0. Die Datenrate würde demnächst auf sagenhafte 800 Megabits pro Sekunde beschleunigt, hiess es. Aber zwischen den Zeilen wartete er nur auf die Rückkehr der Anglerin.

Unterhalb des Stauwehrs begann ein Naturlehrpfad mit Informationstafeln über die verschiedenen Fischarten. Yvonne hatte da seit Jahren einen Stammplatz. Ein Familienvater mit oberhalb der Kniescheiben eigenhändig abgesäbelten Jeans, braunen, kräftigen Waden und dem unrasierten Gesicht eines Westernhelden trug seinen schlafenden Sohn in der Rückentasche. Während er Fleischspiesschen auf einem Grill wendete, zwinkerte er belustigt seiner schwangeren Frau zu, die sich schon zum dritten Mal die Kopfbedeckung neu zusammenknotete. Es gab in Halms Computerzeitschrift keine einzige Sensationsmeldung, die stark genug gewesen wäre, von dieser Familie abzulenken. Irgendwann meinte Halm aber zu entdecken, dass dieses Elternpaar genauso einsam war wie Yvonne, genauso alleine gelassen wie er, jetzt und hier, an diesem klebrigen, lackierten Holztisch. Er sah es an ihren Bewegungen. Jedes Mal, wenn die Schwangere eine Handlung abschloss, um die nächste zu beginnen, klaffte im

Picknickglück eine Lücke. Die Frau schraubte eine Thermosflasche zu, stellte sie auf den Tisch, und dann, für einen winzigen Moment, bevor ihr einfiel, die Tomaten zu schneiden, stand ihr Gesicht verloren in der Windstille und war da dieses fatale Etwas in den Gesichtszügen.

Nach vier Stunden schwüler Hitze unter Bäumen machte sich Halm auf die Suche nach der Anglerin, die jenseits des Wehrs, tief unter dem diesseitigen Wasserspiegel Zeit und Halm vergessen hatte. Das Naturschutzgebiet lockte Radfahrer und Jogger an. Baden war verboten, denn jederzeit, auch bei schönem Wetter, konnte das Wasser gefährlich ansteigen. Darüber belehrten einen überall Warnschilder. Trotzdem wateten im wilden Flussbett Sonnenanbeter in Badehosen. Halm wechselte vom deutschen ans französische Ufer, überquerte hierzu die Brücke auf dem Stauwehr. Schilder warnten die Benutzer, dass diese Rheinüberquerung bei Hochwasser ohne Vorwarnung geschlossen werden könne.

Yvonne war nicht an ihrem Stammplatz. Halm sah es von weitem. Sie musste stromabwärts gezogen sein, dorthin, wo der Rhein nicht mehr zwischen die steilen Schrägen des Damms gezwungen wurde, dorthin, wo der Fluss einen Eindruck davon vermittelte, wie er sich Anfang des 19. Jahrhunderts mittels unzähliger Verzweigungen und Schlaufen rund um kleine Inselgruppen bis zu sechs Kilometer breit verzettelt hatte. Die Luft war voller Schmetterlinge, die sich bei näherem Hinsehen als zweirotorige Hubschrauber entpuppten. An einem senkrechten, feinen Stiel hing der kostbare Samen, blinkte im Wind und wurde höher als jede Baumkrone getragen. Kaum zu fassen, dass die Natur eines Tages begonnen hatte, Hubschrauberflotten zu konstruieren, dachte Halm. Er folgte dem Sandweg. Rechts fiel eine Betonschräge steil ab, wie eine grosse Rutsche. Halm eilte den Weg entlang, der später selber abfiel. Bald ging es steil abwärts, dem Ufer entgegen. Der Weg verschwand in einem Wald und schrumpfte zu einem schattigen Pfad, der sich nach hundert Metern in ein formloses Zusammenspiel von Sträuchern und Bäumen auflöste. Aus dem Nichts führten vereinzelte Trampelpfade steil hinunter ans Wasser, das in der Sonne glitzerte. Helle Felsplatten luden am Ufer zum Verweilen ein. Halm sah keinen Menschen, hörte in der Ferne nur das Tosen des Wehrs, oder war es die nahe Schnellstrasse? Zwei identische Geräusche.

Yvonne in diesem Labyrinth aus schattigem Wildwuchs, Lichtungen, kleinen Buchten und dornenvollen Sackgassen zu finden, schien aussichtslos. Stattdessen begegnete ihm, kaum zwanzig Schritte entfernt, ein Reh, dem ein Kitz folgte. Halm sah es hinter Büschen vorbeihuschen, als hätten Puppenspieler eine Wildtrophäe an Stecken vorgeführt und dazu heftig mit Ästen geraschelt. Würde Viola ihren Mann hier zu Gesicht bekommen haben, sie hätte die Welt nicht mehr verstanden. Statt der behaupteten Papeteristenretraite Dschungel, Verwesungsgerüche, Insekten. Die Innenstadt war gerade mal zwölf Autominuten entfernt. Durch die hellgrünen Blätter sah Halm an den Ufern überall diese Fliegenfischer, wie Yvonne sie nannte. Angeblich machten sie hier gute Äschenfänge. Selber jedoch war Yvonne nirgends zu sehen. Halm überprüfte sein Handy. Ein unbeantworteter Anruf. Er hörte ihn ab.

«Hallo? Papi? Ich will doch ..., komm heim! Tschüss!»

Halm fragte sich, ob er mit drei Jahren zu so einem Anruf fähig gewesen wäre, dann kämpfte er sich ans Wasser, verbrannte sich die Hand an einem Brennnesselstrauch und suchte ruhelos das Ufer und die Inselgruppen ab. Nach minutenlanger Suche tatsächlich Yvonne. Sie sass ohne Hosen auf dem grössten Felsbrocken und leckte an einem Vanilleeis. Weiss der Henker, wo sie's her hatte. Halm kletterte in ihr Blickfeld und wollte etwas rufen, doch war das gar nicht Yvonne. Das Mädchen, das er wegen ihres T-Shirts für Yvonne gehalten hatte, war nicht allein. Unterhalb des Felsens tauchten drei weitere Mädchen auf. Alle drei mit nackten Oberkörpern. Halm hastete zurück und fiel der Länge nach hin. Wenn Yvonne nicht längst beim Auto auf ihn wartete, würde er sich rächen und ohne sie nach Hause fahren. Diesen Vorsatz gefasst, flog der erste Stein. Bei den Mädchen standen zwei Jungen. In den Händen Munition für weitere Schüsse. Halm rannte, wie vorher das Reh, in den Wald zurück. Der Steinwurf hatte Todesangst ausgelöst, weshalb er blindlings durchs Gestrüpp türmte, tief unter die Bäume. Im Rücken Gelächter. Wie durch Hexerei trafen ihn Kiesel am Hinterkopf. Gleichzeitig prallte er mit dem Bein in einen Baumstrunk.

In seinem Wagen krempelte er die zerrissene Hose hoch. Sein Schienbein war blutverschmiert. Direkt über dem Knochen eine münzgrosse Schürfung. Nicht der Rede wert, dachte er. Trotzdem hörte es nicht auf, höllisch zu brennen. Halm hasste diesen Ort, und er hasste all diese sogenannten Freunde der Fischerei und des gesundheitsschädlichen Sonnenbadens. Er schaltete das Autoradio ein, fuhr los und durfte sich nach einer Nachrichtenmeldung über den Gammelfleischskandal einen Song von Phébus anhören.

«No!!! No, oh, oh! One day, the winds will turn, and birds come all again, please come back to me back to me!»

43

Nach vierzehn Tagen, in denen Halm mehrmals ihren Anrufbeantworter besprochen hatte und zweimal nachts an ihrem beleuchteten Fenster vorbeigefahren war, meldete sich Yvonne mit einer knappen SMS.

«brauche zeit für mich.»

Halm machte es rasend, dass Yvonne nicht einsah, wie unglücklich sie war. Dass sie nicht verstehen konnte, dass es abnorm war, alleine zu leben. In ihrem Alter, aus freien Stücken, isoliert in dieser Zeitkapsel Huningue. Dass sie alleine in die Ferien fuhr, alleine fischte, sich alleine Führungen durch Froschmuseen und Burgen anschloss, alleine in Restaurants dreigängige Menüs ass. Ihr Einzelgängerinnenglück machte ihn hilflos, weil er erkannte, dass sie seine Freundschaft mit derselben Selbstverständlichkeit angenommen hatte, wie sie jetzt wieder ihr Alleinsein lebte.

Kein Passant blickte zu Halm hinauf. Die Entfernung wäre zu gross gewesen, um in seinen Pupillen eine menschliche Regung zu erkennen. Man hätte von unten nur einen Mann gesehen, der bewegungslos auf der obersten Stufe verharrte und auf sein Handy blickte.

«brauche zeit für mich.»

Vor Halm lag die Aussicht auf die rund dreissig Meter tiefer liegende Mündung der Basler Kinostrasse sowie den ansteigenden Steinenberg mit den endlosen Tramkolonnen. Normalerweise eine Horizonterweiterung auf dem Weg vom Büro nach Hause. Heute blieb Halms Blick verdüstert. Yvonnes SMS hatte ihn, gerade als er seinen Fuss auf die erste der über 60 Steinstufen hatte setzen wollen, kalt erwischt. Jetzt stand er da oben wie angewurzelt und fürchtete sich vor dem Abstieg. Aus dem mittelalterlichen

Tal heulten unaufhörlich die grünen oder gelben Trams und beklagten sich über die Kurve zum Barfüsserplatz. Ungerührt davon spazierten die Einwohner immer wieder über die Gleise. Jeder von ihnen trug auf seine Weise und in seinem eigenen Tempo zur Belebung der Stadt bei und schien mit dem Ziel seines Wegs versöhnt. Yvonne verbrachte ihre Freizeit nie in dieser Innenstadt. Der Barfüsserplatz war ein Ort ohne Yvonne, so wie die Weiler Hauptstrasse oder der Place Abbatucci ein Ort ohne Viola war. Wenn Yvonne nicht arbeitete, war sie ausschliesslich an ihren verschiedenen Gewässern oder aber im Bett anzutreffen. Zuverlässig kamen unterm Kopfkissen und in den Falten der Bettdecke die traurigen Zeugen ihrer Einsamkeit zum Vorschein. Kuchenkrümel, Bleistifte (Sudoku-Sucht), die Fernbedienung. Halm stellte sich vor, wie sie schon hunderte Abende alleine in ihrer Wohnung verbracht haben musste, den Fernseher eingeschaltet und in Illustrierten intuitiv alles überblätternd, was ihr ihre Verlorenheit vor Augen geführt hätte. Sicher wäre Yvonne in Tränen ausgebrochen, hätte man ihr die gesammelten Videoaufnahmen aller allein verbrachten Abende abgespielt. Eine junge Frau, die ihr Leben vor der Welt versteckte. Eine Frau, die das einsame Geräusch ihres Bestecks in Schüsseln hastig zubereiteten Salats mit elsässischen Rockbands übertönte, eine Frau, die Türen, Fenster und Küchenschränke öffnete und verschloss, ohne sich daraufhin neuen Gesichtern zuwenden zu können, die aus Langeweile dreimal zu oft pinkelte, sich andere Frisuren kämmte oder endlos die Haare umfärbte. Doch offenbar war Yvonne für eine folgenschwere Frustration nicht intelligent genug, ärgerte sich Halm. Auch jetzt nicht. Andere an ihrer Stelle wären längst Stammkundinnen von Dating-

Agenturen, und einen Geliebten wie ihn hätten sie bestimmt nicht in die Wüste geschickt.

Halm steigerte sich auf der obersten Treppenstufe in eine immer grössere Kränkung, während ein Mann mit einem Notizbuch näher kam. Zwischen seinen Fingern klemmte ein Bleistift, mit dem er auf jeder Doppelseite heimtückische Pläne skizzierte. Und ohne, dass Halm etwas ahnte, wurde einer davon umgesetzt. Eine feine Drachenschnur flog hoch in den blauen Himmel, knüpfte einen Knoten um die rechte Kralle einer Taube, die dem Mann mit dem Notizbuch fortan wie eine Marionette folgte.

Halm dachte an Yvonne. Im Grunde war sie ein total asoziales Wesen, das Freundschaften mit derselben flüchtigen Lebensfreude pflegte, wie sie in fremden Ländern kulinarische Spezialitäten lobte. Mitten im Segelflug spannte sich um eine zweite Taube eine Schnur. Halm sah Yvonnes kleine Küche vor sich, er sah ihren Salzstreuer vom Flohmarkt, dessen Inhalt, obwohl sie auf den Trick mit den rohen Reiskörnern verzichtete, niemals verklumpt war. Schon daran konnte man es sehen, dachte er. Bis hinein in die kleinsten Details funktionierte Yvonnes Alltag jenseits jener Logik, der Viola und er und alle Menschen unterworfen waren. Halm atmete heftig ein. Entweder es würde ihm noch einmal gelingen, ein Gefühl unverzichtbarer Zweisamkeit in ihr auszulösen, oder er würde verzweifeln. Nicht, weil er sie liebte, sondern weil es bedeutet hätte, dass ihr Alleinsein seinem Familienleben ebenbürtig war. Dass eine kindergesegnete Ehe keine höhere Entwicklungsstufe darstellte. Dass Yvonne auch ohne einen Mann alles hatte, was sie brauchte.

Meine Schnüre zogen jetzt an den Tauben. Federzarte Kurskorrekturen. Halm wollte diese Yvonne abhängig sehen, zurückerobern. Notfalls mit fiesen Psychotricks. Und während er die jeweils tiefer liegende Stufe in seinem Becken abfederte und sich nun doch, endlich, Tritt für Tritt, der Talsohle und der Fussgängerzone annäherte, wählte er Yvonnes Nummer. Er war noch nicht in der Hälfte der magischen Zahlen angelangt, da bespritzten zwei Tauben sein Gesicht. Exakt gleichzeitig.

44

Philip pendelte hin und her zwischen Haus und Tramschlaufe. Die grosse Fieberglasschaukel hatte teuer gekauft werden müssen, weil der Baum mit seinem praktischen Ast von den Vorbesitzern gefällt worden war. Das Gras, das Halm am Morgen, um die Schaukelkonstruktion herum, gemäht hatte, grenzte wie ein Spannteppich an die Kiesfläche. Im Kies wartete in diesen sommerlichen Septembertagen noch immer das Kinderwasserbecken und standen Terrakottakrüge. Den Zaun entlang waren kleine Beete mit Kräutern und Tomaten angelegt. Geranien leuchteten von den Rändern des erhöhten Sitzplatzes. In der Mitte stand der runde Familiengartentisch, eine unzerstörbare Plastikkonstruktion mit vier zugehörigen Stühlen, die mit ihren Rückenlehnen gegen die Tischkante gelehnt dastanden, als fürchteten sie ungebetene Gäste. Aus der Ferne drangen Lautsprecherstimmen und Bässe herüber. Tonproben fürs Sommerstrassenfest. Die Vögel schienen für die paar Sekunden, da sie über Halms Luftgebiet flogen, konsequent das Flügelschlagen zu unterbrechen. Die Hummeln, die sich überall an den Blumen zu schaffen machten, mieden es, das Grundstück quer zu überfliegen, bogen jeweils kurz vor der Kies- oder Rasenfläche ab, und schwirrten zu den Nachbarn. Der gelangweilt schaukelnde Philip wollte wissen, ob die Spinne jetzt hungrig sei. Halm hatte vor ein paar Minuten auf die Netze in den Sträuchern hingewiesen und versprochen, man könne Zeuge werden, wie Spinnen aus ihren Verstecken flitzen, sobald sich ein Insekt in ihren Fäden verfange. Zu Philips Enttäuschung waren Vater und Sohn minutenlang vor den Fallen gestanden, ohne dass sich ein einziges Opfer blicken liess. Bald deutete nichts mehr darauf hin, dass die Zeit verging. Ein einziges Mal flüchtete eine Amsel in den Himmel, verschwand kreischend hinter dem Dach, nur, um nie wieder aufzutauchen.

Leichter Wind kam auf. Immer verlassener wirkte das aufpumpbare Planschbecken mit dem aufblasbaren Ball einer Unfallversicherung. Einen identischen Ball hatten Viola und Halm in ihrem ersten Urlaub mit dabei gehabt. Zwischen roten Felsen, umlärmt von der Meeresgischt, badeten sie in einem natürlichen Wasserbecken. Man konnte bis zum Grund sehen. Er war mit Seeigeln und Seesternen übersät. In breiten Felsritzen stand teewarmes Meereswasser, verdunstete und liess Salzkrusten zurück. Es roch nach Algen und Muscheln, und hin und wieder wehte aus der Ferne würzige Luft aus dem Pinien- und Korkeichenwald herüber. Halm und Viola schlugen im Wasser Purzelbäume und bekamen vor Lachen kaum Luft. Sie tauschten Küsse, die nach Fisch schmeckten, und dann machte er ihr einen Antrag. Vor Schreck verschluckte Viola eine Portion Mittelmeer. Erst als sie sicher auf einem Felsvorsprung sass, zu Ende gehustet und die Taucherbrille abgenommen hatte, sagte sie Ja. Halm stieg aus dem Wasser und setzte sich zu ihr in die Sonne. Er konnte nicht wissen, dass sie seinen Antrag nur fünf Tage später, nach dem nichtssagenden Zuschlagen des Kofferraums eines alten Saab 900, verbindlich ihren Eltern weitererzählt haben würde und alles schneller seinen Lauf nehmen sollte, als es ihm lieb war. In diesem Moment aber lief ihnen das Salzwasser in einzelnen Tropfen am Hals herunter, über den Rücken ins Kreuz, tropfte vom Kinn auf die Oberschenkel, kitzelte über den Fesseln. Es war, als würden ihre nackten Körper weinen vor Glück.

In der Erlenstrasse segelte der Ball der Unfallversicherung kurze, vom Wind diktierte Bahnen. Zwei Wochen waren verstrichen. Seit der SMS kein einziges Lebenszeichen von Yvonne. Nur immer der Anrufbeantworter. Allmählich kam es ihm vor, als hätte sein zweites Leben niemals stattgefunden. Halm überlegte, ob die Spurensicherung der Kriminalpolizei an seinen Schuhsohlen überhaupt noch den Staub der französischen Strassen oder die Erde des nahen Anglerparadieses hätte nachweisen können. Er stand in seinem Garten, an der Hand noch einmal Philip, der vergeblich auf die Spinne wartete. Später demonstrierte ihm Halm, wie man bunte Plastikstifte noch kraftvoller durch ein Spielzeugbrett hämmern konnte. Indem man nämlich den Hammer an seinem hintersten Ende hielt. Philip probierte das Hebelgesetz gehorsam aus. Obwohl es schwieriger wurde, die Stifte zu treffen, klopfte er einen nach dem anderen durchs Brett, wie bunte Nägel zu einem fröhlichen Sarg, und plötzlich fürchtete Halm den Tag, an dem er Philip nicht das Hebelgesetz, sondern das Sterben vorführen müsste, so wie sein Vater ihm, tapfer und gefasst, seinen Todeskampf vorgeführt hatte.

45

Auf dem pinkfarbenen Tischtuch, neben einem Aschenbecher, lagen wie die Beweisstücke einer Gerichtsverhandlung Yvonnes zweite Hausschlüssel und Wohnungsschlüssel. Sie hatte sie zurückverlangt.

Yvonne und Halm waren die einzigen Gäste. Der Himmel färbte sich quecksilbrig. Ein unregelmässiger Wind entzog dem Ort jede Gemütlichkeit. Die Luft war elektrisch geladen. In so einer Atmosphäre könnte ein Mord geschehen, dachte Halm. Die Terrasse des Restaurants reichte bis an eine Anlegestelle für kleine Motorschiffe. Ein Metallgeländer links und rechts des Anlegestegs war vor dreissig Jahren wohl einmal himmelblau gestrichen worden und bildete an seinen Enden verspielte Schlaufen, als erwarte es Hochzeitsschiffe. Der Rhein floss ruhig auf das bekannte Wehr zu, das wegen der kranartigen, imposanten Eisenkonstruktion, die hoch über den Strom führte, schon von hier aus zu erkennen war. Links, in Berührung mit der Gästeterrasse, lag der Parkplatz, auf dem Yvonne vor einer Stunde einen ihm unbekannten Peugeot-Kombi 504 geparkt hatte. Am untersten Tisch nahm ein Spaziergänger mit einem Schäferhund Platz. Beide, Spaziergänger und Hund, schauten den Schwänen zu. Der Spaziergänger hatte Sinn für Poesie und stellte fest, dass jeder Schwan in seinem Nacken einen Taler aus Wasser transportierte. Offenbar die Bezahlung für die Fährdienste, die sich das Tier selber erwies. Halm hatte für solche Gedanken keine Muse, gerade teilte ihm Yvonne mit, dass sie sich nicht mehr mit ihm treffen werde. Sie habe einen Freund.

«Wen?»

«Einen Philosophen.»

«Einen Philosophen?», lachte Halm heraus.

«Ja, ich glaube», strahlte Yvonne.

«Als ich ihm sagte, mein Ex-Freund sei Papeterist ...»

«Ex-Freund?»

«... sagte er, dass für ihn Papeteristen die zärtlichere Vorstufe der Künstler seien. Ein Papeterist kümmere sich nur um das reine Papier.»

«Diesen Blödsinn hat er gesagt?»

«Ja!»

Halm kniff angewidert die Augen zusammen.

«Es tut mir leid. Du stehst jetzt in der Aura eines anderen Mannes. Das ist einfach passiert.»

«Aura eines anderen Mannes, wie redest du?»

«Es kam vielleicht zu früh, wir waren noch nicht ganz fertig, oder doch. Jedenfalls. Das Glück erledigt seine Aufgaben selten der Reihe nach, noch seltener bringt es sie ordentlich zu Ende.»

«Redet dein Philosoph so?»

«Du warst von Anfang an zu keiner Affäre fähig. Nicht aus Skrupel wie ein anständiger Mensch, sondern, weil du nicht lieben kannst.»

«Was redest du?»

«Ich will, dass für mich ab jetzt nur noch wahr ist, was auch eine Veränderung verursacht. Etwas, was eine Wirkung hat. Du hast versucht, mich wirkungslos zu machen.»

«Du wirkst, Yvonne, du wirkst!»

«Nein. Wir haben gerade mal vier Monate miteinander geschlafen. Das lässt sich in der Hälfte der Zeit wieder vergessen.»

«Mein Leben langweilt mich ohne dich.»

«Trotzdem war ich nie spannend genug, dass du deine Familie verlassen hättest.»

«Die Papeterie hab ich am Schluss auch verkauft!»

«Ab jetzt lebt wieder jeder an seinem eigenen Stück Rhein. Du flussaufwärts, ich flussabwärts.»

Halm sah ins Wasser, und nach einer Weile hörte er, dass Yvonne weinte. Sie stand auf, nahm Halms Kopf ungeschickt unter ihren Arm, fast wie einen Fussball vor dem Spiel, küsste seine Haare und eilte dann wie betrunken zwischen den Tischen davon. Nach einigen Metern hatte sie sich gefangen, schritt nüchtern Richtung Parkplatz, ohne sich umzudrehen. Halm sah auf Yvonnes Po. Die Vorstellung, diesen Po nie wieder nackt zu sehen, würgte ihn. Er wunderte sich, dass selbst diese Pobacken, in Jeans von der Stange, Yvonnes Charakter unverkennbar spiegelten. Halm schwor Rache, und das erste Puzzleteil dieser Rache waren Yvonnes Schlüssel. Sie hatte sie neben dem Aschenbecher vergessen. Sie war nervöser gewesen, als es ihre einstudierten Worte weismachen wollten. Er nahm die Schlüssel in die Faust und erinnerte sich, wie Yvonne sie ihm überreicht hatte. Sie hatte versucht, den Schlüsselbund an seinem erigierten Glied aufzuhängen, und als das nicht klappte, hatte sie ihm das harte Metall in die Faust und die weiche Zunge in den Mund gedrückt.

Beinahe hätte er verpasst, wie Yvonne an diesem mysteriösen, alten, beigefarbenen Wagen, mit dem sie gekommen war, vorbeiging und in das angrenzende Waldstück rannte. Er eilte ihr hinterher. Erfolglos. Und als er unter den Bäumen wieder hervortrat, war der Peugeot weg.

46

Philip schlief seit einer Stunde, Viola telefonierte in der Mansarde. Ihre Stimme klang durch die Tür und über zwei Stockwerke so leise und verborgen, dass nicht einzuschätzen war, ob sie Privates, Berufliches, Heiteres oder Trauriges besprach. Erfahrungsgemäss würde sie wieder bis nach Mitternacht über ihren Theaterprojekten brüten. Halm entkorkte eine Flasche Rotwein und wollte sich erlösen. Er sah müde auf die Weingläser, berührte dann mit dem Flaschenhals direkt die Unterlippe, als wolle er einen Schiffston herausblasen. Beim ersten Schluck hatte Halm noch nicht gewusst, dass seine Hände mit der Flasche oben bleiben würden. Ein Entschluss im Affekt, ein Anfall von Lebenstrotz. Die Flasche blieb oben, als sollte sie einen Hund ersäufen. Der Hund hatte Gefallen an der Tortur. Trinken bis zum Ende, bis sich der Schluckmuskel wehrte. Mit einem weinnassen Hals liess sich Halm vor dem Fernseher nieder und lachte bald einen Detektiv aus, der seinen Satz nicht zu Ende sprach, weil auf der anderen Strassenseite das tot geglaubte Opfer aus einem Hutgeschäft trat. Von Minute zu Minute bekam Halm weniger von den Filmdialogen mit.

Nach einer Stunde übergab sich ein betäubter Mann in eine nach WC-Ente riechende Kloschüssel. Der Wein schoss von Schlund zu Schlund. Halm legte sich ins Bett, litt theatralisch an seiner Selbstbestrafung und suchte in seiner Hirntaumelei Reste von Selbstkontrolle. Die würde er brauchen, falls er Viola heute noch einmal begegnete.

Nach Stunden, die in Wirklichkeit Minuten waren, stand Viola im Schlafzimmer und begann sich auszuziehen. Es war kurz vor halb elf. Viola würde gleich kuscheln kommen und den Wein riechen und seine betrunkene Blödheit bemerken. Halm verkroch sich zwischen Kissen und Matratze, kippte kopfüber in jenes Kaninchenloch, von dem er Philip vorgelesen hatte. Und Halm erinnerte sich an das Fläschchen mit dem Zettelchen «Trink mich!» und dass der Zaubertrank, gemäss Lewis Carroll, nach Vanille geschmeckt haben soll. Kurz drauf war Alice kleiner und kleiner geworden, und dasselbe wünschte er jetzt seinem Körper. Er wollte so klein wie ein Kuchenkrümel werden und unentdeckbar zwischen einer Falte des Leintuchs verschwinden. Da hatte Viola aber schon zu ihm gesprochen. Halm verstand kein Wort. Trotz seiner Betrunkenheit war er zu einem Gefühl der Scham fähig. Viola rückte näher. Sie musste denselben Satz, dieselbe Frage wiederholt haben. Halm hätte antworten müssen. Es war unwahrscheinlich, dass er schlief, in seinen Kleidern, um halb elf Uhr abends. Er wollte das Wort Migräne lispeln, aber sein Gehirn fürchtete sich vor dem ‹ä›. Es würde zu lang geraten. In seinem Kopf sang es ein enthemmter Halm bereits über acht Takte. Er hatte die logopädische Herausforderung schon auf der Zunge, als ein Kind schrie. Philips Angst vor irgendeiner Grinsekatze gab Halm Aufschub.

Kaum, dass Viola verschwunden war, schlich er sich ins Bad, malträtierte mit dem Finger das Halszäpfchen bis auch noch der letzte Rest kam, putzte die Zähne und duschte kalt.

47

Nach einem Monat Trennung herrschte zwischen Yvonnes Augenbrauen ein Dauerschatten, den Halm gerne weggewischt hätte, und sie blinzelte zu oft. Als gerieten ihr Gedanken ins Auge. Halm war minutenlang nur ihr Beobachter. Nichts gab es, was er ihr hätte sagen können, ausser, dass zwischen ihren Augenbrauen ein Schatten lag und dass sie zu oft blinzelte. Vielleicht, dass er, wenn sie wirklich zusammengekommen wären, an ihrer Seite ein anderer Mensch hätte werden wollen. Yvonne blickte in ihren Schoss, bis eine kupferrote Strähne über ihre Stirn rutschte und mit der Spitze ihre Augenbraue kontaktierte. Unaufhörlich klingelten Löffel in Kaffeetassen, rasselte Besteck in Plastikbehältern, klapperten Teller auf den Tabletts. Im ganzen, an den Wänden ins doppelte gespiegelten Raum erzählten Frauen- und Männerstimmen gut gelaunt aus ihrem Leben, untermalt vom Röcheln einer Espressomaschine oder dem Aufheulen von Stuhlbeinen. Die Geräuschkulisse schob sich zwischen Halm und Yvonne. Halm dachte, dass sie beide auf einem kalten Feldweg jetzt besser aufgehoben wären. Dampfwölkchen vor den Lippen, am Horizont ein Wald oder eine Autobahn. Hauptsache etwas, was beide anzog oder abstiess. Etwas, was eine gemeinsame Bewegung provozierte, die ihnen half, sich als ein Paar zu fühlen. Yvonne sah Halm an wie ein defektes Gerät. Er versuchte zu lächeln. Sie suchte nach einem Wort, aber die Tischplatte zwischen ihnen schien das Kästchen eines singhalesischen Kreuzworträtsels zu sein. Jeder Blick, den sie sich zuwarfen, ein neues Missverständnis. Warum hatte sie ihn angerufen, fragte er sich. Draussen fiel dringend wie diese Frage erster Schnee. Die Strasse schmolz den Schnee. Fast sah das aus, als würden die Flocken durch den nassen Asphalt hindurchfallen, um unter dem Boden eine zweite, wichtigere Stadt zu erreichen. Halm wollte weglaufen. Sein leerer Stuhl hätte Yvonne vielleicht beruhigt. Sie bräuchte nicht mehr endlos auf ihre Hände zu starren und darauf zu warten, dass der Beobachter ihrer Ratlosigkeit auf die Toilette ginge. Schweigend brachen beide auf. Ohne sich ein letztes Mal zu berühren, gingen sie auseinander. Es war die seltsamste Begegnung, die Halm mit Yvonne je gehabt hatte.

48

Vor Halm stand ein Lastwagen, dessen Fahrer im Hochformat seines Seitenspiegels leicht zu überwachen war. Stau. Hinter ihm rollte eine junge Frau mit roter Haarspange zwischen den Lippen freihändig auf seine Stossstange zu. Für einen neuen Dutt drehte sie sich einen Pferdeschwanz. Der Grenzverkehr belästigte heute das ganze türkische Viertel. Seit Stunden lag Regen in der Luft, der sich aber offenkundig mit seinen eigenen Vorzeichen begnügte.

Als er endlich in der Rue de l'Abattoir parkte, sagte er sich, er würde nur vorbeischauen. Sicher gehen, dass sie lebte. Ähnlich der Pflicht eines Nachbarn, der bei Ferienabwesenheit Blumen giesst. Er bemerkte, dass Yvonnes vanillefarbener Wohnblock bis zum Dach in ein Baugerüst gekleidet war. Niemand öffnete. Eine fiebrige Maus wühlte sich durch seinen Magen. Halm drückte die Klingel erneut. Kein Echo. Er kehrte zum Wagen zurück, duckte sich hinters Steuer. Aus den schattigen Ecken des Baugerüsts hatte er sich beobachtet gefühlt. Minuten verstrichen. An der Fassade des Hauses gegenüber von Yvonnes Wohnblock prangte ein Mosaik aus den Fünfzigerjahren. Fische sprangen dort aus Wasserwellen, um eine Sonnenblume zu betrachten, die ihrerseits eine Sonne betrachtete, die ihrerseits von einem Storch überflogen wurde. Dann riss ihm der Geduldsfaden, denn die Maus in seinem Bauch war nichts anderes als die Überzeugung, dass Yvonne zuhause war. Unter einer lauten Dusche oder mit Kopfhörern im Bett. Oder aber Yvonne hatte nach sieben Monaten Sendepause (unterdessen war es Halm, der die Monate zählte) das Klingeln nicht erwartet, für ein Versehen gehalten und deswegen nicht reagiert. Halm stieg aus dem Wagen, drückte die Klingel erneut. Kurz kurz lang lang lang. Er stellte sich Yvonne an diesem regnerischen Freitagabend faul im Bett vor, die Augen geschlossen, in den Ohren Kopfhörerstöpsel, ihre kalten Hände unter die Achselhöhlen geklemmt. Er klingelte noch einmal.

Damals, als sie ihm ihren zweiten Wohnungsschlüssel überlassen hatte, war dieser Schlüssel in seinen Augen überflüssig gewesen. Später, als sie ihn auf dem pinkfarbenen Tischtuch hatte liegen lassen, eine heimliche Waffe, und jetzt, jetzt hing er an Halms Schlüsselbund wie ein aufregendes Spielzeug. Im Treppenhaus begegnete er keinem einzigen Menschen. Der kurze Gruss eines Mieters auf einem Treppenabsatz hätte seinem Besuch eine Natürlichkeit gegeben, er hätte sich vielleicht nicht wie ein Einbrecher gefühlt. Halm überlegte, ob französische Kriminalbeamte später Schweizer Bodenspuren auf den Stufen finden könnten.

Auf Yvonnes Stock schienen neue Nachbarn eingezogen zu sein. Scherzkekse aus Deutschland. An der Wohnungstür klebten Sprüche wie: «Hier ist alles verboten» oder direkt daneben das Piktogramm einer Scream-Maske mit der Aufschrift: «Wir bleiben draussen.»

Halm horchte an der vertrauten Tür, hörte aber nur den Fernseher der Nachbarn.

Die Wohnung war seit Tagen nicht gelüftet worden. Der Gestank unerträglich. In der Küche schreckte Halm einen Schwarm ölig glänzender Fliegen auf, und dann sah er vor dem Kühlschrank den Körper von Yvonnes Katze liegen. Halb geöffnete Augen, die Beine ragten steif nach vorne, so als fürchte sich der Kadaver vor der Kälte des Kühlschranks. Aufgescheuchte Fliegen wollten sich auf Halms Wangen setzen. Er machte eine hysterische Bewegung, als wären es Wespen. Im Schlafzimmer fiel ihm sofort die voluminöse Bettdecke ins Auge. Halm drückte sie mit der Hand nach unten, bis auf die harte Matratze. Alles kalt. Als er wieder in seinem Wagen sass, war es Punkt zehn. Auf den Fensterscheiben erste Tropfen. Halm entschied, die Katze in der Nacht beim alten Festungswall zu begraben und die Wohnung zu lüften, bis Yvonne nach Hause käme.

Während er auf die Dunkelheit wartete und die Katze auf dem Küchenbalkon, in eine Plastiktüte verschnürt, ihrer Bestattung entgegensah, hockte Halm zwischen offenen Fenstern im Durchzug. Eingeschüchtert verfolgte er die Fliegen, die einfach nicht verschwinden wollten, sondern unter der Deckenlampe unaufhörlich Dreiecke flogen. Alleine im Durchzug sitzend, wurde Halm dieser Ort zum ersten Mal wieder bewusst.

An der Wand die Lichterketten, die er, bis er Yvonne begegnet war, nur von Weihnachtsbäumen kannte. Der hellgrüne, transparente Vorhang vor dem Fenster mit den gesichtsgrossen Rosenknospen. In der Zimmerecke das blaue Plastikbecken mit dem Plexiglasaufsatz. Bestimmt der ehemalige Käfig des Meerschweinchens, das Philip unterdessen ins Herz geschlossen hatte. Neben der Tür zum Gang die mannshohe Plastikarmbanduhr an der Wand. Ihr lautes Ticken verwaltete die gesamte universale Vergänglichkeit. Hinter der Tür die drei Angelruten. Das riesige, blaue Sofa, das in den nächsten Jahren unmöglich noch weicher werden konnte, versperrte der Wohnzimmertür den letzten Zentimeter Weg in ihren Rahmen. Yvonne hatte ihn mehrmals gebeten, die Tür ganz auszuhängen und in ihr Kellerabteil zu tragen. Er hatte sich gedrückt.

Die Küchenwand. Yvonne hatte sie vor Jahren eigenhändig mit hellblauen Wellen bemalt, die an einer ebenfalls nur aufgemalten Backsteinwand emporschlugen. Vor der Backsteinwand stand der Küchentisch mit dem philosophischen Kalender, oben in der Ecke, an Drachenschnüren abenteuerlich aufgehängt, leicht zerrissen, der japanische Sonnenschirm. Das heilige Taufgeschenk ihres Vaters. Unter dem Küchentisch Orangenkisten mit Büchern. Am Kühlschrank, mit Magneten befestigt, die gesammelten Tickets ihrer elsässischen Lieblingsband ‹Lychen›. Das französische Wort für Flechte, wie ihn die Französischlehrerin aufgeklärt hatte. Halm mochte die Musik anfangs nicht. Sie war ihm zu hart, zu aggressiv. Später hielt er die Band ebenfalls für unterschätzt. In jedem Zimmer stand irgendwo ein überfüllter Papierkorb, war irgendwo ein unausgetrunkenes Glas vergessen gegangen. Auf ihrem chaotischen Schreibtisch blätterte Halm ihr Adressbuch durch und staunte über die vielen Namen. Mehrere mit Leuchtstiftwellen, Blumen oder Herzen umkritzelt. Es gab viele Pflanzen mit dünnen, langen Blättern, die in denselben Bahnen zu Boden hingen, wie Feuerwerke ihre Funken sinken liessen. Yvonne besass zwei Handstaubsauger, keiner funktionierte. In jedem Zimmer lagen vor den Steckdosen Verlängerungskabel, Doppelstecker, Ladegeräte. Im Badezimmer fand er Schmerztabletten gegen seine unerträglichen Zahnschmerzen, schluckte zwei. Halm blieb auf dem ewig verrutschten, faltenwerfenden Teppich stehen und fragte sich, was er hier verloren hatte. Ein Wohnloch am Ende der Welt. Ihr neuer Freund hatte es hier bestimmt nicht lang ausgehalten. Jedenfalls fand Halm keinerlei Spuren eines Freundes, keinerlei Anhaltspunkte, dass sich ihr Leben in den letzten sieben Monaten grundlegend geändert hätte. Das hier war die verwahrloste Höhle einer alleinstehenden, chaotischen Frau. Yvonne hätte wenigstens einmal damit beginnen sollen, diesen ganzen Krempel wegzuwerfen und frische Luft in ihr Leben zu lassen. Ohne ihr Lachen war diese Wohnung unerträglich, dachte Halm, legte sich auf ihr Bett und schaltete mit ausgestrecktem Arm die Weihnachtsbeleuchtung ein und aus. Klick und Klack. Sie liebt mich, sie liebt mich nicht. Minutenlang. Noch nie hatte er ihr Zimmer als ein solch alarmierendes Elend empfunden. Er öffnete ihr Nachtschränkchen. Nebeneinander lagen Pillenschachteln, Ohropax, angebrauchte Papiertaschentücher und ein dünner Teststreifen. Ein Schwangerschaftstest mit zwei Linien auf dem löschpapierartigen Mittelteil.

Natürlich zwei, dachte Halm. Yvonnes Pillenschachtel war ja auch fleissig leer gegessen. Im untersten, grössten Fach fand er eine Gartenschere, Stifte, Verschlüsse für Gefriersäckchen, Geburtstagskerzen für Torten, daneben ein uraltes Poesiealbum aus ihrer Schulzeit. Halm blätterte darin, betrachtete einen durchgepausten Calimero und las «Wenn du glaubst, es geht nicht mehr, kommt von irgendwo ein Lichtlein her». Unter den Poesiealben lagen Tabakkrümel, Lakritzstangen und Panini-Bildchen von französischen Fussballstars. Eine Leichtathletik-Bronzemedaille aus dem Jahr 1984. Diverse Pfefferminzbonbons ohne Verpackung, ein leeres Päckchen Zigaretten, ein Hansjörg-Schneider-Krimi, ein Zeitungsausschnitt über den kleinsten Frosch der Welt, das Schweizer Sportfischer-Brevet, ein Anglerbuch, noch ein Anglerbuch, ein Foto von Halm. Sie hatte es als Lesezeichen ins Kapitel ‹Angeltricks› gelegt. Halm las: «Wie Sie auf dem Bild erkennen können, handelt es sich beim Tauwurm um einen sehr grossen, wuchtigen Wurm, der locker einen durchschnittlichen Haken bedeckt.» In einer zerbrochenen Hülle fand er eine CD mit irischen Volksliedern. Er warf sie ein und liess sie in Endlosschlaufe laufen, während es weiter dämmerte.

The place where my heart
Was you'd aisy rowl a turnip in,
It's as big as all of Dublin,
And from Dublin to the Divil's Glin.

Als er sich gegen Mitternacht die Katze holte, drang vom hell beleuchteten Nachbarsbalkon immer noch das penetrante Gezwitscher mehrerer Kanarienvögeln herüber.

49

Yvonnes leerer Kühlschrank hatte Halm am Nachmittag zu einem Samstagseinkauf gezwungen. Jetzt war der Kühlschrank gestopft voll mit Auberginen, Tomaten, Mozzarella, Milch, Gewürztraminer, Bier und Flammkuchen. Lauter Dinge, die Yvonne liebte. Des Weiteren hatte er Teigwaren und Zeitschriften gekauft. Halm beschloss, eine zweite Nacht in Yvonnes Wohnung zu verbringen. Vielleicht würde er ein gebrauchtes Nachthemd finden, das er sich beim Einschlafen an die Nase drücken konnte. Yvonne hatte noch exakt 31 Stunden Zeit aufzutauchen, dann würde Viola von ihrer Mutter zurückkehren und Halm in der Erlenstrasse erwarten. Er erinnerte sich an Yvonnes einzige Frage nach Viola. Ganz zu Beginn war das gewesen, vielleicht das dritte Treffen. Vier Worte der Neugierde:

«Und wie ist sie?»

«Schön, theatervernarrt, eine gute Mutter, pflichtbewusst, globaler Kulturhorizont. Perfekt», hatte Halm geantwortet und geklungen, als läse er einen Einkaufszettel vor.

Yvonne hatte eine böse Antwort parat. «Tja. Es genügt trotzdem eine einzige Fischgräte, um zu krepieren.»

Halm erinnerte sich an diese Antwort so genau, weil es die einzige Aggression gewesen war, die er je aus Yvonnes Mund vernommen hatte.

Nach seiner Einkaufsanstrengung bei 38 Grad im Schatten duschte sich Halm eiskalt ab. Auch im Badezimmer nirgends Spuren eines Mannes, kein Männer-Duschgel, wie Yvonne es für ihn damals gekauft hatte, kein Rasierzeug. Es war ihre Bestimmung, alleine zu sein. Eine Stunde lang sass Halm nackt in Yvonnes Lieblingsstuhl. In seinem Mund, trotz hartnäckiger Zahnschmerzen, eine von Yvonnes Lakritzstangen. Nichts regte sich. Halm stand auf, nahm den Hörer ab. Das Telefon war in Ordnung. Er bildete sich ein, in der Wohnung liege noch der Geruch der toten Katze. Etwas stank hartnäckig, aber die Quelle war nicht zu orten. Vielleicht feuchte Lappen auf dem Baugerüst. Den Küchenboden hatte er mehrmals mit heissem Seifenwasser geschrubbt, ohne Erfolg. Aus einem anhaltenden Gefühl fehlender Nähe durchsuchte Halm auch noch Yvonnes Wandschrank, entdeckte an einem Kleiderbügel Röcke, die er nie an ihr gesehen hatte, schlüpfte in Yvonnes weite Pyjamahose, zog ihr Disneyworld-Shirt an und suchte darin ihren Geruch. Er fand ihn, legte sich aufs Bett und dachte nicht mehr in Worten.

Aus dem oberen Stockwerk waren Schritte zu hören, und die Zahnschmerzen wurden jetzt ein ernsthaftes Problem. Bald würde er sich Zwiebelscheiben in die Wange legen müssen.

Wie Yvonne, war auch Halm das Eurodisney-Shirt viel zu gross. Er fragte sich, von welchem Riesen sie es geschenkt bekommen hatte, oder ob sie es sich absichtlich zu gross gekauft hatte. Es reichte ihr weit über die Oberschenkel. Oft hatte sie es nach dem Sex angezogen. Halm sah vor sich ihre nackten Beine. Die Beine waren das Makelloseste an ihr. Er roch am T-Shirt, schob es sich in die Hose, bettete sein Geschlecht darin, rief sich ihre Ausdrücke in Erinnerung, wenn sie Lust auf ihn hatte. Er sah ihren Nabel, erinnerte sich an ihre Berührungen, ihr Stöhnen. Halm begann sich zu befriedigen. Gerade ergoss er sich ins Euro-Disneyland, als er im Treppenhaus Yvonnes Stimme vernahm. Sie unterhielt sich mit einem anderen Mann. Auf Französisch. Der Mann lachte, aber sie redete gleich lauter, noch schneller. Die Wohnungstür wurde geöffnet. Halm wollte aufspringen wie eine Katze. Yvonne und ich befanden uns jetzt direkt hinter der Schlafzimmertür. Halm kauerte auf allen Vieren neben dem Bett in Yvonnes Pyjamahosen, das Disney-Shirt zusammengeknüllt zwischen den Händen, und er spürte seinen Herzschlag bis in die Schläfen. Er zog sich aus und fühlte sich wie ein Narr, der sich vor dem Kampf entkleidete, statt die Rüstung anzulegen. Er suchte seine Jeanshose, beruhigte sich etwas, als er hörte, dass wir in der Küche erst noch Taschen auspackten. Halm suchte seine Hose, bis ihm einfiel, dass sie wohl im Badezimmer lag. Der Weg führte an der Küchentür vorbei. Er sass in der Falle. Yvonne und ich berieten, was wir fürs Spital alles einpacken wollten.

Ist das der Kerl, fragte sich Halm.

«Warum, verdammt nochmal, lasst ihr die Katze verrecken?» Gleich würden die beiden den vollen Kühlschrank besprechen. Die Zeitungen, die Bierdosen, die leeren Einkaufstaschen, alles lag ja herum. Yvonne musste längst verstanden haben, dass Halm in ihrer Wohnung war.

Was jetzt? Gibst du meinen Einkauf als deinen aus? Verrätst du mich?

Halm verstand von unserem Französisch kein Wort, suchte immer noch etwas zum Anziehen, drehte wissend leise den trotzdem pfeifenden Holzgriff des Wandschranks, erblickte sich in Lebensgrösse im Spiegel auf der Innenseite. Halm fand eine Trainingshose, die würde ihm zu klein sein. Er zwängte sich hinein, verhedderte sich schon mit dem ersten Fuss, und dann hörte er in seinem Rücken, wie wir das Zimmer betraten. Reflexartig warfen seine Arme ein rot-blaues Fussballtrikot über seinen Kopf, und während er wusste, dass es klüger gewesen wäre, sich einfach nur umzudrehen und Yvonne zur Rede zu stellen – schliesslich war sie es, die sich Monate nicht mehr gemeldet hatte –, stand er verhüllt und mit dem Rücken zu ihr. Yvonne schrie auf, als sie den vermummten Mann in ihrem Schlafzimmer erblickte.

Halm rannte los, wollte an uns vorbei. Ich versetzte dem Einbrecher mit dem Ellbogen einen harten Schlag ins Gesicht. Halm torkelte zu Boden, kam aus den Knien heraus unerwartet auf die Beine, an mir vorbei, riss die Wohnungstür auf und stürzte die Treppe hinunter, die er durch den rot-blauen Stoff gerade deutlich genug sehen konnte, um sich abwechselnd an blauer Wand und rotem Geländer abzustützen. Hinter der Ecke des Nachbarhauses, riss er sich das Trikot vom Kopf und rannte. Es dauerte eine Weile, bis dem angeschossenen Tier einfiel, wo es seinen Wagen stehen gelassen hatte. Halm kehrte vorsichtig dahin zurück. Dieser alte Peugeot 504 hatte ihn zugeparkt. Er musste zwei Minuten sägen, bis er frei war.

50

Zehn Minuten später war Halm wieder eingekeilt. In eine Autokolonne, deren Wagen nur noch im Schritttempo dahinrollten. Auf derselben Höhe betätigten alle den Blinker, liessen das Fahrerfenster runter und bogen ins Parkhaus des ‹Bâlantis› ein. Erst im vierten Untergeschoss verhiess ein grüner Schriftzug freie Plätze. Halm fuhr bis ins fünfte Untergeschoss und parkte vor einem unterirdischen, neonhellen Innenhof. Sonntagsverkauf. Hinter Glasscheiben sanken ganze Familien mit vollen Einkaufswagen herab. Eine 30-Jährige mit viel unförmigem Haar auf dem kleinen Kopf starrte seelenlos ins Leere. Ihre Kinder, zu Tode erschöpft, glichen Puppen, die, sobald die Rolltreppe im Boden verschwände, umfallen und liegenbleiben würden.

In meinen Trainingshosen, Violas Gartenstiefeln und seiner eigenen Windjacke (Zufallsgeschenke aus dem Kofferraum) wartete Halm auf den Lift. Mit einem Taschentuch tupfte er sich den blutenden Mundwinkel. Erst im Auto hatte er entdeckt, dass er seinen schmerzenden Eckzahn verloren hatte. Das Loch im Zahnfleisch pochte.

Der Fahrstuhl schaffte die acht Geschosse zu den Shops und Restaurants in geradezu unglaubwürdiger Geschwindigkeit. Zwischen zwei Restaurants präsentierte sich das Panorama einer stillgelegten Bowlinganlage, die von einer Frau in rotem Overall gereinigt wurde. Am vorderen Ende der Anlage befanden sich zwölf zu je drei Kreisen zusammengefasste Schalter. Hier wechselten die Menschen Euros und Schweizer Franken in giftgrüne Plastikchips verschiedener Grösse, sogenannte Poison-Jokers. Die hausinterne Währung für die Billardtische, Spielautomaten, Bars, Restaurants, Kinos, Internetcafés und die öffentlich zugänglichen Wellness-Angebote des Hotels Bâlantis. Je mehr man wechselte, desto mehr Rabatt. Halm wechselte einen Hunderter und fragte nach Toiletten und Kleidergeschäften.

Vierzig Minuten später, mit kalt ausgespültem Mund, in schwarzen Jeans und einem frischen Hemd, erkundigte er sich bei derselben Frau nach einem preisgünstigen Restaurant.

«Asiatisch, italienisch, amerikanisch?»

Halm kämpfte mit dem gebackenen Hähnchen und zitterte vor Hunger. Aus dem Lautsprecher über seinem Kopf drang seit dem ersten Bissen ein Rap in Endlosschlaufe. Am letzten Tisch in der Ecke hockte ein Mann mit Schnauzbart. Die beiden dünn rasierten Ausläufer bildeten um das Kinn einen Rahmen ohne jeden Bildinhalt. Er glotzte auf einen Fernsehapparat und küsste tatsächlich seinen eigenen Bizeps.

Halm direkt gegenüber sass ein Junge, der der Sohn des Schnauzbartes hätte sein können. Knappe sechzehn. Baseballkappe der New York Yankees, Muskeln. Der Teenager beobachtete ununterbrochen die kichernden Mädchen hinter Halms Rücken und bemerkte nicht, dass sein Glotzen Halms Gesicht nur um Millimeter verfehlte. Das dämliche Grinsen und Zwinkern hätte Halm auf sich selbst beziehen können. Er wollte deswegen schon den Tisch wechseln. Erst nach einer Weile stellte sich heraus, dass der Junge und die Mädchen sich kannten, vermutlich sogar in dieselbe Klasse gingen. An den anderen Tischen sassen in geblümte Sommerhemden gekleidete Kunden ohne Frisuren. Kinder lümmelten vor vollen Tellern und entwarfen lautstark das Paradies des bevorstehenden Nachmittags. Zuerst Playstation 3 im Media Markt, dann Kino, dann

Eis, dann nach Hause und Playstation 2. An die Wände des Restaurants hatte ein Künstler kundengerechte Varianten amerikanischer Graffiti gesprayt, an der Decke drehten sich Ventilatoren. Das gebackene Hähnchen war trocken wie Karton. Er holte sich Kaffee und setzte sich in eine dunklere Ecke dieses Restaurants, das sich ‹Da Vinci› nannte. Der Kaffee tat gut. Halm begann sich wohl zu fühlen. Er hatte beschlossen, sich in vierzig Minuten mit Spiderman 3 abzulenken. Seine Lippe würde einen Film lang Zeit haben abzuschwellen, es würde dann gegen fünf Uhr sein, er würde nach Hause zu seiner Familie fahren und Yvonne aus seinem Leben gestrichen haben.

Der Film kam zum Ende, Kirsten Dunst sang «I'm trough with love», und Halm vertiefte sich in ihr leicht rötliches Yvonnehaar. Und plötzlich überlegte er. Ob er Recht hatte. Oder ob zwei Linien auf einem Schwangerschaftstest nicht genau das Gegenteil bedeuteten? Den ganzen Filmabspann lang sass er hypnotisiert in seinem Sessel, ausserstande, einen einzigen Namen zu lesen.

51

Als er das Kino verliess, war es beschlossen. Er würde sich im Hotel Bâlantis einmieten und nachdenken.

Das Zimmer untertraf alle Erwartungen. Das Bett eine weisse Hartplastikschale, eng wie ein Sarg. Die Matratze knirschte, als wäre sie mit jenen Styroporchips gefüllt, die Zerbrechliches vor Transportschäden schützen. Halm zappte im Stehen durchs Fernsehprogramm, inklusive zehn Gratissekunden des hauseigenen Pornokanals. Eine tätowierte Frau lachte in die Kamera, während sie das übermächtige Instrument ihres Partners zuerst leckte, dann verschlang und mit einem lauten Schmatzen wieder aus dem Mund schnellen liess, da brach der Film ab mit dem Hinweis, dass die Zimmernummer einzutippen sei. Halm zappte weiter, erwischte eine schwarzweisse Claudia Cardinale, die Marcello Mastroianni ein Glas Wasser brachte, aber Halm zappte weiter, blieb im bunten Las Vegas hängen.

«Komm schon, du Freak, was zum Henker redest du? – Die beknackten Bullen sind hinter dir her, irgend so ein arroganter Scheissarsch hat das Maul zu weit aufgemacht, das ist ’ne ernste Sache, Mann! – Mal sehen, ob ich’s auch richtig mitgekriegt hab, du Schwanzlutscher. – Tja, so funktioniert die Welt nun mal, echt abgefahrene Karre, gottverdammte gequirlte Scheisse, dieses verfluchte Mescalin!»

Halm wurde den Eindruck nicht los, dass er irgendetwas vergessen hatte. Er konnte es nicht orten und starrte auf die uringelbe Sonnenbrille Johnny Depps. Nach einer Weile gab er auf. Es drängte ihn nach unten, in die Halle. In seiner Hosentasche klackerte wie eine Hommage an den soeben gesehenen Film eine Handvoll Plastikchips. Zum ersten Mal seit fünfzehn Jahren kaufte sich Halm wieder Zigaretten und Feuerzeug. Das Nikotin durchströmte seinen Körper, erzeugte in den Adern eine Art Leichenstarre. Er bekam Rauch in die Augen, wartete mit dem nächsten Zug, bis die Übelkeit und der Schwindel nachliessen, durchquerte dann die klimatisierten Billardräume, entdeckte Spielautomaten, warf einen Joker nach dem anderen ein und verlor sich zum Schluss im Hickhack eines Flipperkastens, der auf ‹Rocky Horror Picture Show› machte.

Kurz vor Mitternacht zog er sich in seinen Sarg zurück, fiel innert Sekunden in Tiefschlaf.

52

Den ganzen Vormittag lag er ohne zu essen und zu trinken in seinem Plastiksarg. Nur einmal stand er auf, pinkelte, suchte im Zimmer vergeblich eine Minibar und rief die Réception an, um mitzuteilen, dass er eine zweite Nacht bleibe. Das polierte Plastik rund um die Matratze roch unverändert stark nach einem Desinfektionsmittel. Halms Nase wollte sich einfach nicht daran gewöhnen. Bis vier Uhr morgens konnte er nicht einschlafen. Er schaute die komplette Wiederholung eines Tennisspiels, rauchte aus dem offenen Fenster hinaus und grübelte über sein Leben. Die Zellteilungen in seiner Haut ausgenommen, konnte er für alles, was an ihm beschreibbar war, verantwortlich gemacht werden. Frisur, Kleidung, Gesichtsausdruck, Körpergewicht, Charakter, Mentalität, Gemüt, Temperament, Zustand seiner Ehe, berufliche Situation, Scheitern an Yvonne, Scheitern am Erbe seines Vaters. Wenn Halm die Zigarette an sein Ohr hielt, vernahm er das unaufhörliche Knacken des brennenden Tabaks. Als ob da hörbar ein Stück seiner Zeit verbrannte und zu Asche wurde. Der Schwindel rührte vielleicht gar nicht vom Nikotin, überlegte er. Das Nikotin machte nur die ununterbrochen absterbende Zeit fühlbar. Warum, dachte Halm, war er mit 36 Jahren nicht endlich fähig, zu einer reifen Summe all seiner bisherigen Gedanken und Erfahrungen zu werden und die einzig richtigen Schlüsse daraus zu ziehen? Warum fühlte er sich seit Jahren wie ein aus der Schachtel gekipptes Puzzle, dessen Teile höchstwahrscheinlich ein vollständiges Leben ergaben, während bei seinen Bemühungen aber niemals irgendetwas ineinander gepasst hatte, so sehr er die Teile auch drehte, nachjustierte und ineinander drückte. Es war, als ob in seine Schachtel verschiedene Puzzles gemischt worden waren, alle unvollständig, zum Verwechseln ähnlich und doch zu verschieden. Und die wichtigsten Vorsätze seines Lebens waren während dieser Puzzlearbeit vergessen gegangen, womöglich, ohne dass er es bemerkt hatte. Einfach in einer Ritze des Alltags verschwunden und nie wieder vermisst worden. Viola, Yvonne, sein Sohn, seine Eltern, die Papeterie seines Vaters. Alles in Zerstreutheit verspielt, verschenkt. Halm war hypnotisiert von unbedeutenden Augenblicken. Von einem abgeleckten Joghurtlöffel, von einem Hahn auf der Fahrbahn, von den Karottenstangen einer Passantin, vom Taschentuch eines Schwiegervaters.

Er zappte sich durch weitere Wiederholungen. Das Frühstücksfernsehen des Vortags präsentierte die komische Nacherzählung eines Grimm-Märchens. Durch den dunklen Wald hampelte eine Rotkäppchenpuppe und sagte naiv ihren Text auf.

«Blablabla.»

Hinter einem Strauch entdeckte sie den Wolf, der die Augen rollte und glotzte. Unausweichlich fragte das Rotkäppchen:

«Hey, du! Warum hast du denn so grosse Augen?»

«Kann man hier nicht mal in Ruhe kacken?», brüllte der Wolf.

Halm lachte fünf Minuten lang wie ein Irrer. Gegen sieben Uhr morgens schlief er ein. Ohne sein Handy anzuschauen. Es hätte fünf SMS und neun unbeantwortete Anrufe angezeigt. Dreimal Hormando Quispe, sechsmal Viola.

11 Uhr. Auch zwei Tassen Kaffee aus dem Automaten im Hotelgang brachten keine Kraft. Halm hörte die Anrufe

im Stehen ab. Quispe drohte mit Konsequenzen. Viola deckte lückenlos die Skala zwischen Verunsicherung, Sorge und Zorn ab. Die letzte SMS war eine halbe Stunde alt und redete Klartext.

«so! die polizei sagt, du bist im hotel bâlantis eingecheckt. du erwartest nicht, dass ich dich dort hole, oder?»

53

Wegen einer Tennisübertragung aus Wimbledon hatten wir erst gegen drei zu Mittag gegessen. In einem Restaurant am Rhein. Fisch. Schon um fünf war Yvonne wieder hungrig gewesen. Ich versprach, auf dem Balkon zu grillen. Merguez und Auberginen. Den Elektrogrill hätte ich allerdings erst reinigen müssen. Dazu kam es nicht. Gegen halb sechs setzten die Wehen ein. Yvonne bat mich, ihr trotzdem etwas Kleines zuzubereiten. Am besten einen Tomaten-Mozzarella-Salat. Ich überwand mit einem stumpfen Messer die Tomatenhäute. Das überreife Gemüse protestierte und bespritzte meine Hosen. Ich war nervös, weil meine Liebste den Kopf ins Sofa drückte und stöhnte. Ich sah durch die Tür ihre gespreizten Zehen, schnitt rasch weitere Tomaten auf. Eine Scheibe wollte nicht umfallen, rollte erst gegen die falsche Backsteinwand, schnitt eine Kurve und platschte zu Boden. Längst hätte ich schon fahren wollen, aber Yvonne folgte der Empfehlung ihrer Hebamme. Man brauche nicht gleich bei den ersten Wehen loszulaufen. Ab 21:09 notierte ich die Abstände zwischen den Wehen, gegen 21:43 warteten wir mit dem vorbereiteten Koffer aufs Taxi. Vom Salat hatte Yvonne nichts gegessen.

Im Spital begann Yvonne zu weinen, verbarg das Gesicht in den Händen, reagierte nicht mehr auf mich, vermied jeden Blickkontakt, sagte, sie könne das nicht und weckte die Neugierde der Ärzte. So hatte ich Yvonne noch nie gesehen. Neue Wehen rüttelten sie. Yvonne warf mir kumpelhafte Blicke zu. Es vergingen noch einmal Stunden. Endlich schlug die Hebamme vor, in den Gebärsaal zu wechseln, half der um Jahrzehnte gealterten Yvonne auf die Beine. Es war dies die Pause zwischen zwei Wehen. Im

Gebärsaal wechselte sie wieder ins Stehen, Kopf und Ellbogen auf die Liege gestützt. Als die nächste Wehe sie erfasste, brach es erneut aus ihr heraus. Das Weinen. Man müsse den Vater ihres Kindes anrufen. Sie schrie das, als flehe sie um eine Periduralanästhesie.

Ich werde nie erfahren, was ihr in diesem Augenblick peinlicher war. Das späte Geständnis oder dass sie die Telefonnummer des Vaters nicht auswendig kannte. Zitternd durchsuchte sie ihre Kontakte, fand, was sie nicht gelöscht hatte, und tippte mit aufeinander gepressten Lippen eine SMS. Ohne mich anzusehen. Dann machte die Natur mit ihr weiter.

54

Er hatte den ganzen Nachmittag das Tennisturnier in Wimbledon verfolgt. Nach Federers fünftem Triumph in Folge lockerte Halm mit den Fingern seine ungewaschenen, vom Sarg zerdrückten Haare auf und nahm den Fahrstuhl.

In einer grün-weiss-rot ausgeleuchteten Pizzeria machte er, kaum dass sein Essen gekommen war, Bekanntschaft mit einer Frau, die sich ungefragt an seinen Tisch setzte und sich Mühe gab, ihn anzusehen, ohne zu lachen. Ungefragt legte sie ein Geständnis ab. Sie habe sich gestritten, ihr Mann habe ihr im Nacken ein Haarbüschel ausgerissen.

«Sehen Sie die kahle Stelle?»

Die Augen der Frau waren gerötet. Halm schwieg und ass Pizza.

«Woher kommt denn einer wie du?», wollte sie jetzt viel zu laut wissen.

«Von oben.»

Mit einem losbrüllenden Lachen verriet die Frau endgültig ihren angetrunkenen Zustand. Spöttisch nannte sie ihn: «Engel vom Himmel hoch, da komm ich her!»

Als er ihr erklärte, dass er eigentlich nur das Hotel meinte, das sich in den oberen Stockwerken befand, kam die Frau zur Sache und verkündete, dass sie sich an ihrem Mann rächen wolle. Extra habe sie sich angetrunken, wenn er verstehe, was sie meine. Er habe ein hübsches, jungenhaftes Gesicht und so schönes Haar, ob das echt sei? Halm musste zugeben, dass sie ihrerseits durchaus eine Nase hatte, die ein Gesicht attraktiv machen konnte. Sie war zu elegant gekleidet für dieses Shopping-Center. Schulterlanges braunes Haar, das sie sich immer wieder aus dem Gesicht pustete. Riesige, verweinte Pferdeaugen, schöne

Wangen, ein vorlautes Kinn, das man gerne zwischen Daumen und Zeigefinger genommen hätte.

«Weisst du, ich komme aus Schweden, und etwas hat mich an diesem kleinen Loch mitten in Europas Landkarte ja immer irritiert. Nein, echt wahr! Etwas hat mich von Anfang an peinlich berührt an dieser Europakarte. Aber erst heute begreife ich. Dank meines Mannes hab ich's rausgekriegt! Dieses Loch in der Landkarte, willst du wissen, was das ist?»

«Nein.»

«Das ist Europas Arschloch!»

Die Frau war in Fahrt, und als sie im Lift seinen Mund küsste, fand Halm, dass das Wort Rache sehr gut passte und dass vielleicht sie der Engel war. Im Hotelzimmer stolperte sie über seinen hingeworfenen Bademantel, prustete unkontrolliert. Er legte sein Hemd, das ihm seine Begleiterin schon im Gang aufgeknöpft und halb ausgezogen hatte, über den Nachttisch und bemerkte sein liegengelassenes Telefon, weil der Bildschirm in diesem Augenblick erlosch. Die Betrunkene riss ihre Bluse so zornig auf, als wolle sie sich selbst vergewaltigen:

«Darf ich vorstellen? Regulas Titten!»

Die SMS war von Yvonne.

«frauenspital gebärsaal 4.»

Halms Kopf explodierte. Er las die SMS drei, fünf, sechs Mal, hörte nicht auf damit. Seine Begleiterin jammerte. Dann lief Halm aus dem Zimmer in den Gang, lief aus dem Gang wieder zurück in sein Zimmer, suchte sein Hemd, suchte seinen Autoschlüssel. Die Rächerin packte ihn, Halm stiess sie in den Sarg, lief in den Gang, lief vom Gang zurück ins Zimmer, sah, dass die Frau einfach liegen geblieben war, den Kopf in ihrer Armbeuge. Halm griff nach seiner Brieftasche, bemerkte, dass sie leer war, steckte sie trotzdem ein, klopfte seine Hosentaschen ab, lief in den Gang, lief nach rechts, zurück und nach links, hörte aus seinem Zimmer Schimpfwörter, fand den richtigen Fahrstuhl nicht, nahm die Treppe, ärgerte sich über den Umweg, hustete, erreichte seinen Wagen, brauste los. Die ganze Strecke fuhr er versehentlich ohne Licht.

55

Die nächste Wehe verwandelte Yvonne in eine Galeerensklavin. Ein schweres Holzruder musste unter endlosem Stöhnen immer und immer wieder vom Körper weggestossen werden, ohne damit auch nur einen einzigen Zentimeter weiterzukommen. Die Hebamme und ich sangen solidarisch mit. Die Fruchtblase platzte. Ich gebe zu, ich war von diesem dramatischen Vorgang überfordert und offenbar sah man es mir an.

«Wollen Sie einen Moment hinausgehen?»

«Eine Sekunde», sagte ich und trat vorsichtig in den Gang hinaus, als wechselte ich von einem Gebärsaal in den nächsten. Draussen wartete ein langer, leerer Gang mit zitronengelbem Linoleumboden. Vollkommene Stille. Ich wollte schon klopfen, eintreten und nachsehen, ob Yvonne noch lebte, da öffnete sich eine andere Tür und eine hochschwangere Frau mit den Fäusten im Kreuz schob sich heraus. Sie war bleich wie die Wand und peilte mit zusammengepressten Lippen die Toiletten an. Dass da jemand im Gang stand, dem man eventuell würde ausweichen müssen oder den man bitten müsste, selber auszuweichen, überforderte sie. Die Frau schnaubte. Kaum, dass sie erste Schritte in meine Richtung gewagt hatte, rief sie «Heike» und suchte die Wand. Aus dem Zimmer tauchte eine Hebamme mit erschreckend vorstehenden Zähnen auf. Sie schien froh, dass ich schon zur Stelle war, um der schwankenden Frau zurück ins Zimmer auf eine Liege zu helfen. Ich verabschiedete mich, trat zurück in den Gang und erblickte Halm.

Bestimmt hatte er der Empfangsdame Yvonnes SMS wichtigtuerisch hingehalten, wie in Filmen diese Typen ihre FBI-Plaketten. Halm rannte wie ein Feuerwehrmann durch den Gang, fand problemlos die grosse, rote 4 neben Yvonnes Tür und trat, nachdem er zuerst geklopft und nur einen Spalt weit geöffnet hatte, noch vorsichtiger ein, als ich hinausgetreten war. Mit dem Zuklacken der Tür zerbrach mein Schlüssel zu Yvonnes Leben. Ich war aus dem Spiel. So sehr ich da drinnen jetzt noch mitgerudert oder mitgesungen hätte, nichts hätte mich an Yvonnes Seite zurückgebracht. Durch die Tür hindurch konnte ich ahnen, wie sie beim Anblick Halms weinte, wie ihr Gesicht vor Freude strahlte, als wäre das Kind schon geboren, und ich schwor mir, in ein paar Wochen mit der Forderung nach einem Vaterschaftstest zurückzukehren.

Vor dem Eingang übergab ich mich in den Steingarten und dachte, wenn mir diese verfluchte Pappnase jetzt meinen Sohn nimmt, dann nehme ich ihm seinen. Ich tastete nach meinem Notizbuch und schleppte mich bis zum Taxistand. Der erfahrene Fahrer hielt mir eine Papiertüte hin und schmunzelte. Ich packte sie wortlos, blies sie auf, zerschlug sie mit einem Knall.

«Rue de l'Abattoir!»

Dort stand noch der Peugeot meiner Tante.

56

Die Presswehen begannen. Halm sah entgeistert, wie sich eine blutverschmierte Kuppel zwischen Yvonnes Oberschenkeln vorstülpte. Yvonne presste, als müsse sie selbst geboren werden, als zwänge sie selbst sich aus ihrer zu eng gewordenen Welt, hinaus in die Freiheit. Ihr Kopf stemmte sich an Halms Wangenknochen ab, ohne Gegendruck wäre er vermutlich wie ein Champagnerkorken an die Zimmerdecke gesprungen. Kurz nach elf schob sie freihändig das Kind in die Luft. In den Händen hielt es als Erste die Hebamme, und eine halbe Sekunde lang, bevor sie dem Jungen ins Gesicht blies, wie andere Kerzen auspusten, war es totenstill. Dann krächzte ein Vögelchen. In Filmen konnte man die Thronfolger auch noch durch drei Königsschlosstüren schreien hören, hier herrschten andere Verhältnisse. Halm staunte. Eben hatte er sich noch die Brüste einer Betrunkenen aufdrängen lassen, jetzt suchte er über Yvonnes Brust den Augenkontakt mit einem Säugling, der amtlich erst wenige Sekunden lebte und kaum Geräusche machte. Die Hebamme kümmerte sich um die Nachgeburt. Blutgeruch lag in der Luft. Während alle Verletzungen genäht wurden, schlief das krebsrote Gesicht auf der nackten Brust, behütet vom Atem der Mutter, eingeschalt von warmen Händen. Yvonnes ganzes bisheriges Leben war auf diesen einen Augenblick abgebremst worden.

«Bin ich hier denn richtig?», fragte Halm.

«Wenn du wüsstest. Ab dem zweiten Monat Blutungen, Krämpfe, Schmerzen, Ultraschall. Weihnachten im Spital, Sorgen ohne Ende.»

«Wie sollte ich's wissen?»

«Ich bin in meinem Leben nie schreckhaft gewesen, aber zum Schluss war ich nur noch ein Häufchen. Auch der letzte Optimist unter den Ärzten sagte, ich würde das Baby verlieren.»

«Jetzt ist es da!»

«Ja. Jetzt ist alles gut.»

57

Weil sie das übergeschlagene Bein wechselte, schlug sie mit ihrer Schuhspitze gegen mein Schienbein. Ich schenkte ihr das Lächeln, das ihr seit langem gehörte, und das sie mit dämlich aufgerissenen, schuldbewussten Augen und ihrer hochgehaltenen Handfläche beantwortete, während sie ihr Gespräch fortsetzte. Es war dies der erste Blickkontakt mit meiner Leinwandheldin. Und wie soll ich das sagen? Dass ihre Augen die meinen trafen, sprengte mein Gehirn. Ein formaler Weltuntergang, auf den pure Liebe folgen musste. Im Regen folgte ich ihr bis auf den Place Abbatucci. Aus dreissig Metern Entfernung musste ich zusehen, wie sie hinter sich die Haustür schloss. Ein Geräusch wie von einem Genickbruch.

«Kein Problem, Schatz», dachte ich. «Ich warte.»

In den ersten Minuten las ich mehrmals den Namen Weiller neben ihrem Klingelknopf und musste an den elsässischen Filmregisseur denken. An Bette Davis, und wie sie in ‹The letter› gleich zu Beginn ihren Liebhaber erschiesst, weil er sich von ihr abgewendet hatte. Meine müden Beine wollten nach Hause, aber mein Kopf liess meine Füsse stehen und grübelte.

«How to steal the million?»

Nach einer Dreiviertelstunde öffnete sich die Haustür, und meine Cellini-Statue trat heraus. Vollkommen verwandelt. In kniehohen Gummistiefeln, einer hellgrauen Windjacke und mit einer Angelrute in der Hand. Ich stand da, viel zu nah, und betrachtete sie.

Yvonne sah mich an, verunsichert, ob es ihr Fehler sei, dass ich hier so verloren herumstand.

«Entschuldigung, ich bin Ihnen vorher den ganzen Weg gefolgt.»

«Verstehe», sagte Yvonne und bewegte sich nicht mehr.

«Und ich wäre jetzt zwei weitere Monate hier gestanden, wenn Sie nicht gleich wieder herausgekommen wären.»

«Muss ich mich vor ihnen fürchten?»

«Ich fürchte, ja.»

«Ich bin nicht leicht zu erschrecken.»

«Dafür danke ich.»

«Wir kennen uns», sagte Yvonne.

«Hin und wieder stehen wir am Morgen an derselben Haltestelle.»

«Haltestelle, genau», grinste Yvonne.

«Es ist schön, wenn wir uns da sehen.»

«So?»

«Ja, ich denke dann: ‹Ah, da ist sie ja, und es geht ihr gut. Das ist schön.› Heute wollte ich das noch ein zweites Mal denken, bevor ich schlafen gehe ... drum hab ich gewartet. Das ist eigentlich alles.»

Yvonne lachte schneller, als sie nachdenken konnte.

«Was heisst hier, das ist eigentlich alles?», fragte sie und kam gleich nochmal ins Lachen.

«Dass das im Moment genügt.»

«Ich gehe angeln. Angeln Sie?»

«Ich? Ich nein, aber die Ausrüstung sieht toll aus!»

Yvonne bewegte sich nicht von der Stelle.

«Und fängt man was?», fragte ich.

«Wenn man weiss, wo.»

«Und Sie wissen's.»

«Ja.»

«Na, dann!»

«Perfekt sind Schatten, die ins Wasser fallen.»

«Schatten, die ins Wasser fallen?»

«Ja. Gleich hinter der Schattenlinie lauern Räuberfische. Drum lieben die Hechte zum Beispiel immer diese überhängenden Büsche am Ufer, kennen Sie die?»

«Nicht persönlich.»

Yvonne lachte. «Und die Barsche lieben eher die Brückenpfeiler. Es gibt Anglerkurse, wenn Sie wollen. Der kantonale Fischereiverband organisiert die.»

«Nein, nein, keine Verbände bitte!»

«Wollen Sie vielleicht nur meinen Anglerausweis sehen, hier die CPMA für alle AAPPMA.»

«PPMwas?»

«Cotisation pour les milieux aquatiques, Association agrée de pêche et de protection du milieu aquatique», schoss es aus Yvonne in einem einzigen Atemzug, dann holte sie tief Luft, um damit aber nur herauszuprusten.

«Ich glaube, ich brauche jetzt einen Schnaps», sagte ich.

«Da vorne ist das ‹Vauban›, da kann man nett im Schatten sitzen.»

«Wirklich?»

«Glauben Sie nicht?»

«Ich glaube alles.»

«Dann: Santé!»

«Alleine?»

Yvonne wurde verlegen. Ich war zu weit gegangen.

«Entschuldigung, nein, nein, alles gut so. Ich gebe Ihnen jetzt einfach nur bittebitte meine Handynummer. Wenn Sie mögen, schreiben Sie mir, und wir treffen uns, irgendwann, es würde mich ganz bestimmt glücklich machen. Fangen Sie gut oder wie sagt man da, Petri Heil!»

«Sagt man, ja. Und die Nummer?», fragte Yvonne, weil ich sie nur ansah.

Ich diktierte die Zahlen in ihr Handy, verneigte mich und eilte davon. Mein Herz schlug mir bis in den Hals, und ich schimpfte mich einen Dummkopf, ohne zu wissen, warum. Ich hätte in diesem Moment allen Grund gehabt, stolz auf mich zu sein. Nach vierzehn Jahren so eine Aktion. Warum war ich es gewesen, der sie abgebrochen hatte? Um Zeit und Verstand zu gewinnen? Um ihr Luft zu lassen? Kann ja sein, dass das klug war, aber was, wenn sie nun gar nie anrief? Mit diesen Fragen im Magen versuchte ich die nächsten Stunden zu überleben.

Abends um elf hatte ich auf meinem Handy das Foto eines Hechts und ein Smiley mit ausgestreckter Zunge. Ich gratulierte mit mehreren Ausrufezeichen und schrieb, dass es mich immer noch freue, sie kennen gelernt zu haben.

«jajaja, gute nacht, du verrückter augenzauberer! p.s. es war für mich auch eine freude, dich getroffen zu haben.»

Ich staunte. Yvonne schrieb, als gäbe es in ihrem Leben keinen Halm. Am nächsten Morgen grübelte ich immer noch über die strategisch klügste Antwort. Da erreichte mich die dritte SMS mit ihrem Absender.

«schläfst du noch? rufst du mich bitte gleich an, wenn du das liest, ich habe eine idee, die ich dir schnell mitteilen möchte!»

58

Die Geburtsschmerzen blieben. Zwei Ärzte untersuchten Yvonne und trafen ohne Kommentare die Entscheidung für eine Nachoperation. Die Eile in ihren Gesichtern erübrigte eine Rückfrage. Den federleichten Säugling hob man Halm auf die Brust. Er trug ihn hastigen Schritts neben Yvonne her, bis die Hebamme einen abgedunkelten Nebenraum öffnete und Halm für eine halbe Stunde dort hineinbugsierte. Halm setzte sich vorsichtig auf einen Stuhl. An seinem Bauch, nach Vanille duftend, schlief das Kind. An der gegenüberliegenden Wand stand ein Bettchen, in dem, wie er erst nach einer Weile bemerkte, ein Neugeborenes wimmerte. Aus dem angrenzenden Raum war das Gespräch dreier Pflegefachfrauen zu verstehen. Es ging ums Tessin, später um den Fall eines kleinen Touristenkindes aus San Francisco, das im Fricktal von einem Traktor überrollt worden war, und dem beide Beine hatten amputiert werden müssen, später um ein pfiffig leckeres Couscous-Rezept mit Gurke, Zitronensaft, Avocado und Worcestersauce. Als sich Halm nach Yvonne erkundigte, wurde ihm klar, dass die Pflegerinnen genauso wenig wussten wie er.

Ihre Haut glich nassen Eierschalen. Sie klapperte mit den Zähnen, und eine Hebamme knetete unaufhörlich ihren Bauch. Alle fünf Minuten pumpte ein kleiner Automat die schwarze Armbinde auf. Yvonnes Zeigefingerkuppe steckte in einer Klammer und leuchtete oranger als E.T.s Finger. Während im zweiten Stock ein Junge die erste Nacht seines Lebens begann, piepste im Untergeschoss der Überwachungsstation der Lautsprecher eines Bildschirms bei jedem Herzton der Mutter. Gegen drei Uhr morgens organisierte die Nachtschicht ein Wärmegebläse. Ein Schlauch, durch den ein ganzer Handball gepasst hätte, führte unter die Bettdecke und blies warme Luft gegen Yvonnes Zähneklappern. Halm sah den typischen Spalt zwischen ihren Schneidezähnen. Weil das Wärmegebläse keine Linderung brachte, organisierte die Pflegerin heisse Bouillon.

«Hast du für den Jungen einen Namen?», fragte Halm, während er Yvonne fütterte.

«François. Meine Mutter hiess Françoise.»

«Bin ich der Vater?»

Yvonne betrachtete Halms Augen.

«Nein, keine Angst.»

Nachdem er den Ärzten seine Handynummer diktiert hatte, fuhr er gegen fünf Uhr morgens zurück ins ‹Bâlantis›. Dort laborierte er am Entwurf einer SMS an Viola, den er sogleich wieder löschte. Die animalischen Gerüche des Fruchtwassers, der Käseschmiere und all des Bluts wichen nicht mehr aus seiner Nasenhöhle. Halm sah wieder den krebsroten Kopf des Jungen, dessen Vater er nicht war. Ohne sich zu rühren, als sässe er immer noch mit dem Kind am Bauch in diesem abgedunkelten Nebenraum, glitt er todmüde in einen traumlosen Schlaf.

59

Nach dreieinhalb Stunden erwachte Halm. Auf seinem Handy waren wieder mehrere SMS und Anrufe eingetroffen. Zuvorderst ein mit fristloser Kündigung drohender Hormando Quispe, gefolgt von Viola in verschiedenen Variationen von Zorn und Sorge, schriftlich und mündlich. Alles entweder auf dem Anrufbeantworter oder im SMS-Speicher verewigt. Halm fragte sich, ob Viola nach diesen Anrufen weinte oder wieder mit der Polizei telefonierte, und wann sie kapitulieren oder aber hier auftauchen würde, oder ob da draussen vor seiner Tür gar schon ein Schweizer Beamter patrouillierte. Wohl kaum. Das ‹Bâlantis› befand sich auf französischem Territorium. Und dann war da aber noch der Anruf eines Arztes. Er teilte Halm mit, dass man seine Frau habe operieren müssen. Halm verstand nicht, warum ihm der Arzt dies morgens um sechs noch einmal auf Band gesprochen hatte, schliesslich war er doch die ganze Nacht mit dabei gewesen und wusste von der Operation. Es dauerte, bis er begriff, dass es zu einem zweiten Eingriff gekommen sein musste. Dass Yvonne, nachdem er sie alleine gelassen hatte, weiter geblutet hatte. Halm wählte ihre Handynummer. Am anderen Ende der Leitung die Stimme einer Sterbenden. Die Zunge schwer von der Narkose. Alle Nähte der ersten Operation hatten von einem Spezialisten geöffnet werden müssen. Yvonne bekam Blutinfusionen. Ein Urinkatheter befreite sie von den Toilettengängen, starke Schmerzmittel von den schlimmsten Schmerzen.

Zurück im Spital, noch bevor er sich mit Yvonne unterhalten konnte, schüttelte eine Ärztin dem vermeintlichen Vater die Hand und informierte ihn darüber, dass François seine Temperatur nicht halten könne.

«Der Blutzucker ist zu tief.»

Halm wurde in den zweiten Stock begleitet, wo man ihm eine Zutrittskarte mit Magnetstreifen aushändigte, damit er François jederzeit besuchen könne. Eine zweite Karte für seine Frau sei nicht nötig, sie dürfe ihr Bett vorerst ohnehin nicht verlassen. Halm fuhr den Brutkasten mit François und einem blauen, fast ebenso grossen Stofftier ins Untergeschoss und parkte ihn neben dem Kopfende, damit Yvonne ihr Kind sehen konnte. Zum ersten Mal bei Tageslicht. Es fehlte ihr die Kraft fürs Glücklichsein. Seit der Fischmahlzeit am Rhein hatte sie nur Bouillon getrunken, wäre zweimal fast verblutet und hatte, bis auf die Narkosen, keine Minute geschlafen. Ausserdem klagte sie über Kopfschmerzen. Unerträgliche Kopfschmerzen.

Halm assistierte einer Pflegerin beim Wickeln, roch nach getaner Arbeit heimlich an der Vanille und schaute sich die Finger mit den nur buchstabengrossen Nägeln an.

Der Kayakfahrer klopfte an die offene Tür, entschuldigte sich, dass es für Blumen nicht gereicht habe, stattdessen habe er ihr einen Discman mitgebracht. Und eine CD mit irischen Volksliedern.

«Volume 2», betonte Jean-Claude stolz und schaute dann zu, wie sich seine Schwester mit einer asthmatisch atmenden Pumpe Muttermilch absaugte. Mehr Verwandtschaft als der Bruder aus Lyon, und ein paar Minuten später auch noch dessen wenig hilfreiche Frau, die vor Mitleid schier zerfloss, war nicht zu erwarten. Freunde, Freundinnen und Arbeitskollegen wollte Yvonne erst informieren, wenn alles überstanden wäre. Ihre Mutter war vor zehn Jahren gestorben, der Vater lebte als Diplomat in Japan und hatte angeblich schon vor Jahren das Interesse an jeder europäischen Vergangenheit verloren.

Als er den kleinen François gegen Abend aus dem Brutkasten holte, schlief dieser tief wie Schneewittchen. Die Pflegefachfrau hatte am Morgen beim Wickeln noch erwähnt, dass Säuglinge sich erschrecken und erwachen, wenn man sie nach hinten kippte. Da François zum Trinken nicht wach zu bekommen war, kippte ihn Halm absichtlich nach hinten. Der Junge regte sich nicht. Seine Unterlippe war in der Mitte schlaff nach innen geknickt, die Augen im Kopf versunken. Auch die Assistenzärztin reagierte besorgt, verabreichte François Glukose und verständigte die Kinderärztin. Als sie eintraf, fand sich schleimiger Stuhl in den Windeln. Zwar war François inzwischen wach, verdrehte aber die Augen. Umgehend veranlasste die Kinderärztin eine Verlegung in die Kinder-Intensivstation des Kantons Baselland.

Mit ihrem rücklings offenen Spitalhemd sass Yvonne kurz darauf auf einem Stuhl im Ärztezimmer und verlor, ohne einen Laut von sich zu geben, Tränen. François bettete man in einen mobilen Brutkasten, verkabelte seine Brust. An der Trage war ein Bildschirm befestigt, der François' Herzschlag anzeigen sollte. Yvonne streckte ihre Hände aus, zwei Sanitäter, die in ihren leuchtgelben Anzügen aussahen wie Kanalarbeiter, rollten den Glaskasten zügig in den Gang hinaus.

Halm hatte nur drei Stunden geschlafen, und seit sieben Stunden war er nur gestanden, ohne etwas zu essen. Bis zehn Uhr versuchte er, Yvonne zu beruhigen, dann machte er sich auf den Weg in die Säuglings-Intensivstation am anderen Ende der Stadt, um nach François zu sehen. Nur wenige Autos waren unterwegs, allerdings, so wie er, mit überhöhter Geschwindigkeit.

In der Neonatologie fand er ihn. Nackt bis auf die Windeln und zwei dicke, blaue Wollsocken und umzäunt von Glasscheiben. Seine Brust vierfach verkabelt. Im Handrücken steckte ein Infusionsschlauch. Der Körper liebevoll zwischen Frottiertücher drapiert, eins davon zusammengerollt und gebogen zwischen seine Oberschenkel gelegt. Der Junge sah aus, als würde er auf einem Sichelmond durch den Schlaf reiten. Ein Arzt erklärte, man habe Blutproben entnommen und warte auf die Befunde. Halm übergab einer Pflegerin mit dem märchenhaften Namen Olga Yegorovnam die abgepumpte Muttermilch Yvonnes. Es handelte sich zwar erst um symbolische Tropfen, aber Yvonne hatte darauf bestanden, dass er sie überbrachte.

Erschöpft setzte er sich wieder in seinen Wagen und fragte sich, ob sein Kennzeichen schon auf den Suchlisten der nächtlichen Streifenwagen stand. In blindem Vertrauen raste er über die Kreuzungen, an denen die Lichter orange blinkten.

Als er bei Yvonne eintraf, standen auf ihrem fahrbaren Nachttisch mehrere Dosen mit alkoholfreiem Bier.

«Soll die Milchproduktion anregen», gähnte sie.

Halm legte sich zu ihr, berichtete ihr, was er wusste, küsste ihre Tränen und dann gähnten sie gemeinsam, schauten sich an und gähnten. Eine Pflegerin wechselte Yvonnes Wundbinden und bot dem vermeintlichen Vater und Ehemann an, hier zu übernachten. Eine Stunde später fiel Halm auf einer schmalen, ausklappbaren Militärpritsche in tiefen Schlaf, während Yvonne die ganze Nacht kein Auge zutat.

60

Mit zwei Freundinnen war Viola im Theater gewesen. Eugène Labiches ‹Affaire Rue de Lourcine›. In der Pause hatten sie Oliver und Pascal, zwei Schauspieler getroffen, die zurzeit beide in Brechts ‹gutem Menschen› auf der grossen Bühne spielten. Beide kannte Viola seit der Schule, beide standen voller Stolz über ein erstes, sich anbahnendes Filmprojekt, in dem sie ebenfalls zu zweit engagiert waren, im Foyer und rauchten. Nach dem langen Premierenapplaus gingen sie Bier trinken und trafen in der Kinostrasse, als hätten sie ein Magnetfeld der Vergangenheit erzeugt, zwei weitere Mitschüler von damals.

«So viel Zufall muss gefeiert werden», sagte man begeistert und erklärte den Abend zum Fest. Man beschloss, ins Stadtcasino zu gehen, Hunger und Winterkälte mit einem Fondue Chinoise à discrétion zu bekämpfen, Erinnerungen zu tauschen, später vielleicht noch tanzen zu gehen, auf jeden Fall aber zu trinken.

«Hast du Kinder?», wurde Viola gefragt.

«Nein.»

«Bist du verheiratet?»

«Acht Jahre», rechnete Viola.

«Und keine Kinder?»

Viola trank so viel wie seit ihrer Studentenzeit nicht mehr, und der Abend war ihr von Anfang an irreal vorgekommen. Nicht, weil sie all die früheren Gesichter wieder um sich hatte, sondern weil sie sich in einer unerklärlich beschwingten Stimmung befand und frei durch alle Dialoge segelte, als gäbe es keinerlei Benimmregeln mehr auf dieser Welt. Alles wurde angesprochen, gefragt und preisgegeben, dauernd ging es um Sex und Affären, um Antisemiten und Intriganten, Lebenslügen und Karrieren, Spiesser und Verrückte, und dauernd wurde gelacht, provoziert und geschubst. Und mit Oliver, der ihr gegenüber sass, beschloss sie ein Hühnchen zu rupfen. In den letzten Monaten war er oft lobend in den entscheidenden Theaterzeitschriften erwähnt worden, und dem «neuen Bruno Ganz», wie eine Kritikerin ihn bezeichnet hatte, war das Selbstvertrauen anzusehen. Umso mehr Angriffslust spürte Viola. Beschwipst eröffnete sie das Thema:

«Du hast mich an diesem Schulfest, weisst du noch? Kurz bevor du die Schule verlassen hast, an diesem Fest stehen lassen wie eine Aussätzige!»

«Quatsch!»

«Doch! Ich hab mich bei dir so sicher gefühlt, und dann, vor allen Schülern gedemütigt und blossgestellt! Ich finde, nach 20 Jahren können wir das mal öffentlich klären! Einige an diesem Tisch erinnern sich nämlich noch sehr gut an meinen allerersten Liebeskummer, nicht wahr, Andrea?»

«Oh, jaaaa, voll abgestürzt!»

Viola spürte, wie ihr beim Lachen die Vergangenheit und der Wein in den Kopf schossen. Das Verhör der Freunde liess nicht lange auf sich warten, und der neue Bruno Ganz kratzte erstaunlich hilflos seinen Nacken. Er war offenbar nicht betrunken genug, um über dieses Thema nur zu lachen.

«Ich erinnere mich doch nicht an irgendwelche Schulgeschichten», log er.

Neue Pommes frites wurden serviert, blutiges Rindfleisch aufgetischt, neuer Wein bestellt, die Sitzordnung in der Sitzbank an der Wand komplett durcheinander gewühlt, weil Andrea in ihrer hintersten Ecke aufs Klo musste.

Die Freunde stürmten mit aktuelleren Liebesgeschichten durcheinander, der Abend setzte sich fort, und das Hühnchen blieb ungerupft. Nur Viola steckte noch fest im Jahr 1982. Sie hatte Oliver Kubik bis heute nie vergessen, und bis heute, und spätestens, wenn sie sein Bild wieder in irgendeiner Theaterzeitschrift entdecken musste, machte sie sich Gedanken über damals. Wie alles geworden wäre, wenn sie zusammengefunden hätten. Wenn ihre erste Liebe erwidert worden wäre, damals mit 14, oder Jahre später, als er mit zwanzig am Theater debütierte, in einer viel beachteten Jung & Wild-Produktion. Und heute, an diesem Abend, machte der Affe schon wieder auf ahnungslos, obwohl es seit der Schule immer wieder klare Indizien gegeben hatte, dass auch er sie wollte. Alkoholisiert, wie sie war, fand Viola all das plötzlich zum Schreien.

Andrea hatte gerade eine Anekdote aus Florenz erzählt, und deswegen berichtete Oliver jetzt von einem Fahrradunfall in Italien. Seine ganze Bühnenkunst flammte auf, als er Polizisten, Touristen und Einheimische mimte und genau wusste, wie man Pointen, die das Leben schrieb, nachträglich verbesserte. Während er sich in Szene setzte, sah Viola Olivers Nase und wünschte sich, dass er damit ihre Klitoris rieb. Das schoss ihr mehrmals so unkontrolliert und ungewollt durch den Kopf, dass es sie schauderte. Hastig leerte sie ihr Glas. Der Wein schwappte über die Mundwinkel. Niemand sah es. Später zog die Gruppe weiter in die Campari-Bar. Oliver hatte jetzt mächtig Promille, setzte sich demonstrativ neben Viola und stiess vor jedem Schluck aus seiner wichtigtuerischen Bloody Mary sein Glas gegen ihres, packte irgendwann ihre Hand und sagte:

«Wenn du mit mir tanzt, erzähl ich dir die wahre Geschichte von damals.»

«Ohaaa, die wahre Geschichte!», machte Viola laut in die ganze Runde, aber niemand achtete auf die beiden.

«Tanzen gehe ich nur noch mit meinem Mann, nicht gewusst? Der ist nicht so ein Stockfisch wie du!»

Oliver wischte mit dem Ärmel seine scharfe Tomatenlippe ab.

«Ich war irgendwie 14, Viola! Ich meine, worüber ärgerst du dich immer noch?»

«Keine Ahnung, wer sich ärgert? Du?»

«Okay, kommen wir zur Analyse der Regiearbeit von heute Abend, Frau Theaterwissenschaftlerin», grinste Oliver, als hätte er mit diesem Themenwechsel plötzlich ein ganz neues Blatt in der Hand.

«Böö», machte Viola.

«Böö?»

«Weil die beste Inszenierung des Abends bist du. Wie du dir abwechselnd Schweiss und Tomatensaft in den Ärmel putzt! Berliner Theatertreffen!»

«Was?»

«Und du hast zu viele Haare in der Stirn, das steht dir nicht.»

«Du kannst sie mir ja schneiden. Mit deinen scharfen Krallen!»

«Wie so ein kleines, eitles Mädchen streichst du sie dir dauernd gegen die Schläfen», sagte Viola und imitierte ihn.

Viola bemerkte Olivers Unsicherheit, und das erfüllte sie mit aufregender Erwartung. Sie war entschlossen, den Kerl nicht ziehen zu lassen.

61

Yvonnes Kopfschmerzen rührten von der spinalen Betäubungsspritze, erklärte der Anästhesist. Es trete noch immer Rückenmarkflüssigkeit aus, dadurch sinke der Druck im Schädel und das verursache Schmerzen. Halm stellte sich Yvonnes Gehirn vor, das wie ein Karpfen in der Badewanne, in der man den Stöpsel gezogen hatte, auf Grund lief. Er stellte sich vor, wie dieser Karpfen, ohne die Schwerelosigkeit im Wasser, an der Erdanziehung litt und unglücklich in sich zusammensank.

Bevor man Yvonne ins selbe Spital wie François verlegen könne, müsse man ihr Blut entnehmen und dieses neben der Einstichstelle am Rücken als natürliches Pflaster einspritzen. Nur so sei der Verlust der Hirnflüssigkeit zu stoppen, erläuterte der Anästhesist. Bevor Yvonne etwas sagen konnte, klingelte ihr Telefon. Es war Yvonnes Nachbar. Er sei jetzt wieder im Land, aber untröstlich und wolle sich in aller Form entschuldigen. Er habe das versprochene Füttern der Katze vernachlässigt. Weil. Es sei so, er sei nach Marseille abgehauen, unglaubliche Liebesgeschichte. Die müsse er ihr dann mal erzählen, aber wie es der Katze gehe?

«Jemand muss meine Katze füttern», teilte Yvonne Halm mit.

«Deine Katze ist tot!»

«Sie ist tot», sagte Yvonne ins Telefon, hängte auf und weinte los. Der Anästhesist unterbrach seine Vorbereitungen. Halm bedauerte, dass die Sache mit der toten Katze so vorwurfsvoll aus ihm herausgeplatzt war, und er wusste nicht, ob Yvonne jetzt um die Katze oder um François oder über die Kopfschmerzen weinte, oder aus Angst vor dem neuen Eingriff.

Der Nachbar, dem Yvonne mitten im Satz aufgehängt hatte, reagierte umgehend mit einer SMS, bettelte um Verzeihung und versprach eine neue Katze. Yvonne schrieb ihm, er solle damit aufhören, alles sei gut. Sie habe etwas viel Besseres als eine Katze. Einen Sohn. Dann weinte sie so laut, als hätte man sie geschlagen. Zum ersten Mal hatte Halm Angst um Yvonne und nahm ihre beiden Hände. So standen sie in dem kleinen Operationsraum und warteten auf ein Ende der Tränen. Und Halm dachte, ob es angesichts des Verlusts von Hirnflüssigkeit nicht ratsam wäre, wenigstens mit Tränen zu sparen.

62

In der Nacht träumte Halm von einem russischen Mädchen. Es trug ein Namensschild, kraulte seinen Hals, als wäre er ein Hund, und sprach unaufhörlich davon, zu ihm nach Hause kommen zu wollen. Halm war aufgeregt, denn er liebte dieses Mädchen sehr. Dann war er auf einmal mit ihr in seinem Elternhaus, und beide versuchten sie, sich zu verstecken und zu küssen, aber es war schwierig, ihren Mund zu erreichen, jedes Mal schob sich sein steifer Papierkragen dazwischen. Er wollte das Hemd ausziehen, verfing sich aber in den Ärmeln des Konfirmandenanzugs, den er plötzlich trug. Halm spürte, wie er aus dem Traum zu erwachen drohte, und wie der Versuch, wenigstens das Mädchen festzuhalten, seinem Traum die letzten Wurzeln zog. Da tauchten rechtzeitig seine Eltern auf, baten ihn, grosse Kisten in die Garage zu tragen, und der Traum fand neuen Schwung in einem bruchstückhaften Thriller rund um zerbrochene Handfeuerwaffen, die es vor der Polizei zu verstecken galt. Aber die Holzkisten, in denen sie lagen, waren morsch wie nasser Karton. Später stand auf einmal viel Essen auf dem Tisch. Er dürfe beim Essen das schöne Besteck nicht schmutzig machen, befahl Halms Vater, und dann schaltete Halms Grossvater, der ebenfalls auf einmal zugegen war, den Fernseher ein. Halm, der nun wieder ein kleiner Junge war, ging sofort aus dem Zimmer, weil er nicht zugeben wollte, dass er gerne fernsehen würde, und weil er glaubte, dass ihn sein Grossvater genau dieses Verlangens überführen wollte. Barfuss und frierend stand er im Garten und wollte für seinen Fernsehverzicht bewundert werden. Stattdessen liess man, ohne ihn im Freien zu bemerken, an allen Fenstern die Rollläden herunter. Im

Gras des frisch gemähten Gartens entdeckte Halm lauter Schlangen, die auf ihn zu krochen. Als die erste zubiss, erwachte er, sah auf dem Bett über seiner Pritsche Yvonnes Hinterkopf und ihre weisse Kopfhaut zwischen den ungewaschenen Haaren, erinnerte sich an die Geburt, an den armen François, an Violas SMS und ärgerte sich, dass sein Unterbewusstsein überhaupt nicht bei der Sache war.

63

Am nächsten Tag blies ich auf meinem Küchenbalkon Rauch über die Geranien meiner Nachbarin und konnte nicht fassen, dass wir uns tatsächlich in die Arme gefallen waren. Alles stimmte. Meine erste E-Mail an Yvonne war nicht kurz gewesen:

> *Yvonne! Was für eine magische Nacht mit Lichtern, Wasser, Händen, Augen und vorsichtigen Küssen! Das Weissweintrinken am Kanal. Der Weg dem Wasser entlang, im Regen, als du Dich bei mir eingehängt hattest, Deine helle sportliche Jacke mit der Kapuze. Die kastanienroten Haarspitzen mit dem kupfrigen Schimmer. Unser Harndrang, der uns irgendwann lachend in die Büsche zwang. Deine Hand, wie ich sie streichelte. Wunderbar ist es, Deine Haare mit meinen Fingern zu kämmen, Deine Wangen zu küssen, dreimal zaghaft Deinen Mund. Viermal? Jetzt ohrfeige ich mich, finde, ich hätte Dich mehr und länger küssen sollen, aber das Wunder dieser Nacht lag ja grade in der traumwandlerischen Sicherheit für die richtige Anfangsdosis. Der Zauber kam aus diesem blinden Vertrauen, Yvonne. Ich vertraue Dir blind. Ich kann diese Umarmungen nicht vergessen. Diese Umarmungen waren wie Trinken. Und immer noch sehe ich Dich vor mir mit Deiner Kapuze, die immer plötzlich auftauchte, dann wieder verschwand, dann wieder da war, je nach Nachtwind und Regentropfen, und wie glücklich Du mich aus deinem kapuzenummantelten Gesicht ansahst, wie glücklich, Yvonne. Alles will ich innerlich gefilmt haben, damit ich es nie vergesse. Eine Nacht lang eine solche Yvonne in die Arme schliessen zu*

dürfen, ich habe an so etwas nicht mehr geglaubt. Ich habe Dich beim Abschied vor Deiner Tür ein letztes Mal auf den Mund geküsst. Zu kurz. Klug kurz. Viel zu kurz. Es war ein Anklingen dessen, was wir – sprechen wir's doch aus – nur Deinem Freund zuliebe verschlossen liessen. Logischer Verzicht und doch deutliches Antippen. Und sprechen wir auch das aus. Dein Freund ist kein ernstzunehmender Freund, wenn er verheiratet bleibt. Yvonne, ich denke, diese Nacht war ein Wunder. Und es kann vielleicht eine zweite solche in einem Menschenleben nicht geben. Trotzdem wünsche ich mir nichts sehnlicher als eine Zweite. Das Versäumnis, dass sich unsere Zungen wegen eines einzigen Halms noch nicht berührt haben, es erscheint mir zu gross.

P.S. Was wollten uns eigentlich diese Sternschnuppenschauer sagen? Und wer war diese sich in unserem Glück sonnende, uns immer wieder und wieder begleitende Nachtkatze? Und wie tief im Canal de Huningue liegt jetzt dieser von mir aufgehobene und von Dir geküsste Kieselstein mit dem Ringmuster, dieser unzerstörbare Zeuge unseres Glücks? Jeder Schritt hat gestern, an diesem magischen 8.8., unsere Geschichte in diesen Ort gezeichnet, und ich werde künftig an jedem Tag, an dem ich Dich nicht sehen kann, hinfahren und jeden einzelnen Meter noch einmal abschreiten. Du bist ein Wunder, Yvonne. Ich weiss, ich liebe Dich. Das sagt jetzt, heute Mittwoch, 9.8.2006, 13:56, mein Herz, nicht mein Verstand, denn wie gesagt, Du bist nicht frei. Noch nicht frei???

In Yvonnes Antwort, die am nächsten Abend eintraf, verlor ich mich so rettungslos, wie die Nadel eines Plattenspielers in der Endlosrille:

Mein Liebster, diese Stunden mit Dir waren wie im Film. Und fühlten sich gleichzeitig so echt an. Fast musste ich nach Luft schnappen, um nicht zu ertrinken. Deine Zärtlichkeit für mich. Diese schicksalsüberhäufte Haltestelle! Es zu verstehen, davon bin ich weit entfernt. Liebevolle Blicke sende ich Dir, jetzt sind sie noch so frisch in unseren Gedanken. Ich liebe Dich! Yvonne.

64

Das Abendessen glich der Mahlzeit in einem DDR-Spielfilm. Es bestand aus farblosem Poulet-Geschnetzeltem und einem fast ebenso farblosen Kartoffelstock. Trotz Zureden schaffte Yvonne nur wenige Löffel. Halm verschlang den lauwarmen Rest. Danach rollte er Yvonne mitsamt ihrem Krankenbett zum Lift und durch jene langen, unterirdischen Gänge, die in die Neonatologie führten.

François schlief. Seine brauenlosen Augen zwei Falten. Yvonne legte ihn auf ihre Brust, summte Kinderlieder und lächelte zum ersten Mal. Halm drehte alle paar Minuten sein Telefon in der Hand, tüftelte an einer SMS an Viola herum und hatte irgendwann, angesichts der erstmals sich einstellenden Ruhe zwischen Mutter und Kind, den Eindruck, sich bald verabschieden zu können. Er sprach es aus, und gerade als ihn Yvonne verständnisvoll umarmen wollte, öffnete François die Augen. Feuchte Pupillen, die durch alles hindurchblickten. Gleich machte Yvonne neue Stillversuche, ohne Erfolg. François umklammerte lieber ein Plastikgefäss. Seine Fingerkuppen verfärbten sich weiss. Als er auf ihrer Brust wieder einschlief, bevor er die notwendige Tagesdosis erreicht hatte, reagierte Yvonne nervös.

«Was hast du Viola geschrieben?», fragte sie, ohne vom eingeschlafenen François aufzusehen.

«Nichts.»

Ein bisher unbekannter Arzt betrat mit einer Pflegerin das Zimmer. Er kündigte den Besuch eines Genetikers an.

«Warum denn Genetiker?», fragte Yvonne.

Man müsse alles abklären, ausserdem seien die Gelbsuchtwerte weiterhin zu hoch, François' Körpertemperatur nicht stabil, und weil in der Nacht die Infusion an der Hand abgebrochen sei, müsse man jetzt gleich noch eine am Kopf stechen.

Behutsam wechselte François von Yvonnes Brust auf die Arme der Pflegerin, und je ausführlicher der Arzt nun die Lage schilderte, desto klarer wurde, dass François ausserhalb der Intensivstation keinen Tag überleben würde. Yvonne bat Halm, eine letzte Nacht zu bleiben. Mit ihr den Besuch des Genetikers noch abzuwarten.

«Das ist kein Problem», sagte eine Pflegerin. Sie werde ein besseres Klappbett organisieren.

Auf dem breiteren Klappbett machte Halm kein Auge zu. Der Akku seines Telefons stand vor dem Absturz. Ein Lebenszeichen musste her. Andererseits. Hier würde Viola und selbst die Polizei ihn nie vermuten. Trotzdem wendete Halm immerfort sein Handy in der Hand und arbeitete an einer Geschichte, die sich per SMS verkaufen liesse. Zum Telefonieren war er zu feige, auch zu erschöpft. Um fünf Uhr in der Früh erreichten Viola folgende Worte:

«schatz, keine sorgen! ein arbeitskollege stand vor dem suizid. sitzt total in der klemme und hat niemanden. muss da mit händen & füssen beistehen, geht um leben & tod. erzähle dir dann, danke & liebe dich!»

Der letzte Satz klang übermütig. Seit Jahren hatte Halm nicht mehr von Liebe gesprochen, geschweige denn geschrieben.

Aus der Froschperspektive seiner Pritsche sah er Yvonnes linken Fuss unter der Decke herausragen. Obwohl sie wach lag, stand der Zeh bedrohlich leblos in die Luft. Es war Halm, als werde gleich die Ärztin kommen und mit einer groben Packschnur einen allerletzten Vermerk anbringen. Halm drehte sich auf die Seite, blieb weiterhin schlaflos und befühlte mit der Zunge seine Zahnlücke. Immerhin. Die Zahnschmerzen waren weg.

65

Er duschte in einem Baderaum, der ausschliesslich Patientinnen vorbehalten war. Der erste Wasser- und Seifenkontakt seit Tagen. Die Zitronenfrische vertrieb den Schweiss. Halm überlegte.

«Egal, wer der Vater ist. Ich bin es jetzt, der diesen Jungen in den entscheidenden Wochen begleitet, und sei es in den Tod.»

Er schäumte seine bald schulterlangen Haare ein und verschob die Rückkehr an die Erlenstrasse um weitere Tage. Bei jedem Geräusch fürchtete er, von einer Patientin ertappt und beschimpft zu werden.

Als er wieder bei Yvonne in der Neonatologie war, weinte sie.

«Wir erwägen eine Organtransplantation. Um elf steht jetzt aber erst mal eine Ultraschalluntersuchung an», sagte der Arzt und wurde abgelöst von einem Orthopäden. Der informierte darüber, dass man François' Füsse einschienen werde. Yvonne schien nicht mehr zuzuhören und entfernte mit einem nassen Taschentuch Schleim aus François' Augenwinkeln.

«Ist das normal, dieser Schleim in seinen Augen?», fragte sie den Orthopäden.

«Vermutlich kommt das vom Luftdurchzug.»

«Durchzug in der Intensivstation?», fragte Halm.

Ein weiterer Arzt stellte sich vor. Dr. Giordano. Hohe Stirnglatze, fast bis an den höchsten Punkt seines Schädels, schwarzer Bart, Brille. Er müsse, sagte er, noch einmal kurz auf François' Leistenbruch zu sprechen kommen.

«Leistenbruch?», wiederholte Yvonne.

«Davon wissen wir nichts», sagte Halm.

«Doch, doch», sagte Dr. Giordano. Nächsten Donnerstag werde François unter Vollnarkose an der Leiste operiert. Ein Routineeingriff. Ausserdem, so Giordano, montiere man François in einer Stunde die Magensonde.

«Und dann können wir alle nach Hause», sagte Yvonne.

Ein Satz ohne jeden Realitätsbezug. Lustige Glöckchen bimmelten. In Yvonnes Rücken wurde eine Papierschlange aufgeblasen. Zwei Clowns mit roten Plastiknasen und bunten Jacken, geschminkt bis in den Nacken, tänzelten in die Intensivstation und schubsten sich gegenseitig die Hüte vom Kopf. «Lachen heilt», stand auf dem zerbeulten Koffer des grösseren Clowns, der eine Frau war. Beide kurvten mit ihren über die Schuhe gespannten Gummilatschen um die Brutkästen herum, bliesen Ballons auf, bastelten quietschend Palmen und Dackel. Später legten sie Stofftierchen in die Bettchen der entweder schlafenden oder schreienden Säuglinge und dann, überraschender, als sie aufgetaucht waren, machten sie sich wieder aus dem Staub. Halm fragte sich, ob der Arbeitgeber dieser Clowns ernsthaft der Ansicht war, Frühgeburten hätten einen achten Sinn für Papierschlangen und Luftballons. Dr. Giordano bot Yvonne und Halm an, sich im Nebengebäude die ‹Personen-Sozialwohnungen› anzusehen. Da sei was Schönes frei geworden. Für finanzielle Fragen stünde eine Frau vom Sozialdienst zur Verfügung.

So lange François beim Ultraschall war, besichtigten Yvonne und Halm die in den 70er-Jahren voller Pioniergeist konzipierte Angehörigenunterkunft. Im Eingangsfoyer, unter einer Glasvitrine, stand ein Spitalmodell aus Sperrholz. Wie das Original zwölf Stockwerke hoch. Daneben, rot gestrichen, ein Holzklötzchen. Der sogenannte ‹Personen-Sozialwohnungs-Trakt›, in dem man sich befand. Die Innenarchitektur erinnerte an eine in die Jahre gekommene Jugendherberge. Atmosphärisch nicht das Richtige, um wieder auf die Beine zu kommen, dachte Halm. Yvonne erhob sich aus ihrem Rollstuhl, wälzte sich probehalber auf ein Bett und stand nicht mehr auf.

Halm legte sich zu ihr. Ein schmerzhafter Druck neben dem Steissbein strahlte bis in seine Hüfte aus. Das viele Stehen würde ihn noch zum Krüppel machen. Aber an Abschied war nicht zu denken, dachte Halm und ekelte sich vor seiner einen Unterhose, die er seit Tagen trug und die er sich auch nach dem Duschen, umgekehrt, wieder angezogen hatte. Er wusste nicht, wen er hier nach Unterwäsche fragen konnte, und das Problem schien ihm angesichts der Umstände auch zu unbedeutend. So verkniff er sich das Thema.

66

Sechs Tage Trennung standen uns bevor. Gleich nach dem magischen 8.8. war Yvonne zu ihrem Bruder nach Lyon aufgebrochen. Dessen Frau hatte schon vor Monaten eingeladen, Yvonnes 35. Geburtstag zu feiern.

Donnerstag, 10.8.2006:

«guten morgen! ich vermiss dich unendlich! yvonne.»

«dann komm endlich zurück!»

«alles fühlt sich ‹halb› an. bitte simse mir heute noch. kein problem wie spät! deine leidende yvonne.»

Freitag, 11.8.2006:

«ich habe nach langer zeit wieder geträumt, dass ich fliegen kann. übrigens noch bis zu meinem geburtstag sollen diese vielen sternschnuppen weiterfallen, sagt mein bruder. haben wir noch wünsche offen? träume schön, und kuss zurück auf die stelle unter deinem hals ;-)»

«meine yvonne, weisst du, was mir gerade klar geworden ist? bis zu unserem treffen ging ich durchs leben und hatte nichts zu verlieren, seit letztem dienstag hab ich alles zu verlieren.»

«wenn ich nach hause komme, will ich dich sofort sehen. holst du mich ab? es ist so nötig, ich verliere langsam dein gesicht aus meinem gedächtnis. noch dreimal schlafen und dann sehen, hören, riechen, spüren wir uns! alle möglichen vorstellungen schleichen sich in meinen kopf. ich zähle die sekunden, die sehnsucht tut so weh und gleichzeitig bin ich so dankbar und glücklich.»

«meine yvonne, schon fies der gedanke, dass du da in lyon mit allergrösster, von niemandem gewürdigter selbstverständlichkeit sitzt. mitsamt deinen beinen, armen, deiner taille, deinen augen, deinen haaren, deiner stimme und du kannst jedem undankbaren idioten mühelos in die augen schauen, ohne, dass der deinen blick schätzt oder zum anlass gesteigerter liebe nimmt! und du kannst dir selber ans ohrläppchen fassen, aber für mich ist das alles unerreichbar und überhaupt nicht selbstverständlich!»

«hör auf mit solchem mist, die sehnsucht löst schmerzen aus. und es wird, glaube ich, immer schlimmer. hilfe, ich habe keine festnetznummer von dir!»

«ein königreich für telepathie!»

«gibt es staus bei den sms? bis jetzt nur eine gekommen. ich bin so ungeduldig, ich sterbe, hilfe! ich will dich wieder sprechen. wie ist deine telefonnummer?»

«yvonne! hier noch einmal meine festnetznummer, in der hoffnung, sie erreiche dich diesmal.»

«bin eine weile bewusst abseits meines bruders und seiner frau alleine im wald gewandert, als ich mir vorstellte, dass dieser wind vielleicht nur stunden vorher auch über dich zog und einen hauch von dir bis zu mir trug.»

«heute bin ich unsere strecke noch einmal abgegangen. ich hatte gehofft, dass mir auf jedem meter weg wieder einfällt, was wir gesagt und getan haben. ich stellte aber vor allem fest, wie falsch ich die distanzen in erinnerung hatte. und natürlich war im tageslicht alles seltsam übersichtlich. aber als ich mich der historischen sitzbank näherte, da klopfte mein herz, als hätte ich noch einmal ein date mit dir. was ich mir sehr, sehr, sehr wünschen würde: ein foto von dir mit der kapuzenjacke dieser nacht. ist da jemand in lyon, der dich fotografieren könnte für mich? hast du deine jacke überhaupt dabei?»

67

Weil Yvonne eingeschlafen war, ging Halm spazieren. Schnelles Gehen würde seinen Rückenschmerzen mehr Linderung verschaffen als das Herumliegen im Personen-Sozialwohnungs-Trakt. Am Rand der Gartenanlage, in einem Wäldchen, entdeckte er zwei unerklärliche Betonbecken, kreisrund, von Unkraut umzingelt. Vielleicht die Sockel zweier früherer Wassertanks. Die beiden Betonbecken, die auch die Miniausgabe einer ausrangierten, spitaleigenen Kläranlage hätten sein können, waren verbunden durch eine Eisenbrücke, die rostig über Brennnesselstauden mit Raupen hinwegschwebte. Halm erreichte mit einem grossen Schritt einen Ablaufrost, wollte sich die Rückseite der stillgelegten Konstruktion anschauen und wagte sich dabei allzu weit in die dornigen Sträucher.

Ich muss Halm wie ein Gespenst erschienen sein. Die Kapuze meines Trainingsanzugs hochgezogen und unrasiert, hatte ich im dunkelsten Schatten auf ihn gewartet. Halm wich zurück, obwohl ich längst bei ihm war, ihn mit einem Ruck unter den Eisensteg riss. Halm stiess sich den Ellbogen am Beton, schrie auf und zog durch seinen nur zufällig grinsenden Mund zischend Luft ein. Er hockte sich wehleidig auf den Boden. Ich ging vor ihm in die Knie, meinen Rücken gut angespannt, denn ich plante, den Mann an seinem Kragen hochzureissen und über die Betonmauer zu werfen. Es gelang mir wuchtiger, als ich dachte. Hoch in der Luft machte Halm einen Purzelbaum. Das Staunen über sein eigenes akrobatisches Talent löste für einen Moment seine Angst ab. Ich spuckte ihm das Wasser, das ich seit Minuten auf meiner Zunge gesammelt hatte, ins Gesicht. Wie die Karikatur eines Schnupfens tropfte der Speichel von seiner Nasenspitze. Ich schlug auf sein Ohr, immer wieder aufs Ohr, an die Stirn, er wehrte sich nicht. Der Mann wehrte sich nicht. Ich liess mein Knie nach oben schnellen. In die Weichteile. Halm ging vornüber zu Boden, ich benutzte die Absätze meiner Schuhe. Endlich tauchte Todesangst auf, ein tierischer Fluchtreflex. Halm kroch, stolperte auf die Beine, flüchtete in eine ungünstige Richtung. Mit einem Bein tauchte er ins Leere, in eins der Betonbecken, das er übersehen hatte. Er verschwand so plötzlich darin, dass ich lachen musste. Ich entdeckte die kleine Treppe, stieg ins Becken hinunter, trat ihm mit bester Kraft ins Gesicht. Er blutete explosionsartig aus der Nase. Ich trat ihm noch ein gutes Dutzend Mal ins Gesicht, zielte abwechselnd auf Zähne, Nasenbein und Augen. Halm winselte wie ein schlechter Filmschauspieler. Ich holte aus zu finalen Fusstritten und trat und trat in sein Gesicht, bis ich selber weinte.

Weil es zart zu regnen begann, machte sich Halm lieber auf den Rückweg. Mit einem grossen Schritt über die Brennnesselstauden erreichte er den stets sauber gewischten Patientenweg, der kreisförmig ums ganze Spital herumführte. Ohne Umwege suchte er die Neonatologie auf und setzte sich ans Kinderbett. François schlief mit offenem Mund und steckte in einem viel zu grossen, hellvioletten Overall mit Druckknöpfen. Die Ärmel reichten weit über seine beiden Hände. Zwischen die kurzen Beine hatte man ihm eine Frottiertuchrolle gesteckt, u-förmig gebogen. Unter den Overall führten Kabel, als handle es sich bei diesem Kind definitiv um ein fernsteuerbares Spielzeug. In der Nase steckte die angekündigte Magensonde. Eine

Pflegerin fragte, ob er seinen Sohn füttern wolle. Halm nickte. Sie dockte eine Plastikspritze mit 80 Milliliter Pulvermilch an den Magensondenschlauch an und überreichte sie ihm. In Zeitlupe, mit regelmässigen Pausen, sollte er die Milch nun von der Spritze durch den Schlauch in den Magen stossen. Noch bevor die Spritze leer war, erschien ein Dr. Cooper. Er studierte François so, wie ein Geigenbauer eine unfertige Geige studiert. Er drehte an den Fingern, den Zehen, entfernte die Windeln und machte sich Notizen. Dann bat er zu einer Besprechung ins Ärztezimmer. Halm eilte zurück in die Sozialwohnung und streichelte Yvonnes Kopf, bis sie erwachte.

Im Gang mussten sie lange warten, bis man sie hereinbat. Das Schreien mehrerer Säuglinge drang durch die Tür der Intensivstation. François war nicht darunter. Zu kräftig die Stimmen.

Im Besprechungszimmer kam der Genetiker Prof. Dr. Cooper rasch zur Sache. Er erklärte, dass er noch Tests machen werde, aber die zahlreichen, äusserlichen Indizien liessen auf eine hohe Wahrscheinlichkeit schliessen, dass sich sein Verdacht bestätige. Bevor sich Yvonne und Halm äussern konnten, bot Dr. Giordano schon psychologische Betreuung an. Erst jetzt begriff Halm, warum dieser Vorschlag mit der Personen-Sozialwohnung überhaupt gekommen war. Das würde hier eine richtig lange Geschichte werden.

Draussen im Gang und unbemerkt von Yvonne flüsterte Halm Dr. Giordano noch einmal zu.

«Ist es wirklich so schlimm?»

«Es tut mir leid. Obwohl die Tests noch ausstehen. Mit einer Entwarnung dürfen Sie nicht rechnen.»

68

In seinem Magen entstand Wärme. Die Wärme breitete sich aus und machte ihn schwerer. Er sank besser ins Kissen. Sein Blut, das an dieser Wärme vorbeizog, nahm die Wärme mit, verteilte sie im ganzen Körper. Immer grösser wurde sie. Sie erhitzte zuerst seine linke Nasenhöhle, lief in Stössen in sein Inneres, wurde zu gross und floss in den Hals zurück. Er musste husten. Aus dem Husten wurde Erbrechen. Er bekam keine Luft, verlor trotzdem nicht das Bewusstsein. Eine warme Pfütze bildete sich auf dem Kissen, er schrie und wollte nicht ertrinken. Jemand hob ihn rechtzeitig hoch. Sonnenstrahlen. Man wischte ihm Mund und Wange trocken, trug ihn durch Gänge, zog ihn aus. Kalte Luft an Bauch und Oberschenkeln. Er weinte. Erschöpfung, aber kein Kissen, kein Schatten. Zu viel Licht. Eine Hand an seinem Arm. Ein Stich. Ein neuer Stich. Jemand hob ihn hoch, der Stich blieb, als wäre die Nadel in seiner Haut stecken geblieben und niemand kümmere sich darum. Später endlich wieder liegen. Endlich das Kissen, plötzlich etwas angenehm Schweres über dem Rücken. Eine Decke. Wärme. Dicke Socken.

69

Samstag, 12.8.2006:

«heute konnte ich nach unserem telefonat zwischen 2 und 4 uhr nachts nicht schlafen. hunger hab ich allerdings seit gestern abend schon wieder mehr. eigentlich schade, denn damit ist der gewichtsverlust bald wieder dahin ;-).»

«liebste yvonne. vergiss irgendwelche kilogramme. ich gratuliere dem geburtstagskind mit schlagsahne, küssen und sternschnuppen ohne ende! sag, was kann ich dir schenken, was ähnlich viel wiegt wie das geschenk, das du mir bist?»

«liebster, danke für deine lieben wünsche und küsse! ich mag meinen geburtstag leider aber gar nicht! mein bruder schenkt mir auch jedes mal mist. eine cd mit irischer volksmusik. kannst du mir sagen, was ich damit am hut habe?»

«meine yvonne, heute dachte ich: was, wenn du sterben würdest. und ich hätte in meinem handy immer noch deinen namen, aber niemand würde da je mehr antworten. wahnsinnige angst, dich zu verlieren.»

«mein liebster. mach dir keine sorgen! wir sind nur liebeskrank. kann man sich nicht vom leben krankschreiben lassen? und ich möchte morgen nicht noch einmal einen ganzen tag lang hier bei meinem bruder sein! ich kann nicht!»

«meine yvonne, sobald ich versuche, mich von dir abzulenken, rächt sich mein nervensystem. mit aggression. aggression, weil ich von den falschen menschen umgeben bin, die alle nicht du sind. nein, wenn ich friedlich bleiben soll, darf ich mich nicht ablenken. mein körper will an dich denken, jede zelle, in jeder sekunde! ablenkung ist gesundheitsschädlich.»

«unglaublich, genau bevor ich deine sms erhalten habe, habe ich ein französisches lied für dich gesummt, es ist eine minute her. ist das nicht verrückt? alles ist verrückt mit dir.»

«meine yvonne, heute möchte ich mich einfach nur für das heimatgefühl bedanken, das du in mir auslöst.»

«jetzt habe ich grade mit halm telefoniert, ein unangenehmes gespräch. er will sich am 19. august einen ganzen tag frei machen, seit langem mal wieder. ich habe überlegt, ich könnte zu meinem schutz meinen bruder einladen. nach huningue. mein bruder ist ein begabter kayakfahrer. ich bin froh, dass es dich gibt. gibst du mir noch etwas zeit?»

70

Yvonne ging nach draussen, um die dauernden Stiche in den Kopf ihres Sohnes nicht mehr sehen zu müssen. Durch die geschlossene Schiebetür hörten Halm und die Ärzte das Weinen, das sie für sich behalten wollte. François verliere Salz, hatte es geheissen. Das müsse geklärt werden, bevor man eine Vollnarkose riskiere, hatte der Chirurg gesagt, der eigentlich gekommen war, um den Termin für die Leistenbruchoperation zu besprechen. Am Nachmittag werde man an François' Kopf zwei grössere Blutproben nehmen.

Nachdem es tagelang monsunartig geregnet hatte, schickte der Sommer ein Lebenszeichen und trocknete die angrenzende Wiese. Yvonne und Halm legten sich ins Gras. Sonnenwellen überfluteten ihre Gesichter, Schultern, Arme und auch das Vanilleeis, das sie sich gönnten. Nach all den Tagen im Untergeschoss wirkte der Himmel wie eine fremde, blaue Macht. Yvonnes Kopf ruhte sich auf Halms linker Brust aus, während auf seiner rechten Brust ihre gespreizte Hand lag. Ihre Augen standen offen. Zu viele Gedanken. Beide sagten kein Wort, erneuerten nur hin und wieder die Berührungen und Umarmungen. Wind holte die Samen der Bäume hoch in die Luft. Überall im Himmel blinkten Hubschrauber und stiegen weit höher als das zwölfstockhohe Spital.

Die schneeweissen Wolken im Himmel befanden sich in einer nervösen Unruhe, verformten sich viel zu schnell, skizzierten unförmige Fratzen, die die Mäuler so gierig aufrissen, dass Zuschauer, die später dazu stiessen, keine Mäuler, sondern nur Zwischenräume gesehen hätten.

«Was ist da passiert?», fragte Yvonne, die sich in das sonnengeblendete Gesicht Halms vertiefte.

«Was?»

«Dein Eckzahn! Er fehlt!»

«Ja, das. Das ist zuhause auf der Treppe passiert. Als ich zu dir ins Spital rannte.»

«Held», sagte Yvonne.

In der Neonatologie wurde ihnen mitgeteilt, dass es mit den Blutproben für Prof. Dr. Cooper nicht geklappt habe. Die Luft sei zu warm, das Blut zu schnell geronnen. Man müsse François noch einmal stechen. Sie könnten so lange in den Besprechungsraum, dort warte Dr. Giordano auf sie.

Giordano orientierte darüber, dass man eine Verlegung nach Basel-Stadt plane, ins Kinderspital. Das ist nun die Folge von Yvonnes lautem Protest gegen den Lärm und den Durchzug, dachte Halm sofort. Der Rausschmiss eines hoffnungslosen Falles aus der teuren Neonatologie. Für Yvonne war die Entlassung aus der Intensivstation nichts weniger als der erste Schritt in die Normalität.

Als sie zurückkamen, erfuhren sie, dass auch das zweite Stechen nicht geklappt hatte.

«Leider ist die Vene geplatzt», sagte die Assistenzärztin. François schlief mit todernstem Gesicht. Es gelang an diesem Tag kein einziger Augenkontakt mehr.

71

Ein Shuttlebus des Spitals hatte Yvonne, François und Halm am Morgen vierzig weitere Architekturjahre in die Vergangenheit zurückgefahren. Aus den 70er-Jahren des Kantonsspitals Baselland ins Kleinbasel, in die historische Spitalwelt der 30er-Jahre. Die Zimmer, Gänge und Treppen erinnerten an ein altes Kurhotel. Balkone mit hellblau gestrichenen Holzgeländern zogen sich über die gesamte Fassadenlänge. Dunkelgrün gestrichene Stühle luden zu philosophischen Ausblicken auf den Rhein ein. Grosse, sandfarbene, von Hand kurbelbare Sonnenstoren, verglaste Türen mit lauten Eisengriffen, feine Tüllvorhänge.

Ein Arzt, den Yvonne und Halm bisher nie gesehen hatten, erklärte ihnen, dass man François während zweier Stunden eine Hormoninfusion legen und regelmässig Blut entnehmen werde, um die Wirkung einer ersten Medikamentation zu verfolgen. Es gelte herauszufinden, ob die Zirbeldrüse oder die Nebenniere beziehungsweise die Nierenrinde Probleme mache. Steige der Stereoidenwert an, sei es ein Zirbeldrüsenproblem, im umgekehrten Fall eins der Nebenniere. Gleichzeitig werde man mit einem Katheter den Urin sammeln und laufend kontrollieren.

«Seit zwei Wochen Stiche, Nadeln, Infusionen! Ich will einen Tag lang keine Nadel in der Haut meines Kindes», schrie Yvonne den Arzt an.

«Dann stirbt er», flüsterte Halm.

Zwanzig Minuten später berichtete derselbe Arzt, dass die Infusion am Kopf zwar geklappt habe, nicht aber die regelmässigen Blutentnahmen. Man werde François in der Leiste betäuben und sich dort die nötigen Blutproben besorgen. Vor dem Leisteneingriff dürfe François ausser Tee nichts trinken. Als ihm Yvonne das letzte Fläschchen Muttermilch gab, verschluckte er sich und lief blau an. Halm rannte in den Gang, suchte in allen Zimmern nach der Pflegerin, fand niemanden. Yvonne war über die blaue Gesichtsfarbe so erschrocken, dass sie auch noch zitterte, als die Pflegerin längst Entwarnung gegeben hatte. Yvonne wollte nur noch nach Hause.

Ein Taxi brachte sie nach über vierzehn Tagen zum ersten Mal wieder in ihre eigenen vier Wände. Dort wolle sie schlafen, nichts als schlafen, kündigte sie an. Halm versprach, den Zeitpunkt noch abzuwarten, da François aus der Anästhesie zurück in sein Bett gebracht würde, dann aber nach Huningue nachzukommen. Weil der Saab immer noch in Baselland stand und weil seine Brieftasche leer war, steckte ihm Yvonne drei Zehnerscheine fürs Taxi zu.

Alles dauerte länger. Der Versuch in den Leisten habe nicht geklappt, hiess es, man sei auf ein Röhrchen in der Armbeuge ausgewichen. Nun dauere es zwei bis drei Tage, bis die Resultate ausgewertet wären. Er bat die Pflegerin, ihm ein Taxi zu rufen. François' Mund formte ein O, als wolle er gleich einen Rauchkringel ausstossen. Halm konnte nicht widerstehen, hob ihn aus dem Bett, wiegte ihn, strich rund um den über der Stirn aufgegipsten weissen Vulkan, aus dem ein Schlauch herausführte, und erkannte in den feinen Haaren den Geruch wieder. Diesen Vanillegeruch der ersten Nacht mit diesem Kind auf den Armen. Dann begann der Junge zu schreien. Als ihn die Pflegerin wickelte, sah er François' flüssigen Stuhl. Das Taxi liess auf sich warten. Stattdessen tauchten zwei Ärzte auf und informierten, dass man baldmöglichst ein MRI von François' Gehirn machen werde.

«Es könnte ein Hirntumor sein.»

Die Ärzte und Halm sahen, wie der eingenickte François im Schlaf mit den Füssen eine imaginäre Treppe hochzusteigen versuchte.

«Taxi für Halm», rief die Pflegerin ins Zimmer, als erwähne sie es schon zum dritten Mal. Alle ausser François setzten sich in Bewegung.

72

Sonntag, 13.8.2006:

«liebe yvonne, was du gestern am telefon gesagt hast. deine beschreibung dieses moments nach dem mittagessen, wo du dachtest, die gefühle seien weg, und dass es das vielleicht war mit unserer magischen nacht, und wie dich das in panik versetzte, das hat mich ebenfalls in panik versetzt. aber ist diese panik nicht ein paradoxon? weil, wer speist diese panik mit energie? das kann doch nur unsere liebe sein, die sich wehrt gegen das vergessen ;-)

ps: glaubst du nicht, dass das telefonat mit halm mit deiner gefühlsflaute zu tun hatte?»

«mein liebster. es tut mir leid, dass ich es bis jetzt immer noch nicht übers herz brachte, klare verhältnisse zu schaffen. ich weiss wirklich nicht, wie ich das alles beenden soll. ich kenne mich. je unbeholfener ich mich fühle, desto ungerechter werde ich mich verhalten. im moment weiss ich nur eines: während du mich zum reden und lachen bringst, bringt er mich zum verstummen und weinen. bist du sauer? enttäuscht? hast du mich deswegen heute morgen nicht angerufen? bitte hol es nach! c'est toi, qui m'a fait rire!!! deine stimme fehlt mir, ich bin schon eifersüchtig, dass andere sie hören können!»

«liebe yvonne, heute dachte ich ständig darüber nach, was ich täte, wenn ich dich zuletzt doch wieder an diesen halm verlieren würde. was für eine glücks- und liebesverschwendung wäre das! yvonne, ich verstehe dein zögern. aus der sportpsychologie ist ja ähnliches bekannt. die angst vor dem siegen. im leben entspricht sie wohl der angst vor dem glück. oder ist es mitleid mit den verlierern? lass uns jedenfalls nicht in diese falle gehen. halm ist kein verlierer, er hat frau und kind und haus. jetzt sind wir dran! bitte keine beisshemmungen!»

«mein lieber. siehst auch du, dass diese letzte woche ein traum war? gebastelt aus vorstellungen und wünschen? ich falle gerade aus der siebten wolke, eine kalte faust umfasst mein herz. ich würde am liebsten nur schlafen. ich hoffe jetzt auf die zeit, die über alles einen schleier legt. falls sie diesen service nicht liefert, werde ich mir wohl noch mehr von dem fleur de bière meines bruder genehmigen.»

«liebe yvonne, warte mit dem besäufnis! traum? und die vertrautheit? gebastelt? das glaubst du selbst nicht! das ist doch alles schwarz auf weiss da. vielleicht ist es trotzdem nicht genug, aber das risiko gehe ich nicht ein, dies nach einer woche zu beantworten. glaub mir, wenn ich rauskriege, dass alles nur gebastelt war, bin ich der erste, der weg ist. bei allen wünschen, auf die wir hereingefallen sein mögen, bleibt doch die frage, warum habe ich sie ausgerechnet in dir aufleuchten sehen? und warum bist du gleichzeitig auf mich angesprungen? sag, kann ich dich jetzt noch anrufen?»

«ja, 10 minuten, dann ruf an!»

«mein liebster! danke, dass du meine traurigkeit nicht als bedrohung empfunden hast. dass du am telefon so lieb warst – ganz bei mir. und das schon am anfang unseres weges. ich fahre morgen um 16:04 los und komme dann 19:56 in basel an. holst du mich ab?»

«liebe yvonne, ich hole dich nicht ab. ich entführe dich!»

73

Seit Stunden führte der Rhein schon mokkabraunes Wasser. Die Schweiz hatte wohl ein Unwetter hinter sich, aber Halm sah nicht mehr aus dem Fenster, sondern staunte zusammen mit Yvonne über François, der seit den frühen Morgenstunden medikamentös therapiert wurde. Zum ersten Mal seit seiner Geburt vor achtzehn Tagen hatte er Kraft zu trinken. In der Milch wirbelten Bläschen auf, so stark war das Saugen. Etwas zerknautscht guckte er seine Mutter an, als hätte man ihn zum ersten Mal aus einem unzumutbaren Rucksack geholt, und wenn er dazwischen regelmässig zum Fenster sah, fragte man sich, was ihn dort im Licht interessieren mochte. Halm bemerkte ein Eichhörnchen. Es rannte pfeilschnell an einem Birkenstamm hoch. Aber der Film stoppte mehrmals, und das Tier starrte ins Leere, bis Gott die Play-Taste wieder drückte und dem Baumkätzchen die nächsten Meter Kletterspurt erlaubte.

Nachdem er am selben Tag noch zweimal 30 Milliliter aus eigener Kraft getrunken hatte, entfernte ein deutscher Arzt die Magensonde. Während er den kleinen Schlauch um vier seiner haarigen Finger wickelte, berichtete er, dass der Augenabstrich, den er aufgrund des wiederkehrenden Schleims in François' Augen angeordnet hatte, eine Chlamydien-Infektion aufgedeckt habe. Das müsse mit einer zweiwöchigen Antibiotikatherapie behandelt werden. Ansonsten könne François erblinden oder eine Lungenentzündung bekommen. Yvonne, die den Schleim schon vor Tagen angesprochen hatte, immer aber vertröstet worden war, lobte den Arzt für seine Aufmerksamkeit, liess ihn mit ihren Augen gar nicht mehr los. Der geschmeichelte

Mann lehnte daraufhin seinen Rücken gegen die Tür, als wolle er seine Kollegen aussperren, und legte, während es draussen donnerte, noch einen drauf.

«Übrigens hatte Ihr Sohn nie einen Leistenbruch.»

«Was?»

Die Ausstülpung, die dafür gehalten wurde, sei einem nicht abgesenkten Hoden geschuldet. In ein paar Monaten könne dies mit einem Routineeingriff problemlos behoben werden, im Moment eile das gar nicht.

«Was?», rief Yvonne noch einmal.

«Aber der Operationstermin für den Leistenbruch steht schon fest!», sagte Halm.

«Nur zufällig hat man ihn verschoben!», rief Yvonne.

«Wegen des Salzverlusts!», sagte Halm, dessen Haare plötzlich nach oben wehten. Er schloss die Terrassentür, und sogleich peitschte ein Platzregen den Steinboden und die Gartenstühle aus. Halm hielt noch einmal Ausschau nach dem Eichhörnchen. Das Licht verdunkelte sich, und Yvonne schaltete das Deckenlicht ein. Die Neonröhre flackerte etwas zu lange und stahl einem Blitz die Show, dann herrschte im Zimmer ein gespenstisches Mischlicht, und in dieses trat ein weiterer Arzt, den weder Yvonne noch Halm je zuvor gesehen hatte. Dr. Zielmann. Er schüttelte Yvonne und Halm und seinem deutschen Kollegen nacheinander die Hand und wartete, bis auch zwei weitere Ärzte noch das Zimmer betraten.

Zu fünft standen sie nun um eine Yvonne herum, die François, als wären damit schlechte Nachrichten zu vertreiben, den Hinterkopf streichelte. Die vordere Hälfte des Kopfs war seit dem Festgipsen der Infusion immer noch kahl rasiert.

Dr. Zielmann fasste den Stand der medizinischen Ermittlungen und der eingeleiteten Medikamententherapie übersichtlich zusammen und machte unter anderem seinen Standpunkt gegenüber Prof. Dr. Cooper klar.

«Ich glaube nicht an seine These. Genetisch ist da nichts.»

Zielmanns Mundwinkel wirkten siegessicher. Erste Testresultate, die er zitierte und ausführte, gaben ihm Recht. Und tatsächlich liessen sich von diesem Tag an Dr. Giordano und Prof. Dr. Cooper nicht mehr blicken.

74

«mein liebling! zwei nachrichten. eine gute, eine schlechte. die gute: halm hat sich nicht mehr gemeldet. die schlechte, du kannst mich heute doch nicht küssen – habe grade viiiel knoblauch gegessen zum mittag ;-)»

«amüsante yvonne. glaubst du wirklich, du kannst mich mit knoblauch in die flucht schlagen?»

Der Zug aus Lyon hatte nur vier Minuten Verspätung. Vor lauter Nervosität hatte ich die letzten zwei Stunden nach der Knoblauch-SMS die Finger von meinem Handy gelassen, was Yvonne irgendwann störte.

«die totenstille vor dem sturm? achtung, das phantom lauert mir auf ;-)»

Yvonne war noch schöner, als ich sie in Erinnerung behalten hatte. Das überraschte mich. Ich war mir sicher, mein Liebeswahn würde sie in diesen sechs Tagen hoffnungslos verklärt haben. Mit dem alten Peugeot meiner Tante fuhren wir nach Huningue. Die Müdigkeit, die sie in ihrer SMS angekündigt hatte, schien verflogen. Zuhause schälten und kochten wir grüne Spargeln und feierten ihren Geburtstag nach. Vor dem Kaffee überreichte ich ihr das Paket mit dem zarten, dunkelblauen, weiss gepunkteten Sommerkleid. Es passte ihr zwar, an den Stil müsse sie sich aber erst noch gewöhnen. Ich versprach umgehend Ersatz, aber sie wollte es behalten. Weil es das erste Geschenk sei, das ich ihr gemacht hatte.

«Hast du auch einen Wunsch?», fragte sie und schaute mich dabei so belustigt an, als klebte auf meiner Nase eine Pointe.

«Einen Wunsch? Warte ...»

«Irgendetwas, mit dem ich dich beglücken kann?»

Ich studierte ihren geheimnisvoll gut gelaunten Blick. «Ich will endlich deine Brüste sehen.»

Yvonne befahl, dass ich mich hinlegen sollte, stellte sich selber in die entfernteste Zimmerecke, atmete einmal aus und ein und zeigte die Konzentration einer Turnerin, die ausmass, ob die kurze Wegstrecke, die uns trennte, für zwei Räder plus Salto reichte.

Gegen vier Uhr morgens meinte ich ironisch, dass ich jetzt dann wohl mal fahren werde.

«Nur über meine Leiche, du bleibst, ich will auf deiner Brust einschlafen!»

«Ich soll hierbleiben? Du hast nicht mal Kabelanschluss, nur diese kaputte, rostige, alte Antenne da am Fenster!»

«Rost ist doch romantisch!»

«Nein, nein, für ein einigermassen inspirierendes Filmprogramm empfehle ich dringend Kabelanschluss. Oder wir kaufen uns zusammen einen DVD-Player.»

«Und was wird aus der Antenne?»

«Lass die Halm abschrauben, falls er hier nochmals aufkreuzt.»

«Schwein!»

«Entschuldige!»

Yvonne entschuldigte nicht und lag eine Weile nachdenklich in meinen Armen. Ich wechselte das Thema.

«Yvonne, ernsthaft. Erklär du mir, was das sein könnte? Was ist da los? Obwohl du's leider nicht bist, fühlst du dich an wie meine erste Liebe!»

75

Der erste Spaziergang mit Kinderwagen. Nach wenigen Schritten in der Fussgängerzone begann François zu schreien und beruhigte sich erst, als Yvonne mit dem Kinderwagen das Kopfsteinpflaster erreichte. Das machte doppelt Sinn, dachte Halm. François bekam sein gewünschtes Rüttelprogramm, und in den mittelalterlichen Wohngassen war die Wahrscheinlichkeit, einen Arbeitskollegen, eine von Violas Freundinnen, oder gar Viola selbst zu treffen, verschwindend klein. François spähte aus dem Wagen, die himmelblaue Mütze bis an die Nasenwurzel heruntergezogen. Der Schild seines Schnullers bedeckte fast die ganze untere Gesichtshälfte. Vor einem nur kopfhohen Hauseingang legten sie eine Pause ein. Yvonne hatte Unterleibsschmerzen, und Halm betrachtete den sakralen Steinrahmen über dem Hauseingang. Ein doppelter Chorbogen nannte die Jahreszahl 1573. Die Zahlen wurden flankiert von zwei in Stein gehauenen Köpfen. Links ein Mann, dessen langer Bart aus der gemeisselten Einfassung herausbaumelte, rechts eine Frau, deren langes Haar aus der Vertiefung herauswehte. Eine dunkelgrüne, massive Holztür sass schief in ihrer Verankerung. Womöglich war sie von den zahlreichen Basler Erdbeben Stoss für Stoss aus dem Lot gebracht worden. Aus den Türsockeln waren mehrere Mörtelbrocken gebrochen. Um Yvonne aufzuheitern, kitzelte Halm den Steinbart des Männerkopfes.

«Ohne Unterleib werden die beiden Verliebten hier aber nie ein Kind zeugen», sagte er.

«Natürlich können die Kinder bekommen. So viele sie wollen. Das sind schliesslich Bewohner des Elfenbeinturms!», sagte Yvonne, gereizt von ihren Schmerzen.

«Was?»

«Kinder eines Künstlers. Eines Bildhauers. Und so einer kann ihnen aus jedem Stein ein Kind machen, wenn er will.»

«Wenn du es sagst.»

«Ich sage es.»

Und weil er daraufhin nichts mehr sagte, küsste sie Halm, der in den letzten Wochen selber bärtig geworden war, so kurz und endgültig auf die Nasenspitze, wie man ans Ende eines Satzes einen Punkt setzt.

76

Auf der Rückbank verkeilten sich fünf schwitzende Finger in fünf trockene. Seit 45 Minuten notierte sich Halm auf der Rückseite einer Bedienungsanleitung für einen Elektrogrill die Abstände zwischen den Wehen. Das Taxi bremste hart, Yvonne jammerte, die Fahrerin nahm den Zeigefinger zwischen die Zähne. Auf dem Fussgängerstreifen störte der Kerl aus Yvonnes Wohnung, François' mutmasslicher Vater. Er versuchte seelenruhig die Strasse zu überqueren. Um ein Haar hätte ihn der Wagen am Schienbein erwischt. Wie ein Verbrecher, der selber zwar nicht gesehen werden wollte, trotzdem aber nicht wegschauen konnte, starrte Halm durch die Windschutzscheibe diesen verfluchten Kerl an.

«Was zum Teufel will mir der Zufall ausgerechnet jetzt mit dieser Visage sagen?», dachte Halm. Die Visage betrachtete, während sie sich langsam von einem Scheinwerfer zum anderen bewegte, die Motorhaube des Taxis, als stünde dort etwas geschrieben. Dann endlich, freie Fahrt. Die Fahrerin gab Gas. Und Halm sah durchs Rückfenster, wie der Kerl auf dem Mittelstreifen stehen geblieben war und mit einem Taschentuch seinen Nacken trocknete. Yvonne, die bereits Angst vor der nächsten Wehe hatte, wollte wissen, ob der verrückte Fussgänger da auf der Strasse, ob das nicht Halm gewesen sei.

«Ich sitze doch hier! Das war der Vater deines Sohnes, verdammt! Der Vater deines Kindes, nicht ich!»

Halm schrie und begriff nicht, warum Yvonne alles falsch auffasste, entdeckte aber, dass er in diesem Taxi ja selber ganz falsch war. Halms Verwirrung wurde so verzweifelt, dass er erwachte.

77

Es war unser erster gemeinsamer Ausflug, seit Yvonne ihren Halm vor einer Woche beim Kembser Stauwehr einfach bei den Bunkern und schweren Holztischen zurückgelassen hatte. Und es war harte Arbeit, ihr das schlechte Gewissen auszureden.

«Ich wollte nur noch weglaufen!»

«Ja, dein Bauch ist weggelaufen. Ein Bauch hat immer Recht.»

«Aber vielleicht auf Französisch hätte ich die Worte gefunden!»

«Halm weiss auch auf Baseldeutsch, dass er's verbockt hat. Wenn Gras drüber gewachsen ist, könnt ihr euch aussprechen. Wir sind zwar keine Kinder mehr, aber Beine haben wir immer noch. Wir können laufen. Hin zum Glück.»

«Du nimmst mich nicht ernst.»

«Todernst. Halm hätte dich ganz anders in sein Leben einführen müssen. Ich weiss nicht. So wie Maurice Pialat im Vorspann von ‹À nos amours› Sandrine Bonnaire einführt. Vor einem dunklen Meer an der Bugspitze eines Schiffs im weissen Sommerkleid. So hätte er dich in sein Leben einfahren lassen sollen. Dazu Purcells ‹Cold song›. Das nenne ich Auftritt, das nenne ich Liebeserklärung!»

«Du machst dich über mich lustig!»

«Ich versuche, dich aufzuheitern!»

«Wie hast du mich denn in dein Leben eingeführt? Du hast mir vor der Haustür aufgelauert wie ein Perverser!»

«Falsch, ich habe dich empfangen, empfangen vor deinem eigenen Haus, wie ein Gastgeber der Aussenwelt!»

«Hör jetzt auf!»

Die unumgängliche Aussprache mit Halm stand immer noch aus. Wenn ich sie zum Lachen brachte, rechnete ich mir Chancen aus. Yvonne sprach dann auch tagelang nicht mehr von Halm. Stattdessen überfiel sie mich mit Ideen für gemeinsame Ausflüge und Reisen.

Für den 10. September hatte sie mir Angelunterricht an einem ihrer Lieblingsplätze angekündigt. Einem See beim elsässischen Dorf Courtavon. Mit dem Wagen fuhren wir gleich nach dem Frühstück los, die Sonne knallte so sommerlich, dass wir die ganzen 35 Kilometer mit offenen Fenstern zurücklegten, den geräumigen Kofferraum voll mit Eimern, Sieben, Fischfutter, Gummistiefeln, Taschen und Köfferchen und Yvonnes Angelrute. In den See ragte ein langer Holzsteg, das Wasser schimmerte in der Farbe grüner Oliven, und der Himmel hatte sich freundlicherweise ein paar weisse Wolken besorgt, um uns nicht ununterbrochen zu blenden. Während ich die Weinflaschen ins Wasser legte und mit Steinen sicherte, begann sie, mit einem Wallholz ein Toastbrot flach zu pressen, und stanzte mit einem gelben kurzen Stift …

«Bread Punch!»

«Was?»

«Kein Stift, ein Bread Punch ist das!»

«Entschuldigung!»

Und stanzte mit einem gelben Bread Punch aus dem Toastbrot stabile Brottaler, die sie dann mit grossem Ernst einen nach dem andern an ihren Haken befestigte. Mit diesen einfachen Brotködern fischte sie prompt mehrere Rotaugen, die sie nacheinander begrüsste, mit Fantasienamen taufte und zurück in den See warf.

«Süss, nicht? Die gehören zur Familie der Karpfenfische.»

«Interessant, Schatz, aber warum wirfst du sie ins Wasser, ich hab Hunger!»

«Die willst du nicht essen, die haben tausende feine Gräten, da weiss ich was Besseres, wart's ab.»

Stolz zeigte sie mir eine neue, englische Methode. Sie spiesste mit geschickten Fingern einen halbierten Regenwurm auf einen Spezialdraht, mit dessen Ende sie ein Gummiringlein dehnte und den Regenwurm auf dieses langgezogene Ringlein hinüberfädelte. Jetzt liess sie den Gummiring aufschnellen, so dass er den Wurm von innen aufspannte. Diesen Köder brachte sie unterhalb eines Öhrenhakens an und warf ihn aus.

«Bravo!»

«Nicht wahr? Die Rotaugen knabbern zwar am Wurm, kriegen ihn aber nicht weg, denn auf dem satten Gummiring hält er ihren Bissen stand. Nur die grossen Brassen schaffen es, den Wurm abzulutschen. Tja, und dabei verfangen sie sich an meinem Haken.»

«Du bist ja bösartig!»

Schon nach ein paar Minuten erkannte Yvonne am grösseren Ausschlag der Rute prompt, dass es sich nicht mehr um Rotaugen handeln konnte.

«Wetten, der ist länger als dein Bizeps!»

Sie zog ihn vor unseren Füssen ans Ufer und fischte ihn mit ihrem Unterfangkescher aus dem Wasser. Mit der Hand hob sie ihn in die Luft und bat mich, sie genau jetzt, in dieser glücklichen Sekunde, zu fotografieren. Die Hand mit dem typischen Brassenschleim drohte sie mir lachend ins Gesicht zu drücken, stattdessen aber küsste sie mich mit weit vom Körper weggestreckten Armen.

Den frischen Fisch brieten Yvonne und ich auf einem kleinen Picknickgrill, beträufelten ihn mit halbierten

Zitronen, tranken gekühlten Weisswein, brachen uns Stücke von einer langen Baguette ab und trennten im Mund die Gräten vom Fisch.

«Hast du viele solcher Tricks auf Lager?», wollte ich wissen.

«Einen ganz fiesen sogar. Aber hier ist er nirgends erlaubt. Die Fischbestände müssen geschützt werden.»

«Muss oberfies sein.»

«Und ob!», sagte Yvonne und leckte sich die Finger. «Pater noster heisst er», lachte sie.

«Herrgott!»

«Nein, pass auf! Mehrere übereinander hängende Haken an einer einzigen Schnur. An jedem Haken ein Köder und ganz unten ein Pilker.»

«Natürlich!»

«Ein lackierter Metallfisch, so einer wie die da in meinem Köfferchen. Wenn ich das Ganze durchs Wasser ziehe, fürchtet zum Beispiel der Karpfen, da fresse ihm jetzt einer gleich drei Leckerbissen vor der Nase weg. Das weckt seinen Futterneid und er schnappt zu.»

Mit heimlichem Entsetzen schaute ich auf Yvonnes verschmitzte Mundwinkel und fragte mich, ob sie mich mit diesen metapherntrüchtigen Details wirklich so unschuldig quälte, wie es den Anschein machte, oder ob sie die Anspielung auf unsere Situation beabsichtigte.

«Und warum heisst das ‹Pater noster›?»

«Keine Ahnung? Magst du Charentais-Melonen?»

Nach dem Essen machten wir einen Spaziergang durch den schattigen Wald mit dem Bächlein, wo unter unserem Gewicht eine Holzbrücke einbrach. Als die Hitze selbst in den Wald eindrang, zogen wir uns bis auf die Unterwäsche aus, kehrten an den See zurück und sprangen ins Wasser. Die meisten Ausflügler hier waren Angler oder Gäste des Campingplatzes, die sich am Ufer sonnten oder auf Tretbooten den See durchkreuzten. Yvonne und ich waren die Einzigen, die sich Mitte September noch ins Wasser wagten. Es war herrlich klar, erstaunlich warm und dickflüssiger als der Rhein. Das Wasser trug und massierte uns. Meine Yvonne strahlte mich an, wie mich noch nie ein Mensch angestrahlt hatte. Kein Wunder war Halm überfordert. Man muss ihre Liebe genauso freudig erwidern können, sonst ertrinkt man.

Nach ein paar Rückenschwimmübungen, inklusive schwebenden Innehaltens und konzentrierten Betrachtens ihrer aus dem Wasser ragenden Zehenspitzen, hatte sie Lust auf Weltbetrachtung.

«Weisst du, ich habe mich immer gefragt, was das eigentlich ist, ein Orgasmus? Du auch? Sicher kann ihn die Poesie besser erklären als die Wissenschaft. Also ich glaube, dass es so ist:» Lächelnd holte sie Atem und zog ernst die Augenbrauen herunter. «Pass auf! Beim Sex verwandeln sich alle Hirnzellen in kleine Fischmünder.»

«Fischmünder?»

«Münder! Statt Hirnzellen sind da plötzlich Abermilliarden von Mundhöhlen. Hast du das Bild? Und beim Orgasmus werden die alle gleichzeitig mit zuckersüssem Honig geflutet, und dein Hirn schmilzt. Glaubst du auch?»

Die Luft blieb bis nach zehn Uhr warm. Yvonne und ich lagen auf unserer Decke und besprachen das Universum und die Menschen und unsere Augenfarben, unsere Hände und den möglichen Zweck dieser zehn aufgehenden milchigen Monde unter unseren Fingernägeln, ihre und meine

Kindheit und unsere Träume. Ich schaute zu, wie Yvonne vor mir tanzte, wie sie schamhaft die Hände vors Gesicht schlug, weil sie von ihrer ersten Verliebtheit erzählte und wie sie ihre Haare hinter die Ohren presste und fragte, ob mir eine solche Frisur gefallen würde. Ich zog meinen Unterkiefer zurück, biss mit den Schneidezähnen über die Unterlippe, als wollte ich mein eigenes Kinn abbeissen, und fragte sie mit einem skurrilen Sprachfehler, wie ihr diese Zahnkorrektur gefallen würde. Sie lachte, liess ihre offenen Haare zurück übers Gesicht fallen, und wir nahmen uns in die Arme, wie zwei Menschen, die schon in absehbarer Zeit in der Lage wären, sich gleichzeitig gegenseitig hochzuheben und ins Paradies zu tragen, ohne je wieder Boden zu berühren. Stattdessen war am Abend dann überall nur noch Blut.

78

28 Tage nach seiner Geburt wurde François aus dem Kinderspital entlassen. Erst in der Rue du Fort fanden Yvonne und Halm einen Parkplatz, denn in Huningue war der Teufel los. François' Entlassung fiel mit dem Eröffnungsfest der neuen ‹Passerelle des trois pays› zusammen. Das ganze Städtchen war auf den Beinen und feierte die hier endlich wieder mögliche Rheinüberquerung. In unmittelbarster Nachbarschaft von Yvonnes Haus, das hinter dem Baugerüst bereits die alte Vanillefarbe verloren hatte, hob die angeblich längste Fussgängerhängebogenbrücke der Welt vom Ufer ab und flog an ihren Drahtseilen Richtung Deutschland. Ein aufgedrehter Nachbar mit Freundin im Schlepptau umarmte Yvonne auf einmal von hinten und schaute ehrfürchtig in den Kinderwagen. Dort blinzelte ein kleiner Junge ins Tageslicht, als hätte er Kopfschmerzen. Auf Halm warf der Nachbar während des folgenden Wortwechsels merkwürdig kameradschaftliche Blicke. Später forderte er Yvonne auf, die Brücke sogleich mit ihrem Kinderwagen auf ihre Tragfestigkeit zu testen. Yvonne schüttelte den Kopf. Sie sei doch lange vor der Eröffnung, schon im Januar, über die Brücke gegangen. Wie er selbst, sei doch auch sie damals eine der rund 400 Freiwilligen gewesen, die das Schwingverhalten der Brücke testen durften.

«Ich war im fünften Monat und schon damals kreidebleich, Michel. Weisst du nicht mehr?»

«Jaaa!», rief der Nachbar jetzt übertrieben laut, lachte und stellte plötzlich auch seine Freundin vor.

«Das ist Catherine. Aus Marseille.»

«Es tut mir so leid. Mein Glück hat dich deine Katze gekostet», sagte diese Catherine als Erstes und hatte sofort

Tränen in den Augen. Michel lachte beschämt und Yvonne fasste sie tröstend an die Schulter.

Nun wurde Halm von Michel darüber aufgeklärt, dass diese neue Brücke genau an der Stelle läge, wo sich die alte Schiffsbrücke befunden habe. Bis zu dem Tag, da die Amerikaner sie weggebombt hätten. Brückenhistorisch sei die Nachkriegszeit erst mit dem heutigen Tag beendet.

«Aha», machte Halm.

«63 Jahre Nachkriegszeit sind doch Wahnsinn!», warf Michel in die Unterhaltung zwischen Yvonne und Catherine ein und liess ein komplett identisches Lachen erklingen. Dieser Michel, fand Halm, wirkte über die Brücke auf so mechanisch soldatische Weise glücklich, als hätte er soeben selber den Zweiten Weltkrieg definitiv beendet. Endlich zog er dann mit seiner provenzalischen Freundin weiter.

Angesteckt von der Festlaune machte Yvonne Halt bei einer Bäckerei, um Kuchen und frisches Brot zu kaufen. Im überfüllten, engen Innenraum mit elektrischer Kaffeemühle begann François so sehr zu schreien, dass Halm mit dem Kinderwagen fluchtartig die Bäckerei verliess. Am Himmel sah er hunderte Gasballons. Vom französischen Ufer hatte man Schwarze, Rote und Gelbe, vom deutschen Ufer Blaue, Weisse und Rote aufsteigen lassen, sie drehten sich im Wind ineinander. Die Roten klar in der Überzahl, aber sie stiegen so hoch, dass sie ihre Farbe verloren. Weil François auch unter dem gepunkteten Himmel weiterschrie und Yvonne hoffnungslos in der Kundenschlange feststeckte, eilte Halm die Strasse schon zurück, bis er vor dem renovierten, schneeweissen Wohnblock stand. Weil François entschlossen war, auch den kinderlosen Spielplatz in Grund und Boden zu schreien, flüchtete sich Halm ins Treppenhaus, nahm den Jungen schliesslich aus dem Wagen und trug ihn, in der Hoffnung, die Treppenstufen würden beruhigen, alle vier Stockwerke hoch. Weil Yvonne weiterhin auf sich warten liess, öffnete er mit ihrem Schlüssel die Tür und versuchte François im Schlafzimmer zu beruhigen. Ein Fehler, denn nach fast einem Monat Martyrium hatte Yvonne ihre Wohnung unbedingt gemeinsam mit François betreten wollen. Er hatte einen heiligen Moment zerstört. Statt Freude herrschte plötzlich Traurigkeit. Halm entschuldigte sich, erklärte Yvonne seine Überforderung mit dem Weinen, aber es wurde ihm bewusst, dass er hier nichts verloren hatte.

Er beschloss, noch am selben Abend zu Viola zurückzufahren und herauszufinden, ob ihn seine Ehefrau vermisste oder verfluchte. Mit Sicherheit stand er auf der Vermisstenliste der Polizei. Yvonne schwenkte um auf Versöhnung, suchte aus ihrem Schrank ein paar Männerkleider. An der Garderobe hing noch meine Sommerjacke, und so kam Halm seit Wochen zum ersten Mal aus den im ‹Bâlantis› gekauften, stinkenden Klamotten.

«Begleite mich noch den morgigen Tag. Bitte. Diesen einen Angsttag noch. Dann bist du frei. Versprochen. Egal, was ich dann weiss», sagte Yvonne.

Die erste Nacht zuhause schlief François bis halb vier Uhr morgens. Seine Hand hielt er an seine Wange, die andere bildete eine leicht geöffnete Faust, bei der der Mittelfinger den Daumennagel berührte. Eine Geste, die sagte:

«Jetzt bitte nicht stören, ich habe meine Privatsphäre entdeckt.»

Ab halb vier aber quälten François unbekannte Beschwerden. Halm und Yvonne trugen ihn abwechselnd im Kreis herum, flüsterten und summten. Ausgerechnet Jean-Claudes

CD mit den irischen Volksliedern erwies sich als Wundermittel.

I'll never be a man again.
There's not a bit of all me hide
The sun'll ever tan again
Since Molly's gone and left me
Here alone for to die.
The place where my heart
Was you'd aisy rowl a turnip in.

79

Eine übereifrige Elternbetreuerin aus Frenkendorf, mit blauem Brillengestell, glaubte, sie müsse sich lückenlos um Yvonne und Halm kümmern, aber mit ihrer einstudierten, ehrenamtlichen Fürsorglichkeit ging sie auf die Nerven. Zudem dockte sich eine junge, unerfahrene Praktikantin an, warf Blicke, als lernte sie für einen Schulvortrag. Yvonne war nach Ruhe, nicht nach Konversation, und auch nicht nach einem Tag der offenen Tür. Sie trug den weinerlichen François eine ganze Stunde unaufhörlich im Kreis herum. In diesem einen Zimmer, dessen Wände bedeckt waren mit unheimlichen Kinderzeichnungen. Nach einer Ewigkeit liess sich die Anästhesistin blicken. An François' Fuss wurde eine Infusion gelegt, am Arm ein kleiner Wasserhahn aus durchsichtigem Plastik montiert. Schliesslich rollte man das Kind in den Magnetresonanz-Imaging-Raum, wie ihn die Anästhesistin, der Praktikantin zuliebe, gleich mehrmals wortgenau benannte. Yvonne und Halm wurden in die Kantine geschickt. 36 Minuten sollte das MRI dauern. Nach exakt 36 Minuten tauchte die Elternberaterin in der Kantine auf, lächelte und sagte, es sei so weit. Aber im Aufwachraum von François keine Spur. Yvonne und Halm warteten noch einmal eine volle Stunde.

Das MRI sei einmal ausgestiegen, und François habe sich trotz Narkose bewegt, erklärte eine Pflegefachfrau. Zudem habe man sich entschieden, gleich noch Bilder der Niere zu machen.

François schlief neben einem kopfgrossen Marienkäfer. Ein Plastiktrichter blies ihm Sauerstoff gegen die Nase.

Das zerknautschte Gesicht war zwischen der hellblauen Mütze und dem dicken Laken kaum zu erkennen. Die Pflegefachfrau steckte ihre Hand unter das Laken und massierte unaufhörlich François' Brust, bis die Anästhesistin zurückkehrte. Sofort zog diese links und rechts des Bettchens teleskopartige Stangen mit Plastikvorhängen aus und verkündete erste Erkenntnisse. Die Ursache für François' Leiden sei kein Hirntumor. Für ausführliche Informationen stünde ihnen am späten Nachmittag Dr. Zielmann zur Verfügung. Bis dahin müsste er sich mit allen am Fall beteiligten Spezialisten über die MRI-Bilder beraten haben.

Punkt 17 Uhr empfingen vier Ärzte Yvonne und Halm in einem Besprechungszimmer voller herumliegender Patientenakten. Zielmann sagte:

«Sie haben kein behindertes Kind. Alles, was François fehlt, kann substituiert werden. Allerdings lebenslänglich.»

Im Treppenhaus presste Yvonne Halm an sich.

«Was will uns die Natur mit alledem sagen?»

«Vielleicht hat sie einen Hubschrauber gebastelt», sagte Halm.

«Du brauchst Schlaf, Loulou.»

«Wir alle.»

«Jetzt ist alles gut.»

«Ja!»

«Ich weiss, du wolltest dich damals entschuldigen. Die letzten vier Wochen waren mehr als eine Entschuldigung», flüsterte Yvonne.

Nach immer neuen Variationen von Drücken, Packen, Pressen, Halten und Umarmen begann in Halms Kopf eine Kompassnadel verrückt zu spielen, klapperte alle

Himmelsrichtungen ab, auf der Suche nach einem Weg zu Viola und Philip, den er nun einschlagen könnte, während seine Arme weiterhin nur Yvonne umschlangen.

80

Von weitem sah Halm das karottenfarbene Dach seines Einfamilienhauses leuchten. Vom schlechten Wetter geschmacklos lackiert. Halm parkte auf der gegenüberliegenden Strassenseite in sicherer Entfernung. Er wollte Viola nicht schon durch das Knirschen der Kieselsteine in der Einfahrt hellhörig machen. Vier Wochen waren seit seiner letzten SMS verstrichen. Die Ausrede mit dem in Not geratenen, suizidgefährdeten Arbeitskollegen war erbärmlich. Höchstens hätte Viola nach ein paar Tagen vermuten können, Halm selbst sei dieser suizidgefährdete Mensch und schlage sich, im Auto übernachtend, irgendwo bettelnd durch Südfrankreich. Durchgefüttert und beherbergt von Zufallsbekanntschaften und Wohltätern. Eine tägliche Gratwanderung zwischen letztem Lebensmut und versuchten Selbsttötungen. In diesem Fall wäre Viola die letzten Wochen von schlimmsten Sorgen erfüllt gewesen und mit Sicherheit in ständigem Kontakt mit der Polizei gestanden. Welche Erklärungen sie sich auch immer zurechtgelegt haben mochte, einem einfachen Papierwarenhändler wie Halm würde die Imaginationskraft fehlen, nachträglich und über vier Wochen, eine überzeugende Geschichte zusammenzuschustern und mit nichts als purer Fantasie alle Nachfragen zu parieren, bis auch noch der hinterste Winkel seiner Lüge überzeugte. Allerdings. Was in der sogenannten ‹Richtigkeit› geschehen war, das wäre Viola und Philip beim besten Willen nicht zu vermitteln. Halm glaubte es sich selber kaum. Darum wollte er jetzt einfach nur auftauchen und seinen Sohn und seine Frau in die Arme schliessen. Zeit finden. Er hoffte, das Glück, dass er zurück sei, erschiene den beiden grösser als der Wunsch nach Aufklärung. Ein vorbeifahrendes Fahrrad, das mit einer aggressiven Kursänderung auf den Gehsteig wechselte und mit dem Gepäckträger klirrte, erschreckte Halm.

Viola war zuhause. In der Küche brannte Licht. Auch im Kinderzimmer. Keine Minute wollte sich Halm mehr herausnehmen, keinen Umweg mehr erfinden. Jede weitere Sekunde, die Viola und Philip in Ungewissheit über seinen Verbleib liess, war eine zu viel. Im besten Fall würde er sie umarmen, dann sähe er ihr vorwurfsvolles Gesicht nicht. Halm war ja nichts zugestossen, das zu einer Verteidigung taugte. Kein Verkehrsunfall, kein Nervenzusammenbruch, kein Amoklauf, nichts. Er war nur Halm.

Seine Hand drehte den Schlüssel, es klackte die Mechanik. Die Tür war nicht weit genug geöffnet, um eintreten zu können, da hörte er sie schon im Gang. Er stiess die Tür auf. Viola war wunderschön, aber verwandelt. Sie trug einen schwarzen Rollkragenpullover. Die Haare mit einer dicken Plastikspange hochgesteckt. Auf der Nase eine rote Metallbrille, die Halm noch nie gesehen hatte. Philip stand auf der untersten Treppenstufe und trug nur einen Turnschuh. Vier Augen sahen Halm an. Keine Träne, kein Vorwurf, kein Fluchen, keine Frage. Nur Blicke. Auch Philip rührte keinen Finger, schwieg wie seine Mutter. Die beiden standen da und warteten, dass Halm das Rätsel, das ihnen ungerechterweise gestellt worden war, löste. Am besten mit einem einzigen Satz, der so viel Gewicht auf die Waage brachte, wie vier Wochen Ungewissheit. Halm legte den Schlüssel auf die Kommode, neben fünf Matchbox-Autos, die in eine katastrophale Karambolage verwickelt waren.

«Es tut mir leid.»

Zu seiner eigenen Überraschung stimmte der Tonfall. Halms Stimmbänder gaben perfekt seine Erschöpfung wieder. Jetzt würde alles gut werden, dachte Halm.

«Mein Vater ist tot», sagte Viola.

81

HALM:

Ich musste mich finden, das war es.

VIOLA:

Finden?

HALM:

Finden. Ich war fertig, ich habe nichts mehr empfunden für uns drei, ich musste mich finden!

VIOLA:

Männer müssen sich immer finden. Sie machen sich über die Spiegel in unseren Handtaschen lustig und bräuchten selber welche! Dann würden sie sich vielleicht mal leichter finden! Hey! Da! Dieses fantastische Gesicht, das da genauso fantastisch guckt, wie ich grade selber fantastisch gucke, das bin ja ich!

HALM:

Hör auf, Schatz, ich habe viel nachgedacht all die Tage.

VIOLA:

Ich nicht. Ich musste meinen Vater beerdigen. Und danke, dass du mir geholfen hast, ‹Schatz›.

HALM:

Wenn ich's gewusst hätte.

VIOLA:

Deine Mailbox hat's gewusst, dein SMS-Speicher hat's gewusst.

HALM:

Der Akku war leer.

VIOLA:

Was hast du nachgedacht?

HALM:

Komplizierte und traurige Dinge. Zum Beispiel, dass ich eigentlich immer einsam war. All die Jahre, trotz dir und Philip und allen.

VIOLA:

Einsam.

HALM:

Am einsamsten, wenn ich mit dir geschlafen habe.

VIOLA:

Igitt! Hör sofort auf, meine Filme zu zitieren! Und dann erst noch Wim Wenders' Jugendsünden. Ewig dieser einsame Steppenwolf-Männerscheiss! Weder im Mutterbauch noch bei der Geburt, noch in der Schulklasse, noch in den ersten Beziehungen muss irgendeiner einsam sein. Immer sind da Menschen, Eltern, Kollegen, Lehrer, helfende Arme, überall! Und immer ist da die Möglichkeit, sich mit den Gleichgesinnten und Hilfsbereiten zu vernetzen. Man muss die Hilfe nur annehmen, das Vertrauen fassen. Vertrauen! Das tägliche Abenteuer Mensch, Halm! Menschen sind toll, aber weisst du, was das Problem ist? Vor allem ihr Ehemänner seid zu feige für das Vertrauen! So lange, bis man es euch entzieht, und sich stattdessen einen Liebhaber nimmt!

HALM:

Ich meine nur, zum Beispiel die Geburt. Der erste Mensch, den wir sehen, schneidet uns die Nabelschnur entzwei! Wem soll man danach noch vertrauen?

VIOLA:

(lacht laut) Drum bleibt ihr Männer diese Muttersöhnchen und werdet Faschisten! Weil ihr alle in der Nabelschnur das Paradies, statt die Fessel seht. Da sind wir Frauen einfach pragmatischer, wir wissen, wann ein Bauch zu eng, wann die Nabelschnur zur Leine wird. Zehn Sekunden

nach der Geburt sind Mädchen reif und frei und durchschauen das. Die Schere an der Nabelschnur, das ist ein Akt der Befreiung. Für euch Männer ist es das Attentat eines Fremden, die Geburtsstunde des Fremdenhasses! Und die Sehnsucht nach dem Führer mit der Hundeleine.

HALM:

So haben wir Jahre nicht mehr miteinander geredet.

VIOLA:

Eben.

HALM:

Und jetzt?

VIOLA:

Was ist mit deinem Gebiss passiert?

HALM:

Wie gesagt, ich habe nachgedacht.

VIOLA:

Du hast dich seit Jahren in ein schlecht gedrehtes Schneckenhaus verkrochen. So funktioniert die Ehe nicht. Der Mensch ist nichts ohne den Menschen – sagt Truffaut.

HALM:

Wir leben, wie wir träumen, allein – sagt Joseph Conrad.

VIOLA:

Seit wann kennst du Joseph Conrad?

Ein Knall im Kinderzimmer beendete das Theaterstück. Philip hatte mit einer Papierschere das Stromkabel seiner Nachttischlampe durchgeschnitten. Die beiden Scherenklingen zeigten einen schwarzen Russfleck. Die Sicherung war rausgeflogen. Philip sass am Boden und staunte über das Kabel und die Wut und Angst seiner Eltern. Halm brüllte geschockt, Viola nahm Philip in die Arme, als wäre er aus einem Zug gefallen.

«Ohne den Plastikgriff wärst du jetzt tot! Was sollte das werden?»

Philip wusste keine Antwort.

«Überhaupt gehört diese Schere gar nicht in dein Zimmer!», schrie Halm. Erst jetzt bemerkte er die Tränen seines Sohnes. Ein vierjähriger Junge, der sich in seinem Zimmer gelangweilt hatte. Erst als nun auch Halm seinen Sohn an die Brust drückte, plärrte dieser los wie ein Säugling.

82

Halm mochte keine Friedhöfe. Aber da sein Schwiegervater auf demselben Friedhof bestattet worden war wie sein Vater, wurde es unausweichlich, auch das ältere Grab mal wieder zu besuchen. Seit Jahren das erste Mal.

Friedrich Halm
13.3.1940 – 11.8.1995

«Scheisse, hab ich dich geliebt, Papa!», dachte Halm.

An diesem 11. August 1995 hatte die Welt auf einen Schlag ihre Energie verloren, das ganze frühe Berufsleben, in das Halm im Schutz seines Vaters so gerne hineingewachsen war, hatte sich in eine Sackgasse verwandelt. Es war gewesen, als hätte man in Halms Leben den Strom abgeschaltet. Dieser leidenschaftliche Friedrich Halm war eine Energiequelle gewesen. In seinen Händen war aus einem banalen Kugelschreiber ein kostbarer Gegenstand geworden. Etwas, das man augenblicklich besitzen wollte, nachdem es der Vater mit einem doppelten Klickgeräusch aufgeladen, auf einem Blatt Papier mit Schwung ausprobiert und dann leichtsinnig liegen gelassen hatte, weil ein Faxgerät bimmelte. Selbstverständlich entdeckten seine eigenen Klauen in diesem Klack Klick, Klick Klack nirgends den Zauber. Das Ding bestand aus Plastik, einer Metallfeder und einer Farbmine. Fertig. Nie gelang es Halm, die Wertschätzung entstehen zu lassen, die die Hände des Vaters allem zuteilwerden liessen. Wenn sein Vater eine neue Materiallieferung auspackte, mit dem Zeigefinger den Kanten eines schwarz glänzenden Briefkorbs entlangstrich, wenn er die Hebelschneidemaschinen untersuchte, dann war das ein Versprechen. Gleichgültig, was der Vater neu in sein Sortiment aufnahm, Halm wollte es sich sofort als Attribut der eigenen Persönlichkeit aneignen, damit arbeiten und ein Resultat mindestens ebenjener Qualität anstreben, die diese Büroartikel in den Prospekten und durch ihr Aussehen versprachen.

Sein Vater sortierte alles nach höchsten Ansprüchen und erschuf sich ein Leben höchsten Lebensstandards. Seinen Sohn hatte er sich nicht aussuchen können. Einen Sohn, der in der Schule kläglich versagte, den er aber trotzdem liebte. Das verhasste Schulgebäude mit den grossen Fenstern, den dunklen Treppenhäusern und der schäbigen Turnhalle hatte Halm nach den obligatorischen Schuljahren gar nicht schnell genug verlassen können, um in der Papeterie seines Vaters anzufangen. Er wollte mit dem Vater ein Zweierteam sein. Mit ihm arbeiten wie ein unzertrennliches Bruderpaar. Das wünschte sich der 16-Jährige damals wirklich von Herzen.

Er sah seinen Vater vor sich, wie er an der Hochzeit mit Viola getanzt hatte. Mit klar gesetzten, dirigierenden Schritten, so dass jeder, der nicht tanzen konnte, es umgehend bereute. Es war zu sehen, dass seine Schuhe dieselbe Qualität hatten wie die Brieftaschen und Lederwaren, die er in seiner Papeterie anbot.

Niemand ahnte an jenem Hochzeitstag, dass Violas Ungeduld zu heiraten gar nicht ihren eigenen alten Vater, sondern ihren jungen Schwiegervater beschenkte. Nur dank Violas Drängen hatte Friedrich Halm seinen Sohn noch heiraten sehen. Ein Jahr später war er tot.

Viola, die hundert Meter weiter oben noch etwas länger vor der Urnenwand stehengeblieben war, umarmte Halm plötzlich von hinten. Wie zwei weiche Tannenäste umfassten ihn ihre Arme. So blieben sie stehen, bis Viola nach einigen Minuten ein Hustenanfall schüttelte. Halm klopfte ihren Rücken und suchte in seiner Jackentasche nach Lutschbonbons. Das Letzte, das er in einer zerknüllten Schachtel fand, klebte am Karton und katapultierte sich nach ungeschicktem Aufreissen der Packung zwischen die Lavendelblüten auf Friedrich Halms letzter Ruhestätte. Viola fischte es heraus, blies den Tod weg und steckte es sich in den Mund. Halm sah sie schmunzelnd an und küsste sie. Viola schnitt dabei ein Gesicht, als werde sie von anhaltendem Hustenreiz geplagt. Dann öffnete sie die Augen und musste lachen. Über Halms unbeholfene Zärtlichkeit, über seine Slapsticknummer mit dem Kräuterbonbon, über sein ernstes Kussgesicht.

83

Gegen Ende des alten Fleming-Films hatte Viola ihren Kopf in Halms Schoss gelegt. Nicht, weil sie angesichts des soeben ertrunkenen Spencer Tracy Geborgenheit suchte, sondern weil auf diese Weise die Bequemlichkeit des Sofas zu steigern war. Den Tag hatten sie im angrenzenden Hardwald verbracht. Auf den asphaltierten Waldwegen hatte Philip das Radfahren geübt. Seine Eltern waren abwechselnd neben ihm hergelaufen und hatten lobende Worte gerufen, als wollten sie sich damit für die eigene sportliche Leistung des Anschiebens, Stützens, Mitlaufens und Ehefortführens belohnen. Halm legte seine Hand auf Violas Stirn. Sie wehrte ab und setzte sich auf. Nacheinander ging man auf die Toilette, und so gelang es Halm, Yvonne eine SMS zu schicken.

«wie geht es euch?»

Man traf sich in der Küche. Viola schüttelte griechische Oliven in Glasschalen. Halm öffnete einen Weisswein. Ein neuer Film startete. Der Löwe brüllte. Halms Handy vibrierte in der Hosentasche. Er holte, angeblich wegen der Oliven, Servietten. Eine MMS. Yvonnes Kopf im Profil. Ihr halb geöffneter Mund am Hinterkopf des schlafenden François. Ihr aufgerissenes Auge schielte nach der Kameralinse. Halm kehrte zu Viola zurück, setzte sich, gähnte nach einer Weile, streckte sich und sagte, er ginge spazieren.

«Jetzt?»

«Jetzt.»

«Es ist zwölf!»

«Ich brauche Luft.»

«Na, dann! Bis in vier Wochen», spottete Viola.

«Hör auf!»

«Nein, mach nur weiter so, den Job hast du ja schon verloren, verlier auch mich noch!»

«Viola!»

«Nein, los, verschwinde, geh denken! Wenn du weisst, wie wir die Hypothek bezahlen, kannst du wieder kommen! Falls wir dann noch hier wohnen!»

Halm sagte nichts, und Viola setzte den Spencer-Tracy-Abend fort. Alleine.

Wenige Schritte von der Endstation der Tramlinie 3 entfernt, studierte Halm das nun hell leuchtende Foto noch einmal, spähte dazwischen immer wieder unter den Bäumen hindurch, um zu prüfen, ob Viola in einem Fenster stand und nach ihm suchte.

«kann ich euch besuchen? freitag?»

Als keine Antwort kam, begann er durch die kleinen, verwinkelten Wege rund ums Haus zu spazieren, vorbei an den auch nachts gut verortbaren Tümpeln und Hintergarten-Biotopen.

«weiss nicht», meldete sich Yvonne.

«kann ich dich anrufen? jetzt?», tippte Halm.

Es roch nach Kompost und faulem Wasser. Als erneut, und diesmal länger als zuvor, keine Antwort kam, beschleunigte Halm seinen Gang. Um dem Gestank der modrigen Tümpelwelt zu entkommen, trabte er los, fand Gefallen an der frischen Luft und am Tempo, raste auf einmal wie ein Verrückter die Strasse hinunter, schneller, noch schneller. Seine Schuhsohlen prügelten regelrecht auf den Asphalt ein. Was für ein lächerlicher Läufer mitten in der Stille dieses Basler Quartiers, dachte er selbst, genoss aber die

Entladungen in seinen Beinen. Der Läufer schnitt eine Kurve, rannte über die Rasenfläche zweier Wohnblocks, an einer Schaukel und einem Sandkasten vorbei, sprang über einen Zaun, stach in den Wald, musste lachen, denn er raste auf den steilen Abhang zu. Für einen plötzlichen Sog der Schwerkraft würden seine Beine nicht schnell genug sein, zumal kein gesunder Mensch diesen Abstieg rennend in Angriff nahm, schon gar nicht nachts. Immerhin unten, sofern er dann noch auf den Beinen wäre, würde er den unkontrollierbaren Schwung auslaufen lassen können. Vorerst aber klapperten die Knochenwirbel in seinem Rücken bei jedem Meter Boden, der tiefer lag, als er es ohnehin befürchtete. Halm stürzte nicht. Applaus. Er schoss auf die rettende Freifläche hinaus, auf der in absehbarer Zukunft eine Alterssiedlung entstehen sollte. Wenn nichts passierte, würde sie die Endstation seines Lebens werden. Halm hatte keine Zeit, darüber nachzudenken, trabte atemlos und lange weiter bis an die Busstation ‹Friedhof› und noch weiter bis an den schwarzen Rhein. Dort ging er keuchend in die Hocke. An ihm vorbei zog ein fliessender Teerboden mit Funken gestohlenen Lichts. Vielleicht beobachtete Yvonne in einigen Minuten genau dieses Wasser. Statt einer SMS könnte er eine Flaschenpost ins Wasser werfen, dachte Halm.

«ja», klingelte Yvonnes SMS.

Halm liess sich nicht zweimal bitten, wählte ihre Nummer. Yvonne nahm ab, gleich beim zweiten Klingelton, und legte los. Sie habe sich eine Milchpumpe gemietet. Sie nehme immer noch Mittel gegen ihre Unterleibsschmerzen. Nachts sei Hopsen auf dem Gesundheitsball angesagt, denn gegen François' Koliken helfe nichts anderes. Jeden

Morgen müsse sie mit ihm ins Kinderspital, um Salzwerte und Blutzucker kontrollieren zu lassen.

Das Wort ‹Salzwerte› löste Sehnsucht aus. Halm wollte wieder dazugehören. Ob sie an die Augentropfen denke, fragte er. Nicht, weil er glaubte, sie könnte sie vergessen haben, sondern weil er beweisen wollte, dass er nach sechs Tagen Abwesenheit immer noch alles bedachte. Während sie telefonierten, schaute Halm auf den Mond. Wolkennetze versuchten ihn nach Frankreich zu ziehen. Vergeblich.

Es gab im Abstand von je zwei Tagen noch drei weitere solche Telefonate. Yvonnes Tonfall verriet zunehmendes Desinteresse. Halms Anteilnahme lief ins Leere. Er bildete sich diese Tonveränderung nicht ein. Nach einer Woche bat sie ihn schroff, nicht mehr anzurufen. Neben quakenden Fröschen in den Tümpeln eines Nachbarhauses sah Halm auf dem Display seines Handys, wie die Verbindung gekappt wurde.

84

Mein lieber Loulou,

ich habe Dich weggestossen aus meinem Leben, aber jetzt, Monate später, muss ich Dir schreiben. Weil ich nicht mehr kann. Das ist so hart, wenn das ganze Schreien, nachdem es um 1 Uhr morgens endlich geendet hat, um 2 Uhr wieder von vorne losgeht, und du nimmst dein Kind, und es schreit bei jeder zärtlichen Berührung noch mehr, weil es gar nicht wach ist, dich nicht erkennt und jede Berührung eine Bedrohung ist. Aber das Nichtberührtwerden ist ihm auch Bedrohung. Jedenfalls schreit er und schreit und hat irgendwelche Schmerzen, Alpträume. Aus diesen Alpträumen muss man ihn dann um 2 Uhr morgens zuerst einmal herausholen, aber das ist nicht wie bei uns Erwachsenen eine kurze Sache. Er ist wach und hat die Augen offen und erkennt mich trotzdem nicht, träumt seinen Horror, seine Panik weiter. Ist es die Erinnerung an die Intensivstation? Das Stechen mit Nadeln, die Infusionen, die Ärzte? Die fehlende Körperwärme der Eltern in den ersten vier Wochen? Jedenfalls muss ich ihn zuerst aus seinem schreienden Alptraum herausholen und dann beruhigen, und er liegt an meiner Schulter und beginnt, immer wenn du glaubst, du hättest das Kind nach zwanzig Minuten endlich in einen anderen Rhythmus, in eine neue Gemütlichkeit hineingerettet, in der es einschlafen kann, wieder zu schreien, und du weisst einfach nicht, woran es liegt, du weisst es einfach nicht, und du probierst alles, und irgendwann, bei der fünften Schlaufe, kommt die Verzweiflung.

Früher habe ich manchmal selber angefangen zu weinen, dann hat er aufgehört und mich mit grossen Augen angestaunt. Unterdessen ist ihm mein Weinen egal. Auf mich nimmt er keinerlei Rücksicht mehr. Ich habe François, der so viel gestochen worden war und in der Intensivstation so viele Nächte alleine und ohne seine Mutter und in so vielen unbekannten Armen von Ärzten und in so hellem Licht und in so grossem Unwohlsein und Schwächegefühlen verbracht hat, ich habe dieses unschuldige kleine Opfer schon so viele Male angeschrien und ja, gehasst! Weil ich ihn einfach nicht beruhigen kann mit meiner ganzen mütterlichen Scheisszärtlichkeit. Nicht mit meiner ganzen Scheissliebe! Nicht mit sanftem Licht, nicht mit Singen, Summen, Radio, Hopsen, nicht an meiner Brust, nicht mit Milchfläschchen und Lavendeltropfen und Tee und Salben und Bauchmassagen, nicht mit Haarföngeräuschen und einfach mit gar nichts! Ich weiss doch, ich weiss es doch, dass das seine Art ist, diesen Monat im Spital zu verarbeiten. Das weiss ich, dass er das alles rausschreien muss, jetzt, wo er endlich den Platz und die Ruhe und die Geborgenheit dazu hat. Ich weiss, dass es noch lange dauern wird, bis er mir alles erzählt hat. Aber ob ich das durchhalte, das weiss ich nicht. Meine ganze Wohnung, jede Tür, jede früher einmal glücklich aufgehängte Lichterschlange sieht mittlerweile so sinnlos aus, und all diese süssen Stofftiere in François' Bett glotzen mich verständnislos an, wie von einem anderen Stern gefallen. Von einem Stern, wo Babys schlafen und süss sind in der Nacht, und wo man Zeit hat, glücklich an ihnen zu riechen. Du kannst Dir nicht vorstellen, wie verständnislos kalt und feindlich mich diese niemals schlafenden, lidlosen Stofftiere in diesen Folternächten anstarren und wie ein-

sam ich mich fühle! Gerade gestern hat mir im Treppenhaus wieder eine Nachbarin so ein Vogelstofftierchen mit Aufziehschnur geschenkt. Diese Leute, das sind alles Glückszombies, die nichts wissen von der Hölle, die mir sagen wollen, sei glücklich! Und wie ich mich hasse, dass ich, wenn Leute mich treffen und mir solchen Mist schenken, dass ich dann tatsächlich, tatsächlich freundlich lächle! Dass ich nicht einfach schreie und alles zusammenschlage und die Menschen, die mich fröhlich sehen wollen, weil ich doch Mutter bin, zwinge, sich sechsstündige Filme mit François' Schreien anzusehen, auf voller Lautstärke, und wenn sie sich dann beklagen, sage ich, das ist nur ein kurzer Film, du verwöhnte, blöde Kuh! Tausch mal mit meinem Leben, mit meiner Erschöpfung, mit meinem Geburtstrauma, mit meiner Todesangst, tausche mal mit meinen eineinhalb Monaten Schlafentzug! Und dann komm nochmal mit deinem debilen Stofftierchen, statt mir zu helfen, wirklich zu helfen! Anzupacken! Wie ich mich hasse, dass ich nicht allen ins Gesicht spucke, wenn sie es nur ein einziges Mal noch wagen, weltfremde Worte mit mir zu wechseln und mir zu sagen, das gehe vorüber. Sobald ich sehe, wie ich mich mit meinem Lächeln, mit meiner gespielten Stärke noch mehr isoliere, wie ich alle schone, weil mir meine Schwäche peinlich ist, möchte ich weinen und kotzen und sterben.

Entschuldige, es ist halb vier Uhr morgens. Vor vierzig Minuten ist François eingeschlafen. Und was macht mein Kopf? Nutzt er die Stille? Nein! Dieser Kopf kann selber nicht mehr schlafen, ich koche innerlich zu sehr, und ich weiss hier an meinem kleinen Küchentisch einfach nicht mehr weiter, ich will nur noch tot sein. Krebs bekommen und verschwinden! Ich kann nicht mehr, Halm. Ich habe es beobachtet, ich habe den Punkt gefunden, der mich jede Nacht bricht. Es ist der Moment, wo ich mich selbst bemitleide. Sobald ich entdecke, dass mein Körper in sich zusammenfällt, und ich mich erinnere, dass ich am nächsten Tag Arztbesuche, Einkäufe, Wäsche und eigentlich auch Vorbereitungen fürs näher rückende Ende meines Mutterschaftsurlaubs vor mir habe, sobald ich sehe, dass mich François kaputt macht, dass ich wirklich kaputt gehe, und dass wir dann erst recht beide verloren sind, sobald ich das alles um vier Uhr morgens erkenne, und zwar nicht mit dem Verstand, sondern mit dem zitternden Knochenmark einer Neandertalerin, kommt das Selbstmitleid. Das ist wirklich das Stichwort, Halm. Selbstmitleid. Sobald das einsetzt, kommt die Notwehr, und sie explodiert wie das Brüllen eines Raubtiers, ich schreie so fremdartig, dass meine Stimmbänder reissen, ich schlage mit den Fäusten an die Wand, dass ich mir das Handgelenk breche, ich werfe mit Kissen nach François, dass er endlich aufhört, es ist die pure, in Adrenalin gebratene Notwehr. Pure Unzurechnungsfähigkeit und purer Kontrollverlust. Ich glaube, mein Selbstmitleid ist mittlerweile lebensgefährlich für François. Aber es gibt doch ein Recht auf Selbstmitleid! Nicht? Weil, irgendwann kann ein Mensch einfach nicht mehr! Ich schreibe Dir, obwohl ich Dich aus meinem Leben raushalten wollte. Wirklich. Ich wollte Deine Familie nie zerstören. Die Familie ist Dir heilig, ich habe es begriffen. Aber jetzt kann ich nicht mehr, ich kann nicht mehr. Du musst zu mir kommen, Du musst mir helfen. Und ich will Dir etwas sagen, was ich längst hätte sagen sollen, ich dummes Huhn! Wenn Du wüsstest, wie ich mich hasse, lieber Loulou!

Yvonne biss in eine gummige Karotte, die seit unbekannter Zeit auf ihrem Küchentisch lag, schluckte und setzte folgendes Postskriptum unter ihren Brief.

P.S. Einen einzigen Menschen gibt es, der für all das nichts kann. Und das ist François.

85

Gleich nach der Grenze fuhr Halm rechts ran und stöhnte. Ohne Einladung war der Weg zu Yvonne kaum zu schaffen. Im Restaurant Zollstube wollte er sich Mut antrinken. Der schmale Gästevorplatz grenzte sich von der Strasse nur mit einer kniehohen Mauer ab und beherbergte sieben Plastiktische mit schimmelgrüner Marmormusterung. Hinter einem zugeklappten Sonnenschirm war eine Frau nur unvollständig zu sehen. Das Gebäude war mit schwarz gewordenem Holz verschalt, zwischen den Fenstern farbige Neonröhren. Die Bedienung legte Halm ein papierenes Tischset mit einem Trinkspruch vor die Nase.

«Trink, was wahr ist, sprich, was wahr ist.»

Wahr war, dass er von Yvonne seit ihrem schroffen Kommunikationsstopp nichts mehr gehört hatte. Das konnte nur eines bedeuten. François' Vater, wo immer der Feigling die ersten eineinhalb Monate gesteckt haben mochte, war zurück. Nach einer Portion Pommes frites und einem halben Liter Gewürztraminer setzte er sich wieder ins Auto. Trotz Alkohol reichte sein Mut nicht weiter als bis in die Avenue de Bâle. Halm fuhr rechts ran, atmete ein paar Sekunden nicht mehr. Er rückte seine Motorhaube einige Meter vor, korrekt auf den Gästeparkplatz des Hotels Tivoli. Das ‹Tivoli› war das sterile Gegenteil des Restaurants Zollstube. Ein weiss gestrichener, langgezogener Betonkasten mit Flutlichtscheinwerfern, die vom Dach auf den Gehsteig herunterzielten. Das oberste Stockwerk kastanienbraun gestrichen, der Schriftzug ‹Tivoli› senkrecht auf einer zweistockhohen, sauberen Metalltafel. Der Mann an der Réception sprach, eine einzige Fahrminute von der Landesgrenze entfernt, kein Wort

Deutsch. Halm war übel. Das Fenster im Zimmer 224 bot Übersicht auf die Silotürme, Hafenkräne und Industriebauten der ‹Rhenus logistics›. Eine braunrosa Tapete, die aussah wie gemasertes Linoleum, schützte die Wände. Die Sandfarbe des Spannteppichs schnitt sich mit der Hautfarbe der Vorhänge. Zwei weisse, gepolsterte Stühle überragten einen Schreibtisch mit eingeschaltetem Flachbildschirm. Auf diesem stand, eingerahmt wie eine Todesanzeige, sein falsch geschriebener Name, das heutige Datum und die Uhrzeit.

Bienvenue Monsieur Hahn,
Samedi, 11 août 2007, 20:52

Achtzig Euro bezahlte Halm für die Nacht und das Nachdenken. Er legte sich mit den Schuhen aufs Bett und bearbeitete minutenlang, statt irgendetwas zu denken, mit der Daumenkuppe den scharf eingravierten Schriftzug ‹Tivoli› auf dem Schlüsselanhänger. Schlafen konnte er nicht. Gegen drei Uhr morgens schlich er sich aus dem Hotel und fuhr die fehlenden drei Minuten Weg bis in die Rue de l'Abattoir Numero 2.

Seit er hier Yvonnes heiligen Moment mit seiner Flucht vor François' Geschrei kaputt gemacht hatte, waren Monate vergangen. Das hohe Mehrfamilienhaus war unterdessen längst aus seinem Baugerüst herausgeschält. In Yvonnes Küche brannte Licht. Was für eine anziehende Gemütlichkeit ihr Fenster ausstrahlte, dachte Halm. Yvonne lebte also, zwar ebenfalls schlaflos, aber sie lebte, und alles war friedlich. Er betrachtete die beleuchtete Küche eine ganze Stunde durch sein offenes Wagenfenster und wurde, vermutlich von derselben Mücke, zweimal in die linke Schläfe gestochen. Halm dachte an die Anfänge vor drei Jahren. Wie sie damals immer an der Tramhaltestelle ihre Tupperware aufgeklappt hatte. Er fragte sich, wer von ihnen beiden sich seither mehr verändert hatte. Kleinste Details fielen ihm wieder ein. Wie sie eine Karottenstange in den Mund steckte und äffisch damit rauchte, bis ihr Arbeitskollege lachte. Wie sie storchenartig das Bein hob, um sich einen Mückenstich zu kratzen, wie sie ihrem Kollegen diesen geheimnisvollen Zettel zusteckte.

«Attention! Mon Loulou fidèle m'observe à nouveau!», stand darauf, wie Yvonne ihm später verriet.

Halm schaltete das Radio ein, rollte auf die Strasse zurück und floh mit überhöhter Geschwindigkeit. Schlaf fand er im ‹Tivoli› keinen.

86

Ich sass schon eine beträchtliche Weile hinter meinem Steuerrad, rauchte eine Zigarette nach der anderen, klopfte die Asche aus dem Fenster und blickte auf das Licht in Yvonnes Küche. Seit ich den Gebärsaal fluchtartig verlassen hatte, bewegte ich mich wieder in meiner alten Höhle, verbrachte Stunden im Internet, schaute DVDs und blies in den Pausen Rauch in die Geranien meiner Nachbarin. Für jeweils eineinhalb Tage pro Woche zwang ich mich aus dem Loch, arbeitete humorlos und gerade so effizient an französischen Auftragstexten, dass ich den Job nicht verlor. Nach vollen neunzig Kalendertagen, die mich angezählt hatten wie einen niedergestreckten Boxer, war mir klar, dass ich diese Frau nie wieder nicht lieben würde. Jetzt sass ich da, grübelte über das beleuchtete Fenster und produzierte Asche statt Glück. Aus dem Nichts, beziehungsweise exakt um 3 Uhr, 21 Minuten und 11 Sekunden in der Frühe, ich konnte es nicht fassen, fuhr in die poetische Stille dieses verschlafenen, französischen Viertels, Halm. Sein Saab parkte sechs Meter von mir entfernt, löschte alle Lichter und versteinerte, als wäre er nie gefahren, als hätte er nie woanders gestanden. Stille. Zwei Männer in ihren Wagen unterm Fenster einer Frau, die nichts davon wusste. Aber Halm hatte weniger Ausdauer. Nach knapp zwei Stunden war er weg, und kurz darauf, als gäbe es einen Zusammenhang, verschwand auch das Licht aus Yvonnes Küche. Ein paar Minuten später musste ich eingenickt sein.

Mit beträchtlichen Rückenschmerzen erwachte ich gegen sieben Uhr morgens in meinem Fahrersitz und sah Yvonne.

François in einen Beutel vor die Brust gebunden, verliess sie das Haus. In der Hand einen himbeerroten Briefumschlag. Drei Monate hatte ich sie nicht gesehen, drei Monate hatte sie mich nicht gesehen. Ich stieg aus, und um den schlafenden François herum, umarmten wir uns andeutungsweise. Den Brief streckte sie dabei weit vom Körper weg, als dürfe man ihn auf keinen Fall berühren.

«Wo musst du hin, soll ich dich fahren?»

«Was machst du hier, ich schäme mich.»

Yvonnes Gesicht sah zerbrechlich aus. Etwas müde, wenn man länger hinschaute. Bis in die feinsten Äderchen ihrer Augen labil, wenn man es genau betrachtete. Ich verschwieg, dass ich Halm unter ihrem Küchenfenster im Auto hatte sitzen sehen, und begann stattdessen so:

«Damit du das gleich weisst. Die Geschichte im Gebärsaal habe ich dir verziehen, aber was ich nicht verzeihen kann, das ist etwas ganz anderes.»

«Hör auf!»

«Lass mich ausreden, Yvonne!»

«Wenn du mir jetzt eine Szene machst, kann ich das nicht.»

«Warte!»

«Ich habe keine Kraft.»

«Warte, was ich sage!»

«Basta! Ich wollte, dass der richtige Vater bei der Geburt dabei ist, das war sein Recht.»

«Recht?», stolperte ich aus meinem vorbereiteten Text.

«Und es war auch mein Recht.»

«Gene über Liebe? Läuft so die Rechtsprechung?»

«Lass mich durch!»

«Das ist total spiessig, das hat unsere Liebe nicht verdient.» Ungeplante Worte brachen aus dem Höhlenmenschen. «Trotz meiner ganzen Unterstützung während deiner Schwangerschaft hast du mich aus dem Gebärsaal getreten wie einen Strassenköter!»

«Getreten? Du bist plötzlich nicht mehr zurückgekommen!»

«Zwei Männer sind einer zu viel, findest du nicht?»

«Nein.»

«Du hättest mich anrufen können.»

«Gar nichts konnte ich mehr. Rufen schon gar nicht.»

«Jedenfalls, verdammt Yvonne, was ich vorher doch einfach nur sagen wollte, aber du hast mich ja nicht ausreden lassen, darf ich es bitte sagen?»

«Was du nicht verzeihen kannst? Ich will es nicht hören!»

«Was ich absolut nicht verzeihen kann, Yvonne, das ist mein Rückzug. Aber jetzt bin ich hier, schau dir diesen Haufen Zigarettenfilter an, ich habe hier die ganze Nacht gewartet, ich stehe hier, ich will mit dir und diesem Kind alt werden, ich liebe dich. Ich liebe dich und alle Kinder, die du noch zur Welt bringst, hast du das verstanden, nicke doch wenigstens! Oder bedenke es. In Ruhe. Okay. Nichts sagen, Yvonne. Ausruhen. Bedenken. Ja?»

«Ja», sagte Yvonne.

«Machen wir eine Spazierfahrt? An die Luft? Deinem Kind unseren Planeten zeigen?»

Das siebzig Jahre alte Stauwehr vibrierte. Ganze Baumstämme verkeilten sich in den Stahlverstrebungen der eins, zwei, drei, vier, fünf Öffnungen. Jede dreissig Meter breit. Das komplette Schweizer Unwetterjahr 2007 schien sich hier als übertriebene Dreckbrühe noch einmal zusammenzuballen und donnerte laut, nur ohne Blitze im Himmel. Das Wasser des alten Rheins stapelte sich gut sechs Meter höher über dem Pegelstand, den Yvonne normalerweise beim Angeln antraf. Daran hatten wir nicht gedacht, als wir in mein Auto gestiegen waren und uns einen Ort suchten, den Yvonne liebte. Reflexartig wollten wir umdrehen. Aber das Spektakel, das bereits zahlreiche Zaungäste anlockte, zog dann auch uns in seinen Bann. Unendlich viel brauner Kaffee mit wässrigen Strähnen an seinen Rändern, ganze mit Blasen durchzogene Stränge standen wie hartes Wachs hinter den Wehröffnungen in die Luft und überschlugen und überschäumten sich ohrenbetäubend bei der Landung, flohen flussabwärts, was deswegen so reibungslos gelang, weil die riesigen Wassermassen, die vor ihnen lagen, ebenfalls nur eines im Sinn hatten, abhauen in den Norden.

«Tut sie dir nicht gut, die Luft?», fragte ich Yvonne, die immer bleicher wurde.

«Würdest du mir dabei helfen?»

«Wobei?»

«Beim Schlafen.»

«Wie helfen?»

«François schreit. Ich habe Halm diesen Brief geschrieben. Ein Hilferuf. Ich schicke ihn nicht ab, wenn du jetzt bei mir bleibst und mir hilfst. Kannst du das schwören?»

«Gib mir diesen Brief!»

Yvonne reagierte nicht, schaute nur ins Wasser. «Ich wollte eigentlich nicht mehr auf Brücken gehen», sagte sie gedankenverloren.

«Das ist keine Brücke, das ist ein Stauwehr. Was hast du gegen Brücken?»

«Ich stand kürzlich auf einer, mit François auf meinem Arm, und ich wollte springen. Mit ihm.»

«Und dann?»

«Ich bin nicht schwindelfrei!»

Yvonne lachte jenes seltene Lachen, bei dem der Übergang ins Weinen schon angelegt ist. Ich wollte sie küssen, denn mit Brücken kannte ich mich aus. Küssen hilft, dachte ich. In ihrem Mundgeruch lag die ganze Erschöpfung und Selbstvernachlässigung der letzten Wochen. Während wir uns weiter küssten, löste ich langsam, mit grösstmöglicher Behutsamkeit aus ihrer Hand den Brief. Dann hielt ich ihn hinter ihrem Rücken über die Brüstung und liess los. Der himbeerrote Briefumschlag fiel senkrecht nach unten, wurde erfasst und schoss wie ein abgesprengter Flugzeugflügel davon.

87

Zwei Übernachtungen später kehrte Halm, ohne die Rue de l'Abattoir noch einmal aufgesucht zu haben, an die Erlenstrasse zurück. Viola trug zum ersten Mal seit sechs Monaten kein Schwarz mehr, sondern zu ihrer Jeans eine gelbe Adidas-Trainingsjacke, die Halm noch nie gesehen hatte. Leise, als läge ihr aufgebahrter Vater im Haus, berichtete sie von einer falschen Krankenkassenabrechnung, einem Kindergarten-Pfingstlager, für das bereits jetzt, im Dezember, Anmeldeschluss sei, und dass das aber nur gehe, wenn Halm Philip da schon Montagmittags mit dem Auto abholen könne, denn das Lagerhaus befinde sich im Schwarzwald, und während sie all das ausführte, wechselte sie mit Halm im Schlepptau von einem Zimmer ins andere, suchte Haarnadeln, stellte frankierte Umschläge auf die Kommode, holte einen Wäschekorb, verschwand schliesslich im Schlafzimmer und legte dort Kleider zusammen. Jedes Leibchen, jede Hose von Philip hielt sie kurz vor ihre Brust, faltete es dann und sortierte es auf dem Bett nach Gesetzen, die nur sie kannte. Halm hatte das Zimmer erst nach einer Weile ebenfalls betreten und vorher noch gegen den Türrahmen geklopft, damit sie ihn auch sicher bemerkte. Eine absurde Geste, die er so noch nie gemacht hatte. Viola blickte nicht auf, sondern fragte mit boshafter Beiläufigkeit, während sie an einer Unterhose roch, wo er zwei Tage lang gewesen sei.

«Ich brauchte noch einmal Zeit.»

«Meine Frage war nicht warum. Meine Frage war wo.»

«In einem Hotel. Kennst du nicht.»

«In welchem Hotel, unter welchem Namen?» Viola legte die Unterhosen und den beiläufigen Ton beiseite.

«Unter welchem Namen? Machst du Witze?»

«Welches Hotel?»

«Hotel Tivoli, ist das wichtig?»

«Ich rufe an, ich frage nach, gib mir die Nummer!»

«Beruhige dich, Schatz!»

«Ich beruhige mich nicht. Mein Vater ist tot. Ich brauche mich nicht mehr zu beruhigen. Ich war viel zu lange ruhig! Jetzt bin ich dran!»

Halm verfolgte sie ins Wohnzimmer. Viola krallte sich dort das Telefon.

«Du brauchst Zeit für dich? Das tut mir leid, weil jetzt habe ich keine Zeit mehr. Jetzt will ich mir nicht einmal mehr Zeit für rücksichtsvolle, einfühlsame Erklärungen nehmen. Es ist, wie es ist!»

«Was weisst denn du, wie es ist?», schrie Halm.

«Philip ist nicht dein Sohn, so ist es», sagte Viola.

Der Satz war akustisch einwandfrei gesprochen gewesen, aber Halms Gehirn musste die Aufnahme dieses Satzes mehrere Male zurückspulen und abhören. Er glotzte dabei auf die weiteren Kinderkleider auf dem Sofa und fragte sich, warum Viola sie eigentlich in alle Zimmern verteilte. Auf einem T-Shirt Snoopy, auf einem Pullover Popeye, auf einer Unterhose Hubschrauber mit Augen.

«Ich schwöre. Nur über meine Leiche hättet ihr es je erfahren. Aber als Papa starb. Als er da auf dem Bett lag, unendlich entspannt. Unendlich frei. Da schaute ich ihn mir an. Diesen Toten im Zustand seiner totalen Freiheit. Eine brutale, halbe Stunde lang schaute ich mir diese Freiheit an. Verdammt, und ich entspannte mich plötzlich. Zum ersten Mal entspannte ich mich. Und darum stimmt mein Satz nicht. Dass ihr es nur über meine Leiche je erfahren hättet. Nur über seine Leiche. Und jetzt ist die

Leiche da. Jetzt sind wir jenseits meines Vaters, verstehst du? Es ist Zeit für die Wahrheit. Ich kann dich nicht mehr schonen. Und ich liebe dich auch nicht mehr.»

Halm hörte ein dumpfes Klopfen aus dem ersten Stock. Viola machte weiter.

«Es zu verheimlichen, war der Liebesbeweis, Halm. Jetzt sag ich es, weil ich dich nicht mehr liebe. Verstehst du das? Du hast mir mal ins Gesicht gesagt, dass ich am Sex nur interessiert sei wegen eines zweiten Kindes. Selbst wenn! Was für ein idiotischer Vorwurf! Dieser Kinderwunsch war ein Liebesbeweis, ich wollte es wiedergutmachen. Wenigstens ein eigenes Kind mit dir. Weil ich dich liebte. Gott, es gab so viele Liebesbeweise! Du hast einfach nie nichts begriffen, Halm. Du hast nie irgendwas begriffen. Du warst immer im falschen Moment kontrolliert, und du hast immer im falschen Moment die Kontrolle verloren!»

«So wie du offenbar auch.»

Das seltsame, dumpfe Klopfen im ersten Stock wiederholte sich.

«Wo ist Philip? Hat er mitgehört?»

«Unsinn! Und sowieso weiss er alles – ich hab ihm alles erklärt, er kann damit umgehen», sagte Viola, aber Halm war längst aus der Tür. Während er die Stufen hinaufstürzte, fiel ihm auf, dass er sich nun innerhalb weniger Monate von zwei Frauen zweimal denselben Satz hatte anhören müssen. Dass er nicht der Vater sei.

«Philip!»

Halm brüllte wie ein verrückter, als er das leere Kinderzimmer seines Sohnes betrat. Seines Stiefsohns, seines Adoptivkinds, seines Kuckuckskinds oder wie zum Teufel man das geliebte Wesen jetzt nennen sollte. Ein Fensterflügel klopfte gegen die offene Schranktür.

«Hör auf herumzuschreien, er ist bei meiner Mutter», sagte Viola, die sich plötzlich ebenfalls im ersten Stock befand.

Eine halbe Stunde später sass Halm hinter dem Steuerrad seines Schwiegervaters, die rechte Hand am Zündschlüssel. Die Scheinwerfer strahlten eine Birke an, das Radio murmelte etwas über die bevorstehenden Solothurner Filmtage. Auf den Beifahrersitz hatte Halm eine hastig gepackte Tasche mit Unterwäsche, Hemden, Zahnbürste und Rasierapparat geworfen. Der Birkenstamm leuchtete hell wie eine Neonröhre. Man kann die Dinge auch zu hell beleuchten, dachte Halm, drückte den linken Fuss nach unten und drehte den Zündschlüssel. Der rechte Fuss wollte nicht. Halm hatte das Gefühl, er zertrete mit dem Gaspedal zugleich die Existenz Philips.

Er schaltete Motor, Radio und Scheinwerfer wieder aus und überlegte, ob er den Weg zu seinem Sohn ohne Navigationsgerät überhaupt finden würde. Die paar Male, die er zur Schwiegermutter mitgekommen war, war immer Viola die Strecke gefahren. Halm schaltete in den Rückwärtsgang, startete den Motor erneut, wechselte den Radiosender. Dann befreite der Scheinwerfer die Birke aus dem Verhör. Halms Ziel waren die steilen Quartierstrassen auf dem Bruderholz, von denen aus die ganze Stadt zu überblicken war. Dort würde er parken, das Lichtermeer des Rheintals überblicken, Radio hören und in Ruhe über alles nachdenken. Stattdessen nahm Halm schon nach der ersten Kreuzung Kurs auf Huningue, und während er mehrere rote Lichtzeichen missachtete, stützte sich zuhause seine Ehefrau am Rand des Küchenwaschbeckens ab und starrte in den Abfluss.

88

Viola pflanzte ihr Gesicht vor Olivers Nase und rieb sich mit dem Daumen demonstrativ die Oberlippe:

«Humphrey Bogart!», rief Oliver.

«Falsch: Jean-Paul Belmondo!»

«Falsch: Humphrey Bogart, dargestellt von Jean-Paul Belmondo», konterte Oliver.

«1:0 für dich», lachte Viola und tat, als sei sie nach dieser Niederlage ‹ausser Atem›. Oliver kapierte die Anspielung nicht.

«Ich bin auch nur ein Mund, der einen anderen Mund sucht», machte Viola weiter.

«‹Gertrud›. Carl Theodor Dreyer!»

«Wenn man jemanden liebt, verzeiht man ihm alles?»

«‹The letter›, William Wyler»

«Wir weigern uns, unser eigenes Leben zu sehen, und plötzlich stürzt es sich auf uns?»

«‹Ma saison préférée.›»

«Wouw, Sie sind in Form, Meister!»

«Klar. Und ich kann jederzeit bei dir zuhause vorbeikommen und mit dem Sonnenschirm deine Balkontür zertrümmern, wenn du's leidenschaftlich magst, also sieh dich vor.»

«In tiefen Sesseln bekomm ich Rückenschmerzen.»

«Keine Ahnung!»

«Das war kein Zitat, das war eine Feststellung, Dummkopf.»

«Ich habe zwei Helme, wir können zu mir, da ist es bequemer.»

«Was hast du im Haus?»

«Your eyes are blue, your kisses too!»

«Weiter!»

«‹Le soupirant›, von Pierre Étaix.»

Oliver zerbiss zufrieden einen Eiswürfel, als hätte er soeben von einem teuren Unikat, statt einer VHS-Konserve gesprochen.

«Du hast mich damals am Schulfest eine Locke aus deinem Lockenkopf schneiden lassen, weisst du das noch?»

«Ja.»

«Irgendwo hab ich die Locke noch!»

«Irgendwo hab ich die kahle Stelle noch.»

«Warum hast du mich vor all meinen Freundinnen so gedemütigt?»

«Ganz einfach. Ich war ein Idiot, wie alle 14-Jährigen, und ich hatte wohl Schiss vor der Liebe. Was man fürchtet, schlägt man tot, kennst du doch!»

«Kenn ich nicht. Wo ist der Helm?»

Und so setzte sich die 34-Jährige zu Oliver auf die Vespa wie ein Mädchen aufs Mofa ihres ersten Freundes. Die Vespa war alt und stotterte beim Fahren wie ein Benzinrasenmäher. Violas Gedanken drehten unter dem Sturzhelm um eine einzige Sache. Die Sache, dass sie nach acht Ehejahren noch einmal wissen wollte, wie es war, mit einem anderen Mann zu schlafen. Ausserdem hatte dieser Oliver etwas gutzumachen, also sollte er es gut machen. Geheiratet würde sie ihn nie haben, nie. Aber gefickt wollte sie mit ihm haben, bevor sie starb.

Das unbedingt, dachte eine angetrunkene Viola, während die Beschleunigung Oliver in ihre Arme drückte. Und so rollte Viola Sutter in dieser Nacht von der Rue de Lourcine in die Schönaustrasse 38.

Als sie merkte, dass sie schwanger war, und dass dies nun die groteske Spätfolge eines Schulfests war, stand sie in ihrem Leben noch verlassener da, als damals vor 20 Jahren gegen ein Uhr morgens in einer lauten Turnhalle voller Papierschlangen und Plastikbecher. Ihr einziges Glück lag in dem Umstand, dass ihr keiner in der Familie, niemand im Freundeskreis und ganz bestimmt nicht Halm, einen One-Night-Stand zutraute. Folglich entschied sie, auch niemanden in seiner selbstverschuldeten Gutgläubigkeit zu erschüttern.

89

Neben dem Mosaik parkte Halm den Wagen. Die Fische sprangen auch nachts aus den Wasserwellen, um auch nachts die Sonnenblume zu betrachten, die ihrerseits auch nachts eine Sonne bewunderte, die ihrerseits auch in der Nacht von einem Storch überflogen wurde. Dann schrieb er ihr eine SMS. Keine Antwort, kein Licht. Klingeln würde das Kind wecken. Halm sah vor seinem inneren Auge die tote Katze, die öligen Fliegen. Er startete den Motor, fuhr nicht los, drehte den Motor wieder ab, hörte Radio, ‹Just a perfect day›. Halm sah sich in seinem Wagen in voller Fahrt eine Klippe hinunterstürzen. Trauernde Angehörige um ein offenes Grab. Er sah Philips Autokarambolage auf der Kommode im Gang, studierte die weisse, moderne Fassade von Yvonnes Wohnblock, und dann hörte er die Nachrichten. Ein abgewählter Bundesrat, ein Amoklauf in Colorado Springs. Yvonnes Küche flammte auf, er stürzte aus dem Auto, warf wie ein Verrückter Kieselsteinchen, traf kein einziges Mal das Fensterglas. Viel zu hoch lag es, und das Licht verlöschte wieder. Halm stellte sich Yvonne mit François an ihrer Schulter vor. Er schrieb eine neue SMS, setzte sich hinters Steuerrad, wartete, drehte Tina Turner leiser, stieg aus dem Wagen und suchte einen Ort, wo er Wasser lassen konnte. Wieder Licht in Yvonnes Küche. Er schleuderte Kieselsteine. Im dritten Stock riss jemand das Fenster auf und fluchte ohne jede Rücksicht auf die nächtliche Stunde, fast so, als hätte er es auf Beistand abgesehen. Jetzt erschien am Fenster auch Yvonne. Halm bedankte sich beim schimpfenden Franzosen. Yvonne verschwand, tauchte wieder auf und warf ihm den Schlüssel zu. Halm erwartete ihn mit betenden Händen.

In der Wohnung herrschte Chaos. Ein fünf Monate alter Glatzkopf beherrschte alles mit lautem Geschrei. Bananenkisten stapelten sich im Gang. Yvonne blickte auf Halms gepackte Tasche.

«Was hast du vor?»

«Was schon? Ich helfe dir», sagte Halm und versuchte, ein gleichgültiges Gesicht zu machen.

«Was bitte?»

«Ich kann dir helfen. Nur so lange, bis der richtige Vater hier mal endlich seine Pflicht tut, wo ist denn dieses Schwein?»

François brüllte Yvonne, die ihn von der linken auf die rechte Schulter wechselte, direkt ins Gesicht.

«Was, bitte nochmal?», fragte Yvonne und berührte Halm neugierig.

«Ich sagte, ich könnte dir helfen! Bis der Vater hier mal aufkreuzt, ich meine, Entschuldigung, aber wo ist das miese Schwein?»

«Du bist es.»

Yvonne eilte in die Küche, um ihre Aufregung zu verbergen. Halm betrachtete versteinert die Bananenkisten. Sie waren angefüllt mit in Zeitungspapier eingewickelten Gegenständen, zusammengefalteten Vorhängen. Obenauf lag der japanische Sonnenschirm.

«Du ziehst aus?», rief er und traf zufällig eine Schreipause. Weil keine Antwort kam und weil das Schreien wieder einsetzte, ging er zu ihr in die Küche.

«Du ziehst aus?», rief er sicherheitshalber noch einmal in gleicher Lautstärke.

«Ja», rief Yvonne, aber in ihrem Gesicht stand die Verunsicherung, warum er zu ihrem Geständnis nichts sagte.

«Ich werde auch ausziehen», sagte Halm.

Yvonne reckte den Kopf nach vorne, zog die Augenbrauen hoch und gab zu verstehen, dass sie in dieser Position nun verharren werde, bis Halm sie aufgeklärt hatte.

«Philip ist nicht mein Sohn», schrie Halm lauter als François.

Yvonne schlug ihre Finger gegen die Stirn und versteinerte dann mit offenem Mund.

«Tja!», sagte Halm und schrie: «Benimm dich zwei Monate seltsam, und deine Nächsten schlagen dich mit ihren Geheimnissen tot.»

Yvonne weinte längst und verstand das alles nicht. Aber unentwegt dachte sie: «Hast du gehört, hast du vorhin gehört, was ich gesagt habe? Gib mir ein Zeichen, dass du es gehört hast, ein zweites Mal bringe ich es heute nicht über die Lippen! Ich bringe es ein zweites Mal nicht über die Lippen! Nicht jetzt.»

Und Halm dachte: «Wenn sie jetzt, wo sie weiss, dass ich frei bin. Wenn sie es jetzt nicht noch einmal sagt, dann hofft sie, dass ich es nicht gehört habe. Dann ist es ihr herausgerutscht. Dann will sie nicht, dass ich es weiss. Dann will sie es nicht. Sag es, Yvonne! Sag es ein zweites Mal!»

90

«Ich habe meinen Mann auch dreimal betrogen», sagte Violas Mutter. «Aber na und? Wir wurden trotzdem zusammen alt!»

«Agnes, bitte, ich stehe unter Termindruck!» Halm hatte genau diese Gesprächigkeit befürchtet.

«Mein Mann war immer prüder als ich, das war seine Erziehung oder weiss der Kuckuck, was das war!»

«Ich muss jetzt wirklich», bettelte Halm.

«Betrogen hätte er mich nie. Er war ein Soldat der Anständigkeit. Meinetwegen. Im Grunde liebte er nur die Pflichten des geregelten Lebens, nicht mich. Mit Pflichtgefühl kann man einen Bauernhof organisieren, aber nicht die Liebe.»

«Agnes, bitte! Gib mir jetzt Philips Sachen, das ist doch nicht alles, wo sind die Sandalen?»

Halm versuchte vergeblich, den kurzen Hosenträger, der an Philips schmutziger Manchesterhose hing, zu entwirren und neu anzuklipsen.

«Ich meine, da zeugen Seitensprünge doch immerhin von einem Interesse an Liebe, nicht?»

Halm wusste nicht, ob sie jetzt seinen, Violas oder ihre eigenen Seitensprünge meinte und fragte lieber noch einmal nach Philips Kleidern.

«Wo ist das Hemd, hatte er nicht noch sein rot-weiss kariertes Bauernhemd dabei?»

«Welches?»

«Das ihr ihm geschenkt habt. Und die Sandalen? Agnes! Ich muss los.»

«Du weisst ja, für meinen Mann lebten wir in einem Staat der soldatischen Tugenden. Erinnerst du dich? Solche

Worte lutschte er bis zum Schluss. Trotzdem brauchte er sich nie altmodisch zu fühlen! Nicht mit 104 Jahren!»

«Agnes, jetzt muss ich dich wirklich bitten!»

«Weil sich in diesem Land die Mentalität nie veränderte, im Gegenteil, die ist wieder voll da, diese Mentalität.»

«Agnes!»

«Da fühlen sich die Alten pudelwohl. Da sterben die, wenn ihr nicht aufpasst, in Zukunft bald überhaupt nicht mehr weg!»

«Agnes, was ist los mit dir?»

«In normalen Ländern …»

«Stopp! Hörst du mich?»

Halm hatte nur einfach Philip abholen und mit ihm wenigstens eine kurze Stunde auf dem Sportplatz verbringen wollen, bevor er seinen ersten Termin auf dem Arbeitsamt wahrnehmen musste.

«Schrei mich nicht an! Ich kann nichts dafür, dass Philip nicht dein Sohn ist», sagte Agnes und putzte ihre Brille, als hätte Halm sie bespuckt. Dann fuhr sie fort: «Wenn du eine Frau wie Viola wärst. Ich meine, du an Violas Stelle. Hättest du's deinem Mann gesagt? Hättest du alles kaputt gemacht? Nein, hättest du nicht! Dein Vater hätte dich enterbt.»

«Schluss!», sagte Halm.

«Willst du nichts trinken? Philip muss trinken, sein Sirup steht da noch in der Küche, und du kannst den Rest vom Braten mitnehmen, den hatten wir zum Mittagessen!»

Sie wickelte das Fleisch in viel zu viel Alufolie und suchte zusätzlich eine Frischhaltetüte.

«Er hat Viola immer mit Enterben gedroht, bei jeder Gelegenheit. Auch schon ganz früher, wenn sie die falschen Freunde nach Hause brachte.»

«Agnes, lass bitte die Tüte!»

«Den heiratest du nur über meine Leiche. Oder: Wenn du mit dem zusammenbleibst, gibt's die komplette Enterbung, die komplette, sagte er immer. Ausser bei dir, dich fand er seltsamerweise tüchtig.»

Halm riss ihr das Fleisch aus der Hand.

«Warte, ich mach euch das perfekt oder gar nicht!» Sie nahm ihm das Fleisch wieder ab. «Das ist ja das Hauptproblem! Eure Generation kommt ohne Erbe gar nicht mehr über die Runden!»

Halm verliess mit dem Fleisch die Küche und eilte hinauf ins Fernsehzimmer. Dort lief zu einer Mundharmonikamusik der Abspann einer Kinderserie. Philip lag in Seitenlage auf dem Sofa und blickte starr auf den Teppich.

«Philip, Schatz.»

Als sich Halm neben ihm niederkniete, patschte ihm ein warmer Lappen auf den Oberschenkel. Ein flüssiges Omelett, frisch serviert aus Philips Magen. Es begann sofort auf den Teppich zu tropfen und durch Halms Hose zu sickern. Das Erbrechen dauerte dann die ganze Nacht. Halm schlief mit Philip im Gästezimmer und hatte einiges zu tun. Philip erbrach sich in sein Bett, in den Gang zum Badezimmer, im Badezimmer auf den Boden. Während ein überforderter Halm schon mit Klopapier aufzuwischen begann, trug ihm ein kleiner Mann hilfsbereit die Rolle mit dem reissfesteren Küchenpapier aus dem Kinderzimmer nach. Philip liess das Erbrechen und die Übelkeit ohne Wehleidigkeit über sich ergehen. Nur seinem Vater wollte er dabei nie in die Augen schauen.

91

Über Huningue lag eine trockene, weisse Kälte. Kein Schnee. Nur Streusalz und gefrorener Raureif bleichten den Asphalt. Es sah aus, als hätte die Kälte Schimmel ausgehaucht, ohne eine einzige Schneeflocke zu verschwenden. Aus Halms Mund dampfte es wie aus einer Teetasse. Er bog um eine Ecke, sein linker Fuss schoss weg. Dank einer reflexartigen Körperkrümmung konnte er seinen Hinterkopf vor dem Aufprall schützen. Auf dem Rücken liegend, begriff er erst das Glatteis. Eine spiegelhart gefrorene Pfütze unter einer defekten Dachrinne. Er spürte Schmerzen am Ellbogen und hoffte, nicht beobachtet worden zu sein. Vor ihm lag der Place Abbatucci, menschenleer. Das digitale Thermometer über der Apotheke zeigte Minus 11 Grad. Trotzdem begegnete Halm später einem Jungen, der Schokoladenkuchen verkaufte. Das Geld komme einer Klassenfahrt zu Gute. So viel Französisch konnte Halm gerade noch verstehen. Er gab dem Schüler zwei Euro und staunte danach über das Kuchenrezept. Irgendwo in diesem Huningue hatte ein Elternteil diesen leicht nach Gewürznelken schmeckenden Schokoladenteig mit zitronensaurer Zuckerschicht hergezaubert. Ahnungslos, welche Kostbarkeit er verkaufte, bedankte sich das rotgefrorene Schülergesicht mit einem Lächeln. Halm eilte eingeschüchtert davon und präsentierte einen weiss verschmierten Mantelrücken. Ausgesetzt der Kälte, schluckte er mehr von dem Kuchenteig.

«Verdammt! Leckerer geht's wirklich nicht», dachte er.

An der Mündung der Strasse erreichte Halm die alte Festungsmauer. Ein eisiger Wind überschwemmte die offene Strasse, stiess gegen seine Stirn und verwehte die bisherigen Minuten wie eine Welle, die ihre Vorgängerin überspült. In ein paar Sekunden würde das Gehirn nicht mehr in der Lage sein, die eine, die bestimmte Welle mit dem Kuchen und dem Jungen in Erinnerung zu behalten. Zu kräftig die neuen Wellen, zu kalt der Wind hier in der Nähe des Canal de Huningue, wo sich kein einziger Kayakfahrer blicken liess.

Halm wollte zurück ins Hotel Tivoli. Er überquerte die Schleuse, die den Canal de Huningue vom Rhein abtrennte. Das zwei Stockwerke hohe Stahlgerüst sah aus wie die Fingerübung eines Schülers von Gustave Eiffel und wertete die kurze Autobrücke über den Kanal zu einer provinziellen Sehenswürdigkeit auf. Halm blickte hinunter ins Wasser, das tintenschwarz aus dem Rhein in die Schleuse hineindrang. Hätte man das Eisentor geöffnet, hätte sich die Brühe ungehindert ins Kayak-Übungsgelände ergossen. An einer Schleusenwand bemerkte Halm einen offenen Blechkasten. In ihm verborgen eine Überwachungskamera, begleitet von einem Flutscheinwerfer. Im sonst ruhigen Wasser behauptete sich an einer einzigen Stelle ein Strudel. Wie ein verrückt gewordener Kompass drehten sich dort zwei ineinander verhakte Astgabeln und eine zerbeulte Plastikflasche. So nah am Gemäuer, dass die Äste einmal pro Umdrehung dagegen klopften, und dieses Klopfen, verstärkt durch den Resonanzkörper der leeren Plastikflasche, hallte in der Wassergruft. Halm sah diesem dumpf tickenden Wasseruhrwerk eine Weile zu, und je länger er diese kleine Schleusenanlage betrachtete, desto klarer wurde ihm alles. Er tastete nach seiner Brieftasche, informierte sich über den Bestand an Bargeld, machte kehrt und nahm entschlossen Kurs auf das Gasthaus Vauban. Als er die Kneipe betrat, lief in einer Ecke leise ein Radio. Der Fernsehbildschirm unter der Decke war schwarz wie die Holzbalken, zwischen denen ein Ventilator von wärmeren Jahreszeiten zeugte. An einem der quadratischen Tische, die der langen Lederbank entlang aufgestellt waren, sass ein alter Säufer und blickte auf den gegenüberliegenden, ebenso langen Tresen mit den Barhockern. Auf dem Vordersten sass ein Mann mit schwarzer Lederjacke und trank Kaffee.

Hinter dem Tresen arbeitete eine hagere, rund fünfzigjährige Frau mit klimpernden Armreifen. Halm setzte sich ganz nach hinten. An eine dünne Trennwand mit nikotinfarbenen Plastikglasscheiben. Hinter der Wand bemerkte er im Dunkeln einen leeren Vereinssaal. Er bestellte Schnaps. Die Frau liess sich, die Flasche schon in der Hand, vom Mann am Tresen in ein unnötiges Gespräch verwickeln. Endlich kam sie bei Halm an, füllte sein Glas, stellte die Flasche daneben und markierte den neuen Alkoholspiegel mit einem Filzstift.

Nichts betäubt besser als ein Fleur de bière, dachte Halm.

Normalerweise schlief er bei grösseren Mengen Hochprozentigem in narkotischer Taubheit ein. Heute wurde er in seinen Gedanken immer entschlossener. Nach einer knappen Stunde torkelte er erstmals zur Toilette. Ins Pissoir, ein quadratischer Porzellankasten mit eiförmiger Öffnung, hätte er sich beim Pinkeln am liebsten gleichzeitig übergeben. Neben dem Lavabo stand sinnlos ein schöner Holzstuhl mit weinroter Polsterung. Halm setzte sich darauf. Alles drehte sich, und viel Zeit verstrich. Als er zurückkehrte, hatte sich der alte Säufer an seinen Tisch gesetzt.

«Wissen Sie, warum dieses Lokal ‹Vauban› heisst?», fragte er und klopfte mit einem gelben Fingernagel auf die Tischplatte.

«Muss das hier irgendwer wissen?», fragte Halm.

«Vauban hat hier alles gebaut, das ist hier nämlich eine Festung gegen Kerle wie dich gewesen.»

«Kerle wie ich?»

«Eidgenossen!»

«Woher wissen Sie, dass ich Schweizer bin?»

«Das rieche ich gegen den Wind!»

«Ich könnte Deutscher sein.»

«Kein Deutscher setzt sich in die dunkelste Ecke.»

«Ach was!»

«Wir Hüninger haben euch bombardiert.»

«Ich habe nichts gehört, wann soll das gewesen sein?»

«Ein Junge ist dabei gestorben. Darum habt ihr euch mit den Habsburgern verbündet. Meinetwegen, das war's dann mit Vaubans Festung. Aber Huningue habt ihr trotzdem nie gekriegt. Wir sind hier immer noch Frankreich!», brüllte der Mann. «Ihr Schweizer habt verloren. Das ist der Geist von Vauban. Santé!»

Der Alte schaute erwartungsvoll Halms Schnapsglas an. «Darf ich jetzt endlich?», fragte er.

Halm liess Spucke in sein volles Glas fallen, dachte, er könne mit dieser Unappetitlichkeit den alten Schwätzer vertreiben, aber der wischte die triefende Nase in seinen Ärmel, hinterliess einen milchigen Schleimfaden und sagte: «Einen kleinen Schluck nur, Herrgott!»

Halm brüllte ihn an. Lange und laut wie ein Löwe. Das wirkte. Der Säufer zog sich zurück, die Frau klimperte mit den Armreifen, dann sah sie aber, wie viel Geld Halm in die Tischmitte schob.

Erst in der kalten Luft, auf dem Place Abbatucci, spürte Halm den Alkohol, den er getrunken hatte. Eine zentnerschwere Glasur rund um jeden seiner Sinne. Minuten später stand er vor der eiffelschen Sehenswürdigkeit und zog sich die Ärmel über die Hände. Neben der Tafel mit der Aufschrift «Accès strictement interdit – DANGER» erklomm er die eiskalten Leitersprossen der Schleusenkonstruktion, schaffte es bis zur zweitobersten Sprosse, ärgerte sich über den Wind und die scharfen Kanten, blickte in die Tiefe, liess mit der rechten Hand die Leiter los, erwartete eine Rückwärtsdrehung nach links, doch verlor er schon vorher den Halt, schlug mit dem Kinn gegen die Leiter, jaulte, liess anders los, als er geplant hatte, und stürzte kopfüber, die Arme zwar vorgestreckt, ins Wasser. Ein Schlag wie von einer dicken Schneedecke begrub ihn. Halm schrie unterm Wasser, würgte, trank. Sein Kopf war hart am Schleusenboden aufgeschlagen, blutete bestimmt. Etwas drehte ihn, bald hing er aufrecht im Eiswasser, der Mund konnte nach Luft schnappen, das Wasser nur schultertief. Er sah noch die Überwachungskamera, die oben im Mauerwerk verankert war und ihn routiniert und unbeweglich ins Visier nahm. Er sah im Wasserstrudel die beiden Äste, die die leere Plastikflasche umklammerten und sich mit ihr drehten. Eine Ewigkeit hörte er das dumpfe Klopfen, dann verlor er das Bewusstsein. All die Kinder, die ihn auf dem Weg in die ‹Nef de la petite enfance› entdeckten und auf ganz andere Weise laut wurden, als man es von Kindern gewohnt war, hörte er nicht mehr. Auch die etwas pummelige, kleine Frau mit schwarzem Pferdeschwanz und einem Kreuz an ihrer Halskette sah er nicht mehr. Sie schaffte schnell die Kinder weg und verständigte die Polizei. In ihrer Nervosität verlor sie den kunstvoll über den Schultern drapierten, weissen Pullover.

Eine Viertelstunde später zogen drei Feuerwehrleute mit leuchtenden Jacken und aufblitzenden Grimassen den Leichnam auf ihr französisches Rettungsboot.

«Juanita, dein Pullover!», schrie eine Stimme. Doch auch, nachdem sie ihn sich zurückgeholt und übergezogen hatte, fror Juanita noch. Sie sollte noch tagelang frieren. Und ihre Augen sollten tagelang nichts anderes sehen als diesen irrealen, blutenden Kopf in diesem tintenschwarzen Wasser.

92

Betört vom Geruch frischer Malerfarbe packten Yvonne und ich die Bananenkisten aus, und schüttelte François grob seine Rassel. Das laute Rasseln nahm überhaupt kein Ende. Halbe Sachen machte der Junge nicht. Sein Spielzeug musste den ultimativen Stresstest bestehen, oder es taugte nichts. Schliesslich hatte auch François den ultimativen Stresstest bestanden. Uns tropfte unterdessen bei jedem Bücken der Schweiss von der Stirn, weswegen wir es unterliessen, jemanden zu küssen oder zu drücken, und schmatzte der noch so knuddelig auf seiner Winnie-the-Pooh-Decke auf einem Stück Baguette herum.

Der neu errichtete Wohnturm, dessen erste Mieter wir waren, stand wie die Verpackung einer Space Shuttle am Rheinufer. Direkt neben der Passerelle des trois pays. Zwar belastete die Miete trotz Yvonnes 60-Prozent-Lehrtätigkeit und meiner neuen, auf 100 Prozent aufgestockten Übersetzerstelle unser Budget arg, aber die Wohnung erfüllte alle Wünsche. Yvonne blieb in ihrem geliebten Huningue wohnen, ihr geliebter, alter Wohnblock stand in Rufweite unseres Badezimmerfensters, und bezogen auf die Infrastruktur war der Umzug ein grosser Sprung in die Zukunft. Yvonne wirkte in dieser neuen Umgebung wie verwandelt. Die langgezogene, lichtdurchflutete Küche mit dem Induktionsherd und der eingebauten Mikrowelle, diese lautlos aufgleitenden Küchenschränke und die steinernen Arbeitsflächen, das alles verhiess neue Lebensqualität. Als ich vor vier Tagen zum ersten Mal die Wohnungstür mit unserem neuen Schlüssel aufgesperrt, die Tür weit aufgestossen und Yvonne in den hellen Raum hatte eintreten lassen, war auch mir klar geworden, dass der Fluch meiner Einsamkeit für immer beendet war.

Zum achten Mal füllte ich den Aufzug mit Kisten voller Schuhe, Kleider, Geschirr, drückte die Elf und freute mich aufs erste Abendessen mit Aussicht.

Nach dem Fisch hatte Yvonne auf meinen Wunsch ‹Lychen› eingeworfen und so laut aufgedreht, wie es François' Schlaf eben erlaubte. In dieser ersten gemeinsamen Nacht am neuen Ort standen wir vor dem grossen Küchenfenster, löschten das Licht und sahen all die aufregenden Lichter des Rheinhafens flimmern, die man aus der alten Wohnung Yvonnes nie hatte sehen können.

«Kennst du den allerersten Film von Roy Andersson? Diese schwedische Liebesgeschichte», fragte ich sie.

«Muss ich?»

«Unbedingt! Da gibt es diese komische Szene, wo einer mit grossem Tamtam eine Feuerwerksrakete ankündigt und zündet. Seine Freunde stehen sicherheitshalber im Haus und gucken durchs geschlossene Fenster hinaus in den Garten. Die Rakete zischt und flitzt hoch übers Dach, und natürlich sehen die Zuschauer den wunderbar rot aufflackernden Himmel nicht und schimpfen und verlangen eine weitere Rakete. Und erst jetzt regt sich der Raketenmann fürchterlich über den Standort seines Publikums auf. Es war seine einzige Rakete gewesen. Ich glaube, so sind die Schweizer dort drüben. Wollen alles sehen und wissen, überall dabei sein, aber immer vom Zimmer aus. Das kann uns hier oben nicht passieren. Von hier aus sehen wir den Himmel.»

«Aber hallo», sagte Yvonne, guckte demonstrativ nach oben zur leinwandweissen Zimmerdecke und lachte.

Am nächsten Morgen hatte ich eine falsche Bewegung gemacht. Ein Riss, ein lautloses Krachen, eine Verschiebung, ein stechender, sofort lähmender, durch die ganze Wirbelsäule, sogar in die Rippen ausstrahlender Schmerz, der nicht zurückwich und Angst einflösste. Gepfählt von diesem Schmerz fehlte mir der Mut, eine weitere Bewegung zu wagen, obwohl die Position, in der ich nun im Bett lag, eine ebenfalls unerträgliche war. Mein ganzes Bewusstsein wurde durch den Schmerz und die Lähmung in einen Abgrund gerissen. François krabbelte herein und guckte auf mein seltsam ausgestrecktes Bein, bemerkte wohl die Veränderung im Verhalten des sonst fröhlichen Mannes, der ihn unter normalen Umständen vom Boden hochgehoben und seitlich in den weichen Kissen hätte landen lassen.

Dieser François, der am liebsten auf dem Rücken lag und die Beine hochriss, um die nackten Zehen in den Mund zu stecken, dieser François, der es auch liebte, mit den Beinen auf die Sitzfläche zu schlagen, sie dazwischen immer wieder hochzureissen, als trüge er einen Keilriemen im Körper, dieser Junge verliess jetzt enttäuscht das Zimmer. Und es wurde so dauerhaft still rund um mich herum, dass es mir vorkam, als wäre ausser mir nie jemand eingezogen in diesen elften Stock.

93

Ich sass in der 11. Nach der Station Marktplatz setzte er sich vor mich in die freie Zweierbank. Halm. Ein Hinterkopf, der sich von einem algengrünen Tramzug durch die Innenstadt kutschieren liess. Beim Bankenplatz stieg er aus, schlenderte dem Münsterplatz entgegen, wie ein Mann, der bei gutem Wetter eine Stunde zu viel Zeit hat. Er bog auf die mittelalterliche Pfalz ein, blieb zuerst unter den Arkaden der Chorfenster stehen, dann unter den kühlen Kastanienbäumen. Er starrte auf die tanzende Basiliskenflagge in der Ecke der Aussichtsplattform. Bei Windstille hing das Wappentier am Mast wie ein Leichnam am Galgen, schon bei der nächsten Böe flatterte es wieder in voller Lebensgrösse. Dieser Vorgang wiederholte sich mit schöner Regelmässigkeit vor der Skyline des Dreiländerecks.

Bilder der Schleusenkamera durchblitzten mich. Statt Halms Körper meiner. In der Tintenbrühe versank meine Schiebermütze.

Neben Halm auf der Steinbrüstung sass ein Schüler mit weissen Kopfhörerkabeln. Mit der Furchtlosigkeit eines Teenagers liess er seine Beine über dem Abgrund baumeln. Zwanzig Meter unter ihm ein plastikgrauer Rhein. Der Kerl ging allen auf die Nerven mit seinem Singsang, und falls ich das richtig beobachtete, schubste ihn Halm ganz beiläufig von der Brüstung. Dann schaute er auf die Uhr und setzte sich in Bewegung. Wie nach einem Personalausweis tastete ich sofort nach meinem Notizbuch. Halm schlug den Weg zur Schifflände ein. Ich folgte ihm. Ich war sicher, sein weiterer Weg müsste ihn über die Mittlere Rheinbrücke und durch die Rheingasse führen, bis in das eselgraue, trostlose Gebäude.

Abends zogen wir uns aus. Ich liess meinen Blick pendeln zwischen nackter Haut, Rheinwasser, geöffneten Haaren, geankerten Schiffen, roten Hafenlichtern und Yvonnes Brustwarzen. Ja. Diese Tage im elften Stock, hoch über dem Kiesstrand mit seinen dahintreibenden Schwänen, hoch über der Dreiländerhängebrücke, gehörten schon nach wenigen Wochen zur glücklichsten Zeit meines Lebens. Hin und wieder sah ich ihn zwar vom Fenster aus. Alleine. Unten auf einer Steinbank sitzen und abwarten, ob er vielleicht einen Blick auf Yvonne und seinen Sohn François ergattern könnte.

Einmal, in der Abenddämmerung, entdeckte ich über dem Kies seinen langen, dünnen Schatten. Er selbst von einem Baumstamm unvollständig verdeckt. Es schien, als würde er sich irgendetwas notieren. In der Nacht, wenn ich mir meine Filme ansah, weil ich keinen Schlaf fand, hörte ich ihn dann endlos singen.

Ma'am dear, did you ever hear
Of pretty Molly Brannigan?
The times are going hard with me,
I'll never be a man again.
There's not a bit of all me hide
The sun'll ever tan again
Since Molly's gone and left me
Here alone for to die.
The place where my heart
Was you'd aisy rowl a turnip in,
It's as big as all of Dublin,
And from Dublin to the Divil's Glin:
And if she's took another,
Sure she might have left mine back again

Instead of that, she's gone and
Left me here alone for to die.

Ein andermal träumte ich, Halm erhebe sich plötzlich zwischen all den Schwänen brüllend aus dem Rhein, nass und mutiert, mit schwarzem Fell. Ein übertriebener King Kong, der sich sofort an der Fassade unseres Hochhauses zu schaffen machte, bis in den elften Stock kletterte und meinen Weltuntergang einleitete.

Ebenfalls bei Zytglogge erschienen:

Martina Rutschmann

Durstig

Roman

ISBN 978-3-7296-0950-1

Abschied und Neuanfang

Die Krankenschwester Alixe kann dem Sterben nicht mehr zusehen. Sie kündigt ihren Job auf der Krebsstation und beginnt auf eBay mit dem Ausverkauf ihres bisherigen Lebens, um über die Runden zu kommen.

Über Fabian, mit dem sie eine lose Liebschaft beginnt, lernt sie den bald 94-jährigen Forscher Carl kennen. Die Mitdreissigerin fühlt sich wohl in der Gegenwart des charismatischen alten Mannes, aus dessen bewegtem Leben sie viel erfährt. Die unbeschwerte Zeit dauert jedoch nicht lange an. Als Alixe erfährt, dass Carl sie zu seiner Sterbebegleiterin machen möchte und Fabian sie dazu überreden soll, holt die Vergangenheit sie ein. Plötzlich geht es wieder um den Tod.

Die Basler Journalistin Martina Rutschmann erzählt in ihrem Debütroman eine temporeiche Geschichte von Menschen, die zufällig zueinanderfinden und in existenzieller Weise voneinander profitieren. Ihr gelingt ein leichtfüssiger und mitreissender Text, der die letzten Dinge behandelt und dabei das Leben feiert.

Ebenfalls bei Zytglogge erschienen:

Silvan Aeschlimann

Glück ist teuer

Roman

ISBN 978-3-7296-0954-9

Auf der Überholspur

Als der sinnsuchende Wirtschaftsstudent Noah mit 22 Jahren seinen Vater kennenlernt, öffnet sich für ihn die Tür zu einem ganz neuen Leben: Peter Widmer, ein genialer Finanzstratege, der es zum milliardenschweren Investor gebracht hat, führt ihn in die Welt der Reichen und Mächtigen ein.

Nach anfänglichem Zögern lässt Noah sein ‹altes› Ich hinter sich, spekuliert mit dem Startkapital seines Vaters an der Börse und bringt es bald selbst zu einem Millionenvermögen. Doch wann ist genug wirklich genug? Was bietet das Leben noch für jemanden, der schon alles hat? Diese Gedanken macht sich Noah zu spät. Der materielle Erfolg fordert seinen Preis. Noahs Freundin Sophia distanziert sich zunehmend von ihm, sein ‹neues› Ich macht ihr Angst. Es kommt zum Bruch – und Noah, plötzlich vor existenziellen Fragen stehend, trifft eine radikale Entscheidung.

In seinem zweiten Roman nach seinem vielbeachteten Debüt ‹Ungehört› (2013) setzt Silvan Aeschlimann seinen Protagonisten einer schlingernden Achterbahnfahrt auf der verzweifelten Suche nach dem Glück und nach sich selbst aus.